BATYA GUR
Die schwarze Schatulle

Buch

Shabi versteht die Welt nicht mehr: Benji nennt ihn Verräter und läuft vor ihm davon. Dabei waren sie doch fast wie Brüder, stets hat er sich um den Außenseiter bemüht, war Benjis einziger Freund. Aber nicht nur Benjis Verhalten ist eigenartig. Mysteriös sind auch das Verschwinden der schönen schwarzen Holzschatulle, die Benji Shabi geschenkt hat, und der nächtliche Einbruch in den Schulkiosk. Hat Benji vielleicht etwas mit den Diebstählen zu tun? Shabi macht sich auf die Suche nach den Hintergründen der seltsamen Vorkommnisse, aus denen er so gar nicht schlau wird. Ausgerechnet die hübsche, allseits beliebte Joli, in die Shabi schon lange heimlich verliebt ist, bemerkt seine Verwirrung. Gemeinsam versuchen sie, die Teile des kniffligen Falls zusammenzusetzen und hinter Benjis Geheimnis zu kommen.

Die Geschichte zweier ungleicher Freunde, der ersten Liebe und einer überraschenden Entdeckung – ein spannender Krimi der Bestsellerautorin Batya Gur, in dem sie mit der ihr eigenen Meisterschaft ein unbekanntes Stück Israel zum Leben erweckt.

Autorin

Batya Gur, geboren 1947 in Tel Aviv, arbeitete zunächst als Lehrerin und Journalistin, bevor sie sich mit ihren OchajonRomanen internationalen Ruhm erschrieb. Bereits ihr erstes Buch, »Denn am Sabbat sollst du ruhen«, wurde mit dem Deutschen Krimipreis ausgezeichnet. Die Folgeromane ließen sie zum weltberühmten Markenzeichen literarisch-intelligenter Krimiunterhaltung werden. Batya Gur lebt heute mit ihrer Familie in Jerusalem.

Von Batya Gur außerdem bei Goldmann lieferbar:

Am Anfang war das Wort. Roman (43600) · Denn am Sabbat sollst du ruhen. Roman (42597) · Du sollst nicht begehren. Roman (44278) So habe ich es mir nicht vorgestellt. Roman (43056) · Das Lied der Könige. Roman (44573) · In Jerusalem leben. Ein Requiem auf die Bescheidenheit (45031) · Stein für Stein. Roman (44741)

Batya Gur

Die schwarze Schatulle

Roman

Aus dem Hebräischen
von Mirjam Pressler

GOLDMANN

Der Roman trägt im Hebräischen
den Titel »Ma kara le-Benji?«

Umwelthinweis:
Alle bedruckten Materialien dieses Taschenbuches
sind chlorfrei und umweltschonend.

Der Wilhelm Goldmann Verlag, München, ist ein
Unternehmen der Verlagsgruppe Random House GmbH

Taschenbuchausgabe November 2002
Copyright © by Batya Gur, 2000
Copyright der deutschsprachigen Ausgabe © by
Carl Hanser Verlag, München Wien, 2000
Lizenzausgabe mit Genehmigung des
Carl Hanser Verlag, München Wien
Umschlaggestaltung: Design Team München
Umschlagbild: Photonica/Mikado
Satz: IBV Satz- und Datentechnik GmbH, Berlin
Druck: Elsnerdruck, Berlin
Verlagsnummer: 45032
TH · Herstellung: Sebastian Strohmaier
Made in Germany
ISBN 3-442-45032-2
www.goldmann-verlag.de

1 3 5 7 9 10 8 6 4 2

1. Kapitel

Jedes Mal, wenn man nachprüft, ob die Leute wirklich das meinen, was sie sagen, sieht man, es ist nicht so. Stellt man sie auf die Probe, versagen sie immer. Wenn sie zum Beispiel von einem Jungen sagen, er sei ein ausgezeichneter Basketballspieler, und sie schicken ihn extra in einen besonderen Trainingskurs, um sein Talent zu fördern (so nennt es Rachel, unsere Schuldirektorin), warum ärgern sie sich dann, wenn er die ganze Zeit nur noch Basketball spielen möchte? Und, nur mal angenommen, man verlangt von einem Jungen ständig, dass er da was hinmalt oder dort was zeichnet, und schließlich wird er sogar Vorsitzender der Deko-AG der Schule und am Elternsprechtag sagen die Lehrer zu seinen Eltern, wie wunderbar er malt, warum wird er dann zur Strafe aus der Klasse geschickt, nur weil er nicht aufhören kann zu malen? Michal, unsere Klassenlehrerin, sagt, das sei eine Frage des Maßes. »Alles mit Maßen, Schabi«, hat sie zu mir gesagt. Und ihre roten Augenbrauen haben sich über ihrer Nasenwurzel fast getroffen und sie hat eine Falte zwischen den Augen bekommen.

Diese Augenbrauen zeichnete ich mit dem roten Stift, den Benji mir im Winter zu meiner Bar Mizwa geschenkt hatte, zusammen mit einem ganzen Set von Stiften in allen möglichen Farben. Die Stifte und Kreiden befinden sich in einer schwarzen, glänzenden Schatulle aus Holz, die mit roten Blumen bemalt ist. Anfangs hatte ich Angst, die Schatulle überhaupt von zu Hause mitzunehmen, aber nach einem Monat steckte ich sie schon in meine Schultasche und jetzt habe ich sie immer im Unterricht dabei. Man weiß ja nie, wann man eine Möglichkeit zum Zeichnen hat – zum Beispiel in der Englischstunde.

Noch bevor Benji mir die Schatulle schenkte, der man sofort ansieht, wie teuer sie ist, wusste ich schon, dass ich ihm – wie soll ich es sagen – wichtig bin. Und als ich meiner Mutter die Schatulle zeigte und ihr sagte, die sei sogar extra für mich in Amerika bestellt worden, meinte sie: »Benji hängt sehr an dir. Schau nur, wie gern er dich hat.« Aber das ist für niemanden ein Geheimnis: Jeden Morgen wartet Benji am Schultor auf mich, damit wir zusammen hineingehen, und in der großen Pause steht er im ersten Stock an der Treppe, nicht weit von den 8. Klassen, und wartet für den Fall, dass ich zufällig Zeit für ihn habe und er mit mir gehen kann. Er ist im Stande, die halbe Pause mit Warten zu vergeuden. Schon seit einem Jahr geht das so, deshalb hab ich auch nicht verstanden, warum er vor mir floh. Denn das tat er, er floh. Ich rief ihn, nachdem mich der Englischlehrer aus der Klasse geworfen hatte, und Benji, der vielleicht schon die ganze Stunde dort gestanden hatte, floh.

Ich stand im Flur, sah ihn weglaufen und verstand gar nichts mehr. Ich kapierte einfach nicht. Dieser Junge hat in der ganzen Schule keinen Freund, vielleicht auf der ganzen Welt nicht, und sonst benimmt er sich immer, als wär ich sein großer Bruder, manchmal sogar, als wäre ich

sein Vater, warum sollte er aber plötzlich vor mir davon-
laufen? Ich verstand es nicht. Benji war vor drei Jahren
aus Amerika gekommen, damals ging er in die erste Klasse. Sein Hebräisch ist noch immer nicht so, wie es sein
sollte. Deshalb bin ich sein »Tutor« geworden. Fast jeden
Tag verbringt er ein bisschen Zeit mit mir und ich helfe
ihm bei den Hausaufgaben und manchmal ist er sogar den
ganzen Nachmittag mit mir zusammen. Er war auch
schon oft bei mir zu Hause, aber noch häufiger gehe ich
zu ihm. Sie haben ein großes Haus und seine Eltern sind
fast nie da. Das heißt, sein Vater ist die ganze Zeit beruf-
lich unterwegs und seine Mutter ist Malerin, sie arbeitet
oben im zweiten Stock und hat uns kein einziges Mal gestört.

Wegen der Schwierigkeiten mit meinem Vater mag ich
keine Freunde nach Hause bringen. Ich will nicht, dass sie
ihn sehen, wie er in seinem Sessel sitzt, mit glasigen Augen
vor sich hin starrt und nur raucht und nichts sagt. Ich will
nicht, dass mich jemand fragt, was mit ihm los ist, denn
dann müsste ich von dem Unglück erzählen und wie er
vorher war und nachher. Aber Benji habe ich mit nach
Hause genommen, vielleicht weil er so allein ist und sich
für dick hält – er ist tatsächlich ziemlich dick – und weil
alle über ihn lachen. Auch Uri, der schon seit dem Kin-
dergarten mein Freund ist und in der Nachbarschaft
wohnt, kommt zu mir nach Hause. Aber er ist wirklich
mein ältester Freund und kennt meinen Vater noch aus
der Zeit vor dem Unglück. Ihm brauche ich nichts zu erklären.

Jemand, der uns beobachtet und sieht, wie Benji auf
mich wartet und mir überallhin nachläuft, könnte glau-

ben, er wär eine Zecke. Aber ich sehe ihn nicht so. Benji hat große, blaue Augen, und wenn er mich anschaut, kann jeder sehen, was er sich von mir wünscht, nämlich dass ich mich so benehme, als wär ich sein großer Bruder. Deshalb denke ich auch an ihn wie an einen kleinen Bruder, um den man sich kümmern muss. Manchmal sogar wie an einen kleinen Hund, für den niemand außer mir sorgt. Trotzdem ist er vor mir geflohen. Genau in dem Moment, als ich aus der Klasse kam, fing er an zu rennen.

In der Englischstunde überarbeitete ich noch einmal die Augenbrauen von Michal, unserer Klassenlehrerin, die bereits gelb und rot waren, und fügte mit einem schwarzen Kohlestift die Falte zwischen den Augenbrauen hinzu – und wegen dieser Falte warf mich der Englischlehrer aus der Klasse. Er weiß nie unsere Namen, dieser Lehrer, er erkennt keinen außer Joli, deren Namen er sich gleich in der ersten Stunde gemerkt hat. Er nennt sie »Miss« wie eine Dame, »Miss Maimon« und manchmal »Miss Ja'el«. Für alle anderen in der Klasse erfindet er einfach jeden Tag andere Namen. Mich zum Beispiel hat er zweimal »Kubi« genannt. Ich habe natürlich nicht darauf reagiert. Woher hätte ich wissen sollen, dass ich für ihn »Kubi« war? Am Tag davor hieß ich Jizchak. Als er jetzt, weil ich nicht reagierte, an meinen Tisch kam, entdeckte er das Heft mit dem aufgeschlagenen Porträt von Michal. Ich war gerade mit der Falte zwischen ihren Augenbrauen fertig, aber er ließ sich nicht beeindrucken. Er legte seinen Finger auf das Blatt, einen langen, dünnen, gelben Finger, und blätterte zurück, bis er zu seinem eigenen Porträt kam. Er brauchte gar nicht viel zu blättern, ich hatte das

Bild erst in der letzten Stunde gemalt – mit diesem Finger, der in der Luft herumfuchtelt, und dem Kopf, der aussieht wie ein Totenschädel, an dem die Haut klebt. Seine lange Nase hatte ich noch länger gemacht, als sie in Wirklichkeit ist, weil man bei einer Karikatur schließlich immer übertreibt.

Er klappte das Heft mit einem lauten Schlag zu, fuchtelte mit dem Finger herum, genau wie auf meinem Bild, und sagte: »Kubi, Kubi, Kubi, was soll aus dir werden?« Das Schlimmste war ohnehin schon passiert – er hatte sein Porträt gesehen, deshalb senkte ich den Blick nicht, sondern sagte, dass ich Schabi heiße, nicht Kubi. Er sah keinen Grund, sich zu entschuldigen, er sagte nur, was er immer sagt, wenn er sich bei Namen irrt: »What's in a name.« Das heißt, dass ein Name nicht wichtig ist. Ihm vielleicht nicht, aber mir.

Und dann sagte unser Englischlehrer, der Sefardi heißt, dieser Satz sei von Shakespeare, aus »Romeo und Julia«, und Shakespeare sei der Größte von allen und wie schade es sei, dass ich nie etwas von ihm kennen lernen würde, denn einer wie ich wüsste doch nicht mal, wie man ihn richtig schreibt. Darauf gab ich keine Antwort. Was hätte ich auch sagen sollen? Dass ich doch was von Shakespeare kannte? Ich hatte »Romeo und Julia« zwar nicht gelesen, aber ich hatte den Film gesehen. Inzwischen hatte er mein Heft in seine Anzugtasche gesteckt, nun schob er seinen Finger in ganzer Länge in seine Jackentasche, drehte sich zur Klasse um und fragte, ob irgendjemand schon etwas von Shakespeare gehört habe.

Alle schwiegen. Als würden wir ihm keine Wahl lassen, hob er noch einmal diesen langen Finger, der aussieht wie das Bein eines alten Huhns und so gar nicht zu seinem blauen, glänzenden Anzug passte.

Herr Sefardi senkte seinen gelben Finger auf Jolis Tisch, fuhr wie mit einem Messer darüber, dann schaute er Joli an und sagte: »Miss Maimon.« Und Joli, die den Kopf gesenkt hatte, dass ihre Haare den Tisch bedeckten, richtete sich auf, wurde rot und sagte leise etwas auf Englisch zu ihm, was ich nicht hören konnte. Er fragte sie laut, was sie gesagt habe. Da schaute sie auf mein Heft, das aus seiner Tasche herauslugte, und sagte: »Viel Lärm um nichts.« Ihre Stimme zitterte, als wäre sie wütend oder hätte Angst. Alle aus der Klasse wissen, dass Joli im englischsprachigen Kurs sein könnte und nur bei uns geblieben ist, weil die Kursstunden mit ihrem Trompetenunterricht zusammenfallen.

Herr Sefardi, außer dem Sportlehrer der einzige männliche Lehrer an unserer Schule, hatte sich inzwischen an die Klasse gewandt und sagte, Miss Maimon, die fähig wäre, Referate zu halten, noch dazu auf Englisch, würde uns nun die Geschichte von »Much ado about nothing« erzählen. Er schrieb die Wörter mit Kreide auf die Tafel und in das Quietschen der Kreide hinein sagte er, bis er mit dem Schreiben fertig sei, solle ich lieber die Klasse verlassen haben, egal, wie ich hieße, ich würde sowieso nichts lernen. »Und das da«, sagte er, drehte sich um und wedelte mit meinem Heft, das er in der anderen Hand hielt, »das da nehme ich an mich.« Er stopfte mein Heft mit allen Zeichnungen der letzten Woche in seine braune Aktentasche und klickte das Schloss zu.

Im ersten Augenblick, als ich die Klasse verlassen hatte, sah ich Benji noch nicht. Ich sah gar nichts. Da bedauerte ich noch, dass ich mir das Heft nicht geschnappt hatte, bevor es in der braunen Aktentasche verschwand. Ich hätte es nehmen und weglaufen müssen, dachte ich, denn aus der Tasche kann ich es mir nicht mehr holen. Und eigentlich könnte man deshalb sagen, dass alles mit Michals Porträt angefangen hat, das heißt mit ihren Augenbrauen, die ich unbedingt überarbeiten musste.

Nie weiß man, wann etwas wirklich anfängt. Oft ist das, was wie der Anfang aussieht, schon die Mitte, ohne dass man es gleich merkt, es fällt einem eben nur plötzlich auf. Später verstand ich, dass alles schon viel früher angefangen hatte, aber ich spürte es schon, als ich aus der Klasse geschickt wurde. Ich stand im Flur und wusste im ersten Moment nicht, wo ich hingehen sollte. Ich hatte keinen Basketball dabei, außerdem wusste ich, dass der Sportplatz von einer Klasse belegt war. Ich wollte auch nicht, dass mich Rachel sah, unsere Direktorin. Ich stand also da und überlegte, was ich tun könnte, als ich plötzlich Benji entdeckte, der die Treppe hinunterrannte.

Erstens verstand ich nicht, warum er nicht in seiner Klasse war, zweitens verstand ich nicht, warum er plötzlich so rannte. Denn wenn ein Junge wie er, der ziemlich dick und vertrödelt ist (Michal nennt das verträumt), plötzlich die Treppe hinunterrennt, bedeutet es, dass etwas Ernstes passiert ist. Vielleicht sollte ich erklären, wie Benji aussieht. Er ist klein und rund wie ein Ball, mit einem winzigen Kopf voller blonder Locken, und nur wenn man ihn genauer betrachtet, fallen einem seine blauen, glänzenden Augen auf.

Ich rief leise seinen Namen und rannte ihm nach, denn ich bin doch für ihn verantwortlich, schließlich bin ich sein Tutor. Ich helf ihm ja nicht nur bei den Hausaufgaben, sondern auch, wenn er Probleme mit den anderen Kindern hat. Beim Rennen – ich hätte auch das Geländer hinunterrutschen können, aber ich kam nicht auf die Idee – überlegte ich mir, dass er besser nichts von meinem Hinauswurf erfuhr, ich musste ihm doch ein gutes Beispiel geben. Aber er hörte und sah mich sowieso nicht oder er tat, als würde er mich nicht hören und sehen. Wie dem auch sei, er rannte weiter, so dick wie er war, wie ein kleiner Hund, der gerade erst laufen gelernt hat und dem man einen Stein nachwirft. So rannte er die drei Stockwerke hinunter, ohne auch nur einen Moment anzuhalten.

Ich konnte seinen Namen nicht laut schreien, sonst wäre die Direktorin aus ihrem Zimmer gekommen und dann hätte ich wirklich Schwierigkeiten bekommen. Ich lief ihm also leise hinterher, bis ich ihn eingeholt hatte und an der Schulter packte. Aber er blieb nicht stehen. Ohne ein Wort zu sagen, stieß er mich weg und rannte weiter. Er rannte komisch, fast wie Mädchen rennen, die immer mit den Armen und Beinen schlenkern. Sein Verhalten verblüffte mich so sehr, dass ich nicht wusste, was ich denken sollte. Es passte überhaupt nicht zu ihm. Sonst freut er sich doch immer, wenn er mich sieht, und fängt an zu lächeln. Und jetzt plötzlich stieß er mich weg? Das hatte er noch nie getan.

Völlig verwirrt stand ich eine Weile da und schaute ihm nach, wie er aus dem Tor rannte. Fast hätte er dafür noch den Wachmann weggeschoben, der sich von der Sonne wärmen ließ und das Tor offen gelassen hatte. »Komm her, Junge!«, schrie der, aber bis er aufgestanden war und sich die Augen gerieben hatte, war Benji schon draußen.

Dieser Wachmann taugt nicht besonders viel. Obwohl er Fremde nicht hinein- und uns nicht hinauslässt, außer in der großen Pause, damit wir zu Esthers Kiosk können, wird in unserer Schule seit einem halben Jahr geklaut. Wir können noch nicht mal unsere Schultaschen unbeaufsichtigt in der Klasse lassen, wenn wir zum Sportunterricht gehen. Wozu steht er denn dann am Tor? Sie sagen, es wäre wegen der Sicherheit, das heißt als Schutz vor Terroranschlägen, aber würde er Terroristen aufhalten können? Das schafft er doch nicht mal bei Kindern.

Mich ließ er allerdings nicht hinaus. »Du bleibst hier!«, schrie er mich an, und als ich versuchte zu erklären, dass ich ein Heft vergessen hätte und es schnell holen wolle, stellte er sich vor das Tor und fing an, in Marokkanisch auf mich einzureden. Dieser Wachmann glaubt, dass jeder, der hier im Viertel wohnt, Marokkanisch kann.

Ich sagte, er solle lieber auf das aufpassen, was wirklich wichtig sei. Gerade eben sei ein kleiner Junge weggelaufen, der erst in die dritte Klasse gehe. »Er ist noch nicht mal neun«, sagte ich, »und den haben Sie weglaufen lassen.«

Der Wachmann drehte den Kopf und sagte noch ein paar Worte auf Marokkanisch, die ich nicht verstand, aber nach dem Tonfall konnte ich erraten, was er meinte. Dann schloss er das Tor mit einer Kette zu und setzte sich wieder hin. Sein Gesicht sah aus wie das meines Vaters, seit der beschlossen hatte, nicht mehr zu sprechen: leblos wie das einer Statue. Sein Blick war in die Ferne gerichtet, als wär ich für ihn längst nicht mehr da.

So entkam mir Benji, ohne dass ich ihn fragen konnte, was passiert war. Denn dass ihm etwas passiert war, hatte ich schon kapiert. Ich blieb am Tor stehen und überlegte, dass ich an allem schuld war. Ja, ich war schuld. Ich hatte morgens, vor dem Unterricht, nicht mit ihm gesprochen, auch nicht in der großen Pause. Auch gestern nicht, obwohl ich ihm angesehen hatte, dass er mir unbedingt etwas erzählen wollte. Aber da hatte ich gerade Joli aus der Klasse kommen sehen. Sie rief mich und sagte, ich solle das Bild auf ihrem Gips noch mal übermalen, das Rot sei verblasst. Ich ging sofort zu ihr, als ob Benji Luft wäre.

Jetzt machte ich mir auf einmal solche Sorgen um ihn, dass ich mein Heft und Herrn Sefardi und die Englischstunde vergaß. Ich vergaß alles und stand nur da, im Hof, ohne zu wissen, was ich tun sollte. Und wenn Benji etwas wirklich Schlimmes passiert war? Etwas, weswegen er nie wieder mit mir reden würde? Wenn er mit mir nicht spricht, mit wem denn sonst? Er hockt doch nur die ganze Zeit in seinem Haus, mit seinen Computerspielen und dem Internet. Da hat er doch nur Freunde, die nicht wirklich etwas von ihm wissen. Mit denen löst er mathematische Probleme und spielt mit ihnen Schach. Ich habe schließlich die Verantwortung für Benji, weil ich sein Tutor geworden bin. Doch das ist nicht alles. Weil ich sein Tutor bin, durfte ich auch in den Malzirkel vom Museum. Aber auch das ist nicht alles. Ich hänge einfach ein bisschen an ihm.

Man könnte sogar sagen, dass ich wegen Michals Augenbrauen auch den A-Kurs in Mathematik schwänzte, das einzige Fach, in dem ich gut bin. Das hatte ich noch nie getan. Ich wartete bis zur großen Pause, denn dann dürfen wir uns am Kiosk der hinkenden Esther belegte Brote kaufen, weil der Wachmann ihr nicht das Geschäft verderben will. In Esthers Kiosk gibt es nur eine Theke, einen Kühlschrank und einen hohen Stuhl. Manche sagen, sie würde hinken, weil sie von einem Auto überfahren wurde, andere sagen, sie wär mal aus dem zweiten Stock gesprungen, um vor ihrem Mann zu fliehen, weil er sie schlug. Ich weiß nicht, was wirklich war. Ich weiß nur, dass Esther hinkt und alt ist und dass sie eine Art Beule neben dem Auge hat, hässlich und schrecklich rot. Meine Mutter sagt, so etwas nennt man Hornhautverdickung. Das hört sich eklig an, fast so eklig wie Hühnerauge. Aber ich habe sie auch schon oft genug gesehen, wie sie auf ihrem hohen Stuhl sitzt und die Straße und die Kinder beobachtet, dann glitzert ihr anderes Auge und sie lächelt wie jemand, der an was Schönes denkt. Den ganzen Tag sitzt sie und sieht alles, außer in den großen Pausen, da kommen alle zu ihr und kaufen Eis oder Limo oder ein Ei-Sandwich.

Wir haben uns schon oft über sie unterhalten, aber nie konnten wir uns entscheiden, ob sie auf unserer Seite ist oder auf der Seite der Lehrer. Manchmal glaube ich, dass sie ihnen alles erzählt und dass sie es von ihr wissen, wenn wir eine Stunde geschwänzt haben oder sonst was passiert ist, aber ich bin mir nicht sicher. Denn Esther ist eine, die alles weiß. Sie weiß, welche Bonbons Joli ganz besonders liebt, und sie weiß, dass ich Benjis Tutor bin. Zu Benji ist sie immer sehr nett, das nimmt mich ein bisschen für sie ein, und auch, dass sie sich von Nimrod nicht beeindrucken lässt. Wenn er zu ihrem Kiosk kommt, wirft sie sofort ihren Kopf zurück, so wie er es immer macht, um seine Haare zurückzuwerfen. Kurz gesagt, sie ist eine, die alles weiß. Sie hatte auch mich und den Wachmann zusammen beobachtet, wir hatten sie sogar zum Lachen gebracht. Doch nun drängten sich viele Kinder in ihren Kiosk und sie war zu beschäftigt, um mich zu sehen.

Ich ging wieder hinaus und lief langsam auf die Haltestelle der Linie 17 zu, die nach Ein-Kerem fährt, am anderen Ende der Stadt. Dort wohnt Benji. Um den Weg abzukürzen, überquerte ich den großen Busparkplatz. An der Ecke, neben dem großen Maulbeerbaum, sah ich einige Jungen stehen und ging hin. Sie waren von unserer Schule, sogar aus dem Viertel, und ich beschloss, sie nach Benji zu fragen. »He, sagt mal, habt ihr einen Jungen aus der dritten Klasse gesehen?«, sagte ich. »Blond und ein bisschen dick …«

Ich deutete auf die Haltestelle auf der anderen Straßenseite, aber sie fingen an zu lachen. Sie lachten nicht wirklich, sie taten nur so, und einer von ihnen, ein Kleiner, Dunkler, der wie ein Streichholz aussah, hob den Kopf und sagte: »Schaut euch den an, der sucht sein Baby.«

Ich weiß längst, dass man sich mit Gangstern besser nicht anlegt, auch wenn sie so klein sind wie diese, die höchstens in die sechste Klasse gehen. Vor allem legt man sich aber nicht an, wenn man wie ich hinter jemandem her ist. Aber wie sieht das aus, wenn ich jetzt ohne Antwort weggehe?, schoss es mir durch den Kopf. Also packte ich Streichholz am Kragen und hob ihn in die Luft. Ich betrachtete seine dünnen Beine, mit denen er um sich trat, und stellte meine Ohren auf Durchzug für sein Gebrüll. »Lass mich runter!«, schrie er. »Los, lass mich runter, du

Blödmann!« Die drei andern erhoben sich und blieben in sicherer Entfernung stehen.

Eine ganze Minute lang hielt ich Streichholz in der Luft, und er starrte mich hasserfüllt an, auch als ich ihn schon wieder abgestellt hatte. Doch dann machte er einen Schritt rückwärts und zog einen Gegenstand aus seiner Tasche, der in der Sonne aufblitzte.

Ich traute meinen Augen nicht. In seiner kleinen, braunen Hand glänzte die Schneide eines richtigen Klappmessers. Die andere Hand stützte er in die Seite und sagte: »Jetzt zeig doch mal, was du kannst, du Kraftprotz, der sich an Kleineren vergreift.« Einer der drei andern, die hinter ihm standen, flüsterte laut: »Hör doch auf, Malul!« Und erst da kapierte ich, dass Streichholz der kleine Bruder von Ja'ir Malul war, der in meine Parallelklasse geht und von dem alle wissen, dass er selbst ein Gangster ist. Zweimal hat man ihn schon beim Klauen erwischt und beinahe hätte man ihn in ein Heim für jugendliche Straftäter gesteckt. Nur weil sein Vater im Stadtrat sitzt, ist er noch immer auf unserer Schule.

Ich schaute Streichholz an und begann zu lachen. Ich wusste, dass das Lachen ein Fehler war, aber ich konnte einfach nicht aufhören. Ich glaube, ich lachte vor Schreck, vor Verblüffung, vor Nervosität und vor Panik, denn wieso hat ein Junge aus der Sechsten auf einmal ein Messer in der Hand, wie im Kino, ein richtiges Messer, das er mit in die Schule nimmt? Mein Lachen reizte ihn noch mehr und er stürzte sich auf mich, mit dem Kopf voraus, als wolle er mir das Messer in den Bauch stoßen.

Zu meinem Glück war er klein und dünn. Mit einer schnellen Bewegung packte ich seine Hand und drückte sie mit aller Kraft. Wie im Kino ging seine Faust auf und das Messer fiel auf die Erde unter dem Baum. Wie im Kino stellte ich schnell meinen Fuß darauf, packte Streichholz an beiden Händen und warf ihn zu Boden. Dann drückte ich mein Knie auf seine Brust, zog das Messer zu mir und ohne nachzudenken warf ich es weit weg, auf die gegenüberliegende Seite des Parkplatzes.

Die drei anderen Jungen wichen zurück und starrten uns an. Keiner bewegte sich. Der kleine Malul hatte Tränen in den Augen, ich sah, wie er sich beherrschen musste, um nicht loszuheulen. Ganz ruhig fragte ich ihn, ob er einen kleinen, blonden Dicken gesehen hätte, der zur Haltestelle gelaufen sei. Er antwortete nicht, auch die andern hielten den Mund. »Malul«, sagte ich, »ich hab dich was gefragt, es wäre besser für dich, wenn du mir antwortest.« Er tat es trotzdem nicht, sondern presste die Lippen, presste sogar die Augen zu. »Malul, wenn ich noch einmal sehe, dass du ein Messer in der Hand hast«, sagte ich und nahm mein Knie von seiner Brust, »dann bring ich dich zur Polizei, auf der Stelle.« Er wagte noch nicht mal zu fluchen.

Ich ließ ihn liegen, stand auf und wischte mir an der Hose den Sand von den Händen. Ich kickte noch eine Sandwolke auf und warf dem kleinen Malul einen letzten Blick zu, wie man eine Schlange anschaut, die man gerade zertreten hat. Erst als ich schon im Bus saß, fingen meine Beine an zu zittern.

Ich beschloss, über den Vorfall mit seinem Bruder zu reden, auch wenn der ein Gangster war. Aber mir gegenüber nicht. Ihm würde schon was einfallen. Dann dachte ich nicht mehr an die Messergeschichte.

18

Später, gerade als der Bus an »Jad wa-Schem« vorbeifuhr, dachte ich an den Shakespeare-Film, der Joli so gut gefallen hat. Vielleicht hat sie ihn auf Video aufgenommen? Vielleicht lädt sie mich mal zu sich ein, um mir den Film zu zeigen? Und wenn ich Glück habe, kann ich auch zuhören, wie sie Trompete spielt. Ich könnte ihr beim Spielen zuschauen wie damals am Tag der Erinnerung an die Nazi-Opfer und sehen, wie die Adern an ihrem langen, weißen Hals immer blauer werden und ihre Backen sich aufblähen wie zwei rosarote Bälle. Trotzdem ist sie dann schön, auch wenn ihr Gesicht ein bisschen lächerlich aussieht.

Joli ist ein ganz besonderes Mädchen, aus vielen Gründen, aber man kann ruhig mit der Trompete anfangen. Manche Mädchen lernen Klavier spielen, andere Gitarre, aber Joli lernt Trompete spielen. Auch ihr Großvater, der sie manchmal mit seinem schwarzen Käfer von der Schule abholt, spielt Trompete. Joli hat ihn schon als kleines Kind spielen gehört. Aber sie hat sich nicht nur deshalb für dieses Instrument entschieden. Ich glaube, sie hätte es auch ohne ihren Großvater getan. Der ist auch ein besonderer Mensch. Noch nie habe ich so einen Großvater gesehen, der Trompete spielt und einen schwarzen Käfer fährt.

Ungefähr zwei Haltestellen weiter hörte ich auf, an Joli zu denken, und sah wieder Benji vor mir. Wie er vor mir geflohen war. Wie er nicht mit mir gesprochen hatte und weitergerannt war, so schnell er konnte. Wohin kann er schon gelaufen sein, dachte ich, wenn nicht zu sich nach Hause. Aber er mag sein Zuhause nicht besonders gern. Drei Stockwerke nur für ihn und seine Eltern und mit einem großen Garten. Eigentlich ist Benji ziemlich allein dort. Nie hört man, dass jemand ihn ruft, er soll endlich reinkommen. Nie sucht jemand nach ihm, nie wird er zum Essen geholt. Zu mir kommt Benji gern. Er mag es, bei meiner Mutter in der Küche zu sitzen, Suppe zu essen, sogar mit Nachschlag, als wäre das was Tolles wie Eis oder Kuchen. Er bittet nie um was zu essen, er ist nämlich ziemlich schüchtern, aber meine Mutter füttert jeden, der ins Haus kommt, und Benji füttert sie besonders gern. Ich verstehe nicht, wie es kommt, dass er so dick ist und dabei immer hungrig. Aber vielleicht liegt es daran, dass er so viel Mist isst, wie meine Mutter immer sagt. Ihrer Meinung nach esse ich auch viel Mist, aber trotzdem bin ich nicht die Spur dick. Nicht dass ich besonders toll aussehe oder so, auf jeden Fall nicht so gut wie Nimrod, aber so dick wie Benji bin ich auch nicht.

Nimrod ist ein Name, den ich nie ausstehen konnte, ich habe Ohrenschmerzen davon bekommen. Bis ich zum ersten Mal die Nimrod-Statue gesehen habe, beim Unterricht im Museum, und mir die Zeichenlehrerin gesagt hat, ich solle ihn abmalen. Sie sind ganz verschieden, Nimrod, die Statue, und Nimrod, der Junge. Einer ist das Gegenteil vom andern. Nicht dass ich etwas gegen Nimrod, den Jungen, habe, wirklich nicht. Obwohl ich ihn nicht ausstehen kann, gibt es nichts, was ich gegen ihn sagen könnte, er ist in Ordnung. Wirklich. Ein prima Basketballspieler, einer der besten Schüler unseres Jahrgangs, und alle Mädchen schwärmen, wie toll er aussieht und so. Aber ich kann ihn nicht ausstehen. Ich finde ihn auch nicht besonders schön. Was für ein Unterschied zwischen ihm und Nimrod, der Statue. Wenn jemand wüsste, dass ich in

Joli verliebt bin, würde er bestimmt sagen, dass ich einfach eifersüchtig bin. Aber ich bin nicht eifersüchtig, wirklich nicht. Ich habe ihn schon vorher nicht leiden können, nur dass ich das nie gezeigt habe. Außerdem weiß auch niemand, dass ich in Joli verliebt bin, das zeige ich nämlich nicht. Wozu auch? Was würde das nützen? Was bin ich gegen Nimrod?

Ich kenne ihn wirklich gut, seit wir in der fünften Klasse zusammen in der Basketballmannschaft waren. Ich habe auch seine Eltern schon gesehen. Seine Mutter sieht aus wie eine, der Noten ungeheuer wichtig sind. Bei seiner Bar Mizwa tauchte sie zweimal auf. Einmal kam sie in den Keller, um zu sehen, ob alles in Ordnung war, und das zweite Mal, um die Musik leiser zu stellen wegen der Nachbarn. Sie war groß und blond, mit einer ordentlichen Frisur, und sie war schön angezogen, obwohl sie doch nur aus ihrer Wohnung im ersten Stock heruntergekommen war. Nimrods Vater ist irgendein bedeutender Professor an der Universität. Als wir in der siebten Klasse waren, kam er einmal in die Schule und erklärte uns das Wahlsystem in Israel. Rachel, unsere Direktorin, begleitete ihn überall hin und war so untertänig, als wäre er der Regierungspräsident höchstpersönlich.

Nimrod und Joli sind seit Anfang des Jahres Freunde und sie wird jedes Mal rot, wenn er in unsere Klasse kommt, um sie abzuholen. Das ist aber kein Grund, dass ich gegen ihn bin. Warum sollte er nicht Jolis Freund sein, sie passen wirklich gut zusammen, schon wegen der Pfadfinder und all dem. Wenn er weiter mit uns Basketball gespielt hätte, wäre er vielleicht das As der Auswahlmannschaft geworden, aber er hat aufgehört, wegen des schulischen Drucks. Er sagte zu Joli, wer ein gutes Abitur anstrebe, müsse ab jetzt investieren, ab der achten Klasse, und dürfe nicht auf den letzten Moment warten. Statt auf die Pfadfinder oder auf die Jugendgruppe der Friedensbewegung verzichtete er auf Basketball.

Ich dachte an Benji und an seine blauen Augen, die immer aufleuchten, wenn ich Zeit habe, ein bisschen Basketball mit ihm zu spielen, und ich dachte wieder daran, wie er vor mir davongelaufen war. Ich dachte auch an Jo'el, den Trainer, der aufgehört hatte, uns zu trainieren, weil ihm ein Band am Knie gerissen ist. Daran war auch was Gutes, es bedeutete nämlich, dass ich mit Benji ein Privattraining machen könnte. Ich musste ihn nur finden und herausbekommen, was mit ihm los war. Und vielleicht würde ich ihn endlich mit ins Museum nehmen, um ihm die Nimrod-Statue zu zeigen.

Das ist eine kleine Figur, die wir im Malzirkel zeichnen mussten, und die Lehrerin erklärte uns, warum sie so berühmt und wichtig ist. Und sie sprach über die Proportionen der Statue. Im ersten Moment verstand ich nicht, warum sie so ein Theater um diese Figur machte. Sie ist so klein und sieht nach nichts aus. Sie ist aus rauem, rotem Stein und stammt aus Jordanien, aus Petra. Erst als ich mir Nimrods fein gemeißelten Körper genau ansah und auch den Falken, der ihm auf der Schulter sitzt, erst da verstand ich, wie schön er ist. So habe ich gelernt, dass man die Dinge ein paar Mal aus der Nähe betrachten muss. Jedes Mal, wenn ich diesen Nimrod anschaute, entdeckte ich etwas Neues. Zum Beispiel den Vogel, der auf seinem Oberschenkel eingeritzt ist. Und als ich seine Schultern, seine Arme und seine Brust zeichnete, wurde mir klar, wie zart sein Körper ist im Vergleich zu dem Raubvogel. In der linken Hand hält er, hinter dem Rücken versteckt, einen Bogen, und mir fiel auf, dass dieser Bogen wie eine Fortsetzung seines Körpers ist, wie ein Teil von ihm selbst. Ich empfand noch ganz andere Dinge, als ich ihn betrachtete, Dinge, die ich nicht erklären kann. Ich wäre froh, wenn ich so aussehen würde, dachte ich, und dass ich Joli gern hergebracht hätte, um ihn ihr zu zeigen. Aber dazu fehlte mir der Mut und ihr vermutlich auch, denn dieser Nimrod ist vollkommen nackt und man sieht alles, und mit dem wirklichen Nimrod hält sie, glaube ich, höchstens mal Händchen. Aber das hab ich noch nie gesehen. Vielleicht tun sie es, wenn sie allein sind.

Schon lange habe ich Benji versprochen, ihn mal mit ins Museum zu nehmen. Und nun versuchte ich mich daran zu erinnern, was ich ihm sonst noch alles versprochen und nicht gehalten hatte. Vielleicht war er deshalb vor mir weggelaufen. Ich hatte versprochen, ihn zu dem Wettkampf mitzunehmen, als wir gegen die Auswahlmannschaft von Orat-Michlala spielten, doch am Schluss habe ich es nicht getan, weil ich zusammen mit Nimrod hinging. Nimrod ist zwar nicht mehr in unserer Mannschaft, aber er hatte sich als Ersatzspieler zur Verfügung gestellt, nur für dieses Spiel. Deshalb wollte ich Benji nicht mitnehmen.

Nimrod ist der King der Altersstufe und außerdem unser Vertreter bei der Schülermitverwaltung, er schreibt für die Schülerzeitung, ist aktives Mitglied bei der Jugendgruppe der Friedensbewegung und alle Mädchen halten ihn für schön. Er hat so eine Haartolle, die er sich mit viel Gel einschmiert, und er macht immer eine bestimmte Bewegung mit dem Kopf, als würde er sich die Haare, die ihm in die Augen hängen, aus dem Gesicht werfen. Und er ist sehr groß, der größte von uns allen. Und sogar wenn er die Khakikleidung der Pfadfinder trägt, sieht er aus wie aus einer Modezeitschrift. Seine ganze Schönheit und sein Benehmen hat er von seiner Mutter geerbt, die groß und blond und immer gut angezogen ist, sogar wenn sie den Mülleimer runterträgt. Trotzdem ist Nimrod nicht so schön wie die Statue, nicht die Spur. Sie haben nur zufällig den gleichen Namen. Er ist auch nicht so schön wie Joli, die eigentlich überhaupt nie darauf achtet, wie sie aussieht. Erst in der letzten Zeit hat sie damit angefangen. Erst seit er und sie Freunde sind, kommt sie mit solchen Kleidern in die Schule. Ich bin sicher, dass er schuld ist und dass er sie verdorben hat. Und trotzdem, obwohl ich Nimrod nicht leiden kann, war es mir wichtig, was er von mir denkt. Ja, es war mir wichtig. Wichtig, was für einen Eindruck ich auf ihn machte, sogar wenn das blöd ist. Deshalb habe ich Benji nicht zu diesem Spiel gegen Orat-Michlala mitgenommen, ich habe mich für ihn geschämt. Ich habe ihn noch nicht mal angerufen, ich bin einfach nicht zu ihm gefahren. Außerdem hoffte ich, dass Joli zu dem Spiel kommen würde, zumindest wegen Nimrod, aber sie ist nicht gekommen. Sie hat ihre Eltern, die ins Ausland fuhren, zum Flughafen gebracht.

Benji hat auf mich gewartet und ich bin auch nicht gekommen. Den ganzen Nachmittag hat er gewartet. Vielleicht von vier bis sechs. Als ich jetzt daran dachte, fühlte ich mich schlecht, denn am Morgen darauf hatte ich ihn am Schultor gesehen, und er hatte mich noch nicht mal begrüßt. »Es tut mir Leid, dass ich dich nicht abholen konnte«, sagte ich und er antwortete: »Ist doch egal.« Aber ich kenne ihn. Natürlich war es ihm nicht egal, er tat nur so. »Ich hätte dich anrufen sollen«, sagte ich. »Aber ich war nicht zu Hause und nirgends war ein Telefon.« Er drehte den Kopf zur Seite, als hätte er keine Lust, zuzuschauen, wie ich Ausreden erfand. Ich wusste, dass er mir nicht glaubte, und dachte daran, wie er zu Hause gesessen und gewartet hatte, dass ich wenigstens anrief. Ich fragte ihn, ob er auf mich gewartet hätte, und er sagte: »Nein, ich habe mit meinem Schach-Freak aus Oklahoma eine Partie gespielt und gewonnen. Ich habe gar nicht an dich gedacht.« Ich hielt das für ein Märchen, aber ich konnte nichts sagen. »Und dann bin ich noch mit meinem Vater und meiner Mutter ins Kino gegangen«, erzählte er weiter, und darauf konnte ich nun wirklich gar nichts sagen. Ich denke nicht gern über Familien nach, denn dann fällt mir immer mein Vater ein, der seit dem Unglück kein Wort mehr spricht und tagelang in seinem Sessel sitzt und nichts tut, außer dass er mal ans Gericht schreibt, damit die Gerechtigkeit ans Tageslicht kommt. Nur wenn ein Brief von der Rentenversicherung kommt, wird er wach und spricht darüber mit meiner Mutter, sonst raucht er nur die ganze Zeit und hustet. Er ist viel älter als die Väter der anderen und arbeitet nicht, außer manchmal, wenn am Taxistand viel Betrieb ist und sie ihn um Hilfe bitten. Ich möchte nicht an ihn denken. Wenn es mir trotzdem passiert, schüttel ich meinen Kopf so heftig, dass meine Locken hüpfen. »Schwarzes Gold«, sagt meine Mutter zu meinen Haaren, und als ich ein kleiner Junge war, hat mir das immer gut gefallen. Aber jetzt hasse ich es, wenn sie so etwas sagt und mir dann auch noch mit den Fingern über den Kopf fährt.

Einmal habe ich versucht, etwas über Benjis Familie herauszubekommen, aber es ist mir nicht gelungen. Benji sagte nur, er hätte eine Großmutter in den Vereinigten Staaten, in Florida, und er fände es langweilig, über seine Familie zu reden. Ihn langweilt oft etwas, andere Dinge machen ihn wütend. Aber als ich ihn die Treppe hinunterrennen sah, war er weder gelangweilt noch wütend.

Um zu Benjis Haus zu gelangen, muss man an der Endstation der Linie 17 aussteigen und zu Fuß den Hügel hinaufsteigen. Schon beim Aussteigen fällt einem das Haus auf und von weitem kommt es mir immer wie eine Burg mit braunen Mauern vor. Hinter den Mauern gibt es Bäume, die den Blick auf alle Fenster im Erdgeschoss verdecken, auch einige vom ersten Stock. Und in dem ganzen großen Haus wohnen nur drei Personen: Benji, seine Mutter und sein Vater. Und manchmal habe ich das Gefühl, Benji würde ganz allein darin wohnen, weil man niemand anderen sieht.

2. Kapitel

Ich stieg an der Endstation aus und schaute den Hügel hinauf. Der Hund fiel mir ein. Nicht dass ich Angst hätte vor Hunden, im Gegenteil, aber Benjis Hund ist groß und schwarz und bellt fürchterlich. Er ist auch böse. Benji hat mich gewarnt, den Hof zu betreten, wenn der Hund nicht an der Kette ist. Es ist ein rassereiner Rottweiler. Benjis Vater hat ihn gegen Einbrecher angeschafft. Rottweiler sind sogar für ihre eigenen Besitzer gefährlich, das ist bekannt, auch dass sie fremde Kinder anfallen, sogar wenn sie sie schon ein paar Mal gerochen haben. Ich überlegte, was ich tun sollte, wenn der Hund nicht an der Kette lag. Und vielleicht war Benji gar nicht zu Hause? Vielleicht war er woandershin geflohen?

Aber Benji hatte keinen anderen Ort. Die einzigen Plätze, wo er hingeht, sind die, zu denen ich ihn manchmal mitnehme, zum Basketballplatz oder zu mir nach Hause. Er hat überhaupt keine Freunde.

Die Erziehungsberaterin hat mir erklärt, dass er Schwierigkeiten hat, sich in Israel einzugewöhnen. Meiner Meinung nach sind über zwei Jahre aber genügend Zeit, um sich irgendwo einzuleben. Ich glaube, Benji will einfach nicht. Er ist noch immer sauer auf seine Eltern, die sich für eine Einwanderung nach Israel entschieden haben, ohne ihn zu fragen. Auch wenn ein Kind erst sechs ist, so wie er damals, muss man es fragen, ob es einverstanden ist, hat er mir mal erklärt.

Benji und ich, wir sind beide Nachzügler. Deshalb wollte die Erziehungsberaterin auch, dass ich sein Tutor werde. Er hat zwei ältere Brüder in den Vereinigten Staaten, nach denen er große Sehnsucht hat, und ich habe auch zwei große Geschwister, die schon nicht mehr zu Hause sind. Aber bei uns ist es ganz anders, meine Geschwister kommen oft zu Besuch, und jeden Freitagabend, wenn der Schabbat beginnt, treffen sich alle zu einem gemeinsamen Essen. Unsere Wohnung ist nie leer. Manchmal wünschte ich mir so sehr, dass sie es wäre. Aber immer ist irgendjemand da.

Benjis Haus sieht immer leer aus. Benji hat ein ganzes Stockwerk für sich, und jedes Mal, wenn ich auf das Haus zugehe, wundere ich mich darüber, dass drei Personen so allein in drei Stockwerken wohnen. Benjis Zimmer ist im ersten Stock, darüber wohnt seine Mutter. Sie hat ein besonderes Arbeitszimmer. Im Erdgeschoss wohnt Benjis Vater, der aber fast nie zu Hause ist. Benji hat einen eigenen Fernseher in seinem Zimmer, auch ein amerikanisches Videogerät. Manchmal schauen wir uns zusammen einen Film an, nachdem ich ihm bei den Hausaufgaben geholfen habe. Bevor sie nach Israel gekommen sind, haben sie in Los Angeles gewohnt, in Hollywood, und als Benji mir davon erzählt hat, habe ich ihm nicht geglaubt, dass es tatsächlich so ein Viertel gibt und dass da wirklich Menschen wohnen, nicht bloß im Film. Aber er hat mir in seinem Fotoalbum Bilder gezeigt, die es beweisen.

Benjis Mutter ist Malerin, sie malt Bilder mit Ölfarben,

nicht mit Buntstiften, so wie ich. Sie malt auf große Leinwände und klebt auch noch alle möglichen Sachen drauf. Einmal hat mir Benji ihre Bilder gezeigt, als sie nicht zu Hause war. In ihrem Stockwerk stand eine riesige Leinwand mit einer nackten Frau zwischen Felsen. Die Frau hatte große, rote Lippen und schwarze, wilde Haare, und auf dem Felsen saß eine riesige Eidechse mit erhobenem Kopf. Das Gesicht der Frau erschreckte mich, ich verstand einfach nicht, dass Benji nicht merkte, wie erschreckend die Frau aussah. Nicht dass sie ausgesehen hätte wie Benjis Mutter, aber irgendwas war da, das mich an sie erinnerte, vielleicht die Form ihres Gesichts oder die Augen.

Ich habe Benjis Mutter erst ein paar Mal gesehen, obwohl ich doch so oft dort bin. Sie kommt nicht herunter und stört nie. Ich sage es nicht zu Benji, aber ich denke, er hat es wirklich gut, weil er zu Hause machen kann, was er will. Niemand meckert an ihm herum, dass er endlich essen oder das Geschirr spülen oder auf seine Nichten aufpassen soll. Er kann den ganzen Tag fernsehen, von morgens bis in die Nacht, ohne dass ihm jemand was sagt. Er nimmt sich sogar selbst was zu essen und isst, was er Lust hat und wann er Lust hat. Er isst seltsame Sachen wie Weißbrot mit Honig und Oliven. Solche Sachen eben. Er kann sich sogar selbst per Telefon Hamburger bestellen, ohne zu fragen. Und zum Bezahlen kann er Geld von dem Platz nehmen, wo sie es aufheben, oder aus der Handtasche seiner Mutter. Er geht dann leise hinauf, und auch wenn er auf Englisch was zu ihr sagt, hört die Musik oben nicht auf. Sie hört immer Musik beim Malen, und fast immer die gleiche. Benji sagt, das wäre ein Chor von russi-

schen Mönchen. Als ich das erste Mal sah, wie er einfach
aus ihrer Handtasche Geld nahm, hundert Schekel, und
sogar das Wechselgeld draußen ließ, war ich so geschockt,
dass ich ihn anschrie, dass man doch Geld so nicht rumlie-
gen lässt. »Das ist doch nur Kleingeld«, sagte er und zeigte mir ein Fach im Schrank, und dort lag, unter ein paar
Büchern, ein ganzes Bündel Geldscheine. Ich bin fast
übergeschnappt. So hebt man Geld auf? »Was regst du
dich auf?«, sagte Benji. Und dann erklärte er mir, dass sich
Einbrecher vor dem Hund fürchten würden. Der ist
wirklich gefährlich.

Als ich bei ihm zu Hause einen Klassenabend organi-
sieren wollte, habe ich es nicht geschafft. Niemand kam.
Entweder wollten sie nicht oder sie durften nicht, ist ja
auch egal. Und niemand hat Benji zu sich nach Hause eingeladen, kein Einziger. Wenn ich mir Benji vorstelle, diesen kleinen, dicken Jungen mit den blauen Augen in dem
großen Haus, verstehe ich, dass es ihm nicht besonders
gut geht, auch wenn er alles hat. Auch wenn ich alles be-
käme, was er hat, würde ich nicht mit ihm tauschen wollen. Es nützt alles nichts. Damit will ich nicht sagen, dass
Benji ein trauriger Junge ist, ich habe ihn nie weinen sehen. Im Gegenteil, die meiste Zeit lächelt er und seine
blauen Augen strahlen so, dass er manchmal fast spitzbü-
bisch aussieht, als würde er sich über alles lustig machen.
Er ist nicht traurig, er ist nur ein seltsamer Junge, der mit
niemandem spricht und mit der Freiheit, die er hat, nichts
Interessantes anzufangen weiß. Außer mit mir zusammen
zu sein und Basketball zu lernen, interessiert er sich nur
dafür, mit Leuten im Internet zu chatten. Seit neuestem
hat er einen Brieffreund im Internet. Der ist ein erwachse-

ner Mann, der in Florida wohnt wie Benjis Großmutter. Benji schreibt ihm, als wäre er selbst ein Erwachsener. Der Mann gibt ihm alle möglichen Ratschläge, wie er sein Geld anlegen soll und so Dinge, von denen ich nichts verstehe. Die Erziehungsberaterin glaubt, Benji hätte eine Beziehung zu mir aufgebaut, so hat sie jedenfalls beim Treffen aller Tutoren gesagt, und das wäre ein außerordentlicher Erfolg. Sie hat wörtlich gesagt: »Außerordentlich.«

Tamar, so heißt die Erziehungsberaterin, hat mir Benji auch wegen Basketball zugeteilt. Sie denkt, Sport könnte ihm nützen. Einerseits würde er abnehmen, andererseits konzentrierter und offener werden. Ein weiterer Grund war Mathematik, das einzige Fach, das mich und Benji interessiert, auch das einzige, in dem er gute Noten bekommt.

Ich habe übrigens nichts Besonderes mit Benji gemacht. Ich habe mir keine große Mühe gegeben, ich habe mir nur manchmal überlegt, wie ich es schaffe, dass er mit mir redet. Es ist einfach nicht angenehm, mit jemandem zusammen zu sein, der kein Wort von sich gibt. Bei unserem ersten Treffen wollte Benji über gar nichts reden. Ich habe vor der Klasse auf ihn gewartet, dann ging ich mit ihm in einen freien Klassenraum, so haben wir uns am Anfang immer getroffen. Er tat, als wäre ich gar nicht da. Ich habe ein paar mathematische Probleme vorgebracht, so Rätsel, aber das ganze Ergebnis war, dass er nicht einen Finger gerührt hat. Er spuckte nur auf die Wand neben der Tafel, bis er einen Nagel traf. Jedes Mal, wenn er traf, klatschte er sich selber Beifall. Er wartete noch nicht mal darauf, dass ich klatschte, ich war Luft für ihn. Ich wurde langsam nervös und beinahe wäre ich weggegangen. Was erwarten sie von mir, was ich tun soll, dachte ich. Ihn zu einem anderen Jungen machen? Bin ich etwa ein Zauberer? Aber dann beschloss ich, schlau zu sein. Das habe ich schon lange kapiert, dass es nicht schadet, wenn man schlau ist.

Früher hatte ich mal einen Hund im Viertel, den ich nicht mit ins Haus nehmen durfte, meine Mutter wollte es absolut nicht. Und jedes Mal, wenn ich ihn verließ und er allein zurückblieb, machte er ein trauriges Gesicht und hörte auf, das Essen zu fressen, das ich ihm mitgebracht hatte, als würde es ihn überhaupt nicht interessieren. Aber wenn ich wiederkam, war alles weg, bis auf den letzten Krümel. Schließlich wollte ich wissen, ob er es selbst fraß oder andere Hunde. Deshalb tat ich, als würde ich nach Hause gehen, und versteckte mich hinter einem Auto. Einen Moment später sah ich, wie der Hund langsam aufstand, sich umschaute wie ein Dieb, als wolle er sehen, ob ich noch in der Gegend war. Und als er mich nicht mehr sah, stürzte er sich auf das Futter und verschlang es. Da war mir klar, dass der Hund mir nur seine Gleichgültigkeit demonstrieren wollte, damit ich Mitleid mit ihm bekam. Aber er war nicht wirklich gleichgültig, er wollte nur Aufmerksamkeit.

Beim nächsten Treffen mit Benji schlug ich das Mathematikbuch bei einer leichten Aufgabe auf, einer Textaufgabe, die jeder lösen kann. Ich schaute das Blatt an, als wüsste ich nicht, wie es geht, und dazu seufzte ich laut. »Was soll ich nur machen?«, sagte ich. »Ich habe keine Ahnung, wie die Aufgabe zu lösen ist.« Schließlich stand ich auf und ging zum Fenster, als wäre ich schon ganz verzweifelt. Da erst hörte Benji auf zu spucken und schaute auf das Blatt. Dann nahm er einen Bleistift und löste die Aufgabe ohne Schwierigkeiten. »Alle Achtung«, sagte ich. »Du hast mir wirklich geholfen.« Aber Benji tat schon wieder, als wäre er taub. Er machte nur Blasen aus Spucke und ließ sie platzen.

Das war im letzten Jahr, als Benji noch in die zweite Klasse ging. Wir trafen uns zweimal die Woche, immer in der Schule. Erst machte er Papierkügelchen, dann half er mir bei den Hausaufgaben. Aber sonst war nichts zwischen uns. Ich wusste nichts von ihm, nichts von seiner Familie, nicht, was er zu Hause machte, nichts. Schließlich fragte ich Joli um Rat. Niemand anderem hab ich davon erzählt, nur Joli, in der Pause, weil sie nämlich auch Tutorin ist.

»Man muss ein Thema finden«, sagte Joli und erklärte mir, dass es gar nicht so leicht sei, Kontakt mit Kindern zu bekommen, die sich zurückgestoßen fühlen. So redet Joli, wie eine Erwachsene, aber nicht wie eine normale Erwachsene und auch nicht nur wie ein besonders kluges Mädchen. Ich halte Joli für den klügsten Menschen, den ich kenne. Joli sagte also, man müsse sich anstrengen und manchmal einfach was Neues ausprobieren, auch wenn man es vielleicht für aussichtslos hält. »Man weiß nie, wie sich die Dinge entwickeln.«

So kam ich durch Joli auf die Basketball-Idee. Eigentlich glaubte ich nicht, dass es funktionieren würde, aber ich hatte schließlich nichts zu verlieren. Ich nahm einen Ball, ging mit Benji zum Sportplatz und brachte ihm erst mal bei, wie man einen Korb trifft. Wie man den Ball hält, in welcher Höhe, wie man die Hände bewegt. Langsam, ganz langsam fing er an, mit mir in seinem komischen Hebräisch zu reden. Er versprach mir sogar, mir bei Englisch zu helfen, wenn ich es wolle. Ich war einverstanden, denn ich wollte ihm das Gefühl geben, dass er mir auch half.

Nach einiger Zeit, kurz vor Pessach im letzten Jahr, fand in unserer Schule die Woche der Mörderspiele statt. Jedes Mal, wenn meine Mutter davon hört, wird sie weiß im Gesicht und sagt, es wär langsam Zeit, mit diesem Blödsinn aufzuhören. »Was soll das sein«, sagt sie dann, »eine Woche Mörderspiele in der Schule? Hat man so was schon gehört! Und dann wundern sie sich, wenn es Gewalt unter Kindern gibt.« Und sie erinnert mich daran, wie Uri in der Pause ein Loch in den Kopf bekam und wie seine Mutter erschrak. »Das fängt mit solchen Spielen an, genau damit! Und dann wundert man sich, wenn in Schulhäuser eingebrochen wird.«

Ich finde die Woche der Mörderspiele lustig. Das heißt, früher habe ich das Spiel wirklich geliebt. Jeder bekommt einen Zettel mit dem Namen eines Kindes, das er töten soll. Das heißt natürlich nicht wirklich töten: Es reicht, einen Moment zu finden, in dem man allein mit seinem Opfer ist, dessen Namen man natürlich niemandem verraten darf. Und dann sagt man: »Du bist tot.« Das ist alles. Der Getötete spielt nicht mehr mit.

Auch Benji bekam einen Zettel mit einem Namen und ich erklärte ihm, dass er das entsprechende Kind finden müsse, wenn es ganz allein ist, und ihm dann sagen, dass es tot ist. Das hat Benji gemacht. Am Anfang glaubte ich nicht, dass er es schaffen würde, schließlich ist er so schwerfällig und bekommt nichts auf die Reihe, aber er hat es gleich am ersten Tag geschafft. Nur war der entsprechende Junge so gekränkt, weil ein Typ wie Benji ihn geschafft hatte, dass er alles ableugnete. Ohne rot zu werden behauptete er, es würde nicht stimmen, Benji hätte ihn gar nicht erwischt. Was, einer wie der da sollte ihn geschafft haben? Lachhaft!

Nachdem ich es erfahren hatte, ging ich in seine Klasse, die 3 c, und nahm den Jungen ins Kreuzverhör, bis er zugab, dass Benji ihn schon gleich am ersten Tag getötet hatte. Das Mörderspiel ist nur so als ob. Einfach ein Spaß. Man tut niemandem was, es reicht, dass man jemandem sagt, er wär tot. Aber es gibt Leute, die machen anderen Angst. Vor allem in den höheren Klassen, wo manche Briefe mit schrecklichen Bildern schicken, mit Galgen und blutverschmierten Messern. Nimrod bekam in der siebten Klasse eine Puppe, in die an allen möglichen Stellen Nadeln gesteckt waren. Das sei eine Voodoopuppe, haben sie damals gesagt. Man steckt Nadeln an die Stellen, an denen das Opfer verletzt werden soll, sagt noch einen Fluch und dann stirbt der Betreffende. Nimrod wollte nie sagen, wer es gemacht hatte.

Sobald ich vom Mörderspiel spreche, sagt meine Mutter, wenn sie nur ein bisschen Zeit hätte bei all ihren Schwierigkeiten und dem Einkaufen und der Arbeit, würde sie zur Direktorin gehen und ihr sagen, was sie von der Sache hält. Meine Mutter versteht was davon. Bevor mein Bruder Sohar auf die Welt kam, hat sie zwei Jahre Pädagogik studiert. Als ich groß genug war, wollte sie weiterstudieren, aber dann ist das Unglück passiert und sie ist nicht wieder an die Universität gegangen. Mein Vater hat aufgehört zu arbeiten und starrt nur immer vor sich hin, als warte er auf etwas, das nie kommt. Und meine Mutter arbeitet im Büro von Rechtsanwalt Friedberg, der meinem Vater geholfen hat, und nach der Arbeit hat sie immer noch viel zu erledigen. So habe ich beide verloren.

Nachdem ich dem Jungen, der beim Mörderspiel log, den Kopf zurechtgerückt hatte, sagte ich zur ganzen Klasse, ich wäre so was Ähnliches wie Benjis großer Bruder, und wer ihn ärgert, wird es mit mir zu tun bekommen. Nicht dass mir so was Spaß macht, aber kleine Kinder haben Respekt vor Großen, so läuft das. Danach hat sich Benjis Verhältnis zu mir geändert. Die Erziehungsberaterin hat gesagt: »Jetzt hat er jemanden, dem er vertraut, und das ist lebenswichtig.« Und ausgerechnet jetzt, wo die Woche des Mörderspiels wieder angefangen hat, läuft er vor mir davon. Als hätte ich ihm etwas Böses angetan.

Ich glaube, ich hänge an ihm, weil ich mir immer einen kleinen Bruder gewünscht habe.

Von der Bushaltestelle machte ich mich auf den Weg zu Benjis Haus. Das ist ein langer und ermüdender Aufstieg. Nicht dass ich keine Kraft gehabt hätte, ich hatte genug, aber bei Chamsin, dem Wüstenwind, wird alles anstrengend. Schließlich stand ich vor dem grünen Tor und wartete, bis ich wieder richtig atmen konnte. Man könnte leicht über das Tor steigen, das zwar hoch ist, aber so hoch auch wieder nicht, außerdem hat es alle möglichen Ausbuchtungen, an denen man sich festhalten kann. Aber ich hörte hinter dem Tor den Teufel knurren (er heißt Devil, das bedeutet Teufel, auf Englisch), und ich wusste nicht, ob er angeleint war oder nicht.

Ich drückte auf die Klingel neben dem Tor. Das Läuten hört man nicht bis draußen und kann leicht denken, sie hätte nicht funktioniert, und dann drückt man immer wieder. Das genau tat ich, obwohl ich wusste, dass die Klingel funktioniert. Ich drückte immer wieder drauf. Endlich, nach langer Zeit, summte das Tor und ging auf. Der Hund bellte wie verrückt und jemand – nicht Benji – sprach beruhigend mit ihm. Ich steckte meinen Kopf hinein und sah einen sehr großen Mann mit einem kahlen Kopf, wirklich ganz kahl, als hätte er sich alle Haare abrasiert. Der Mann betrachtete mich gründlich, dann fragte er: »Ja? Wer bist du?«

Ich wusste nicht, was ich auf diese Frage antworten sollte, weil ich ja nicht wusste, wer er war. Schließlich sagte ich: »Ich bin Schabi, ein Freund von Benji.«

»Ein Freund von Benji?« Der Mann machte ein erstauntes Gesicht. »Aber Benji ist in der Schule. Gehst du nicht in die Schule?« Er sprach langsam und mit amerikanischem Akzent. Ich hätte ihn gern gefragt, wer er war, aber ich traute mich nicht. Vielleicht war er Benjis Vater, den ich nie gesehen hatte? Er hatte tatsächlich auch so blaue Augen, nur waren sie nicht so groß wie Benjis. Ich sagte, wir hätten früher frei bekommen und ich hätte gedacht, Benji wär schon zu Hause.

»Vielleicht ist er es ja auch«, sagte der Mann und fuhr sich über seine Glatze. »Kann sein, dass er gekommen ist, ohne dass ich ihn gesehen habe.« Er band den schwarzen Teufel, den er bisher am Halsband gehalten hatte, an die Kette und winkte mir, ihm zu folgen. Ich ging ins Haus, als wäre es das erste Mal. Meine Sorgen waren noch größer geworden, denn wenn Benji nicht zu Hause war, wohin war er dann gegangen?

Benjis Vater – er musste es sein – schrie ein paar Mal »Benji! Benji!« im Treppenhaus, dann rief er: »Jutta, dear!« Aber niemand antwortete ihm. Man hörte nur das Klirren der Hundekette von draußen. Der Mann sagte, ich solle warten und lief schnell die Treppe hinauf. Für einen älteren Mann lief er sogar sehr schnell, nahm zwei oder drei Stufen auf einmal. Ich hörte ihn an Benjis Tür klopfen, aber keine Antwort. Er kam zu mir zurück und sagte, Benji sei nicht zu Hause. »Möchtest du warten?«, fragte er. »Vielleicht kommt er ja gleich.« Er bot mir sogar eine Cola aus dem Kühlschrank an.

Ich nickte, nahm die Cola und trank. Ich war bereit zu warten, schon weil ich an den Rückweg dachte. Sogar bergab war es weit zur Haltestelle. Und vielleicht würde Benji ja kommen. Ich verstand einfach nicht, wohin er verschwunden war. Er kennt Ein-Kerem gar nicht, obwohl er hier wohnt. Er geht nur manchmal zum Felafel-Kiosk oder zum Lebensmittelgeschäft, und auch das nur, wenn der Kühlschrank völlig leer ist.

Ich saß sehr lange auf dem weißen Sofa im Wohnzimmer. Da hatte ich noch nie gesessen und erst jetzt fielen mir die großen Bilder an den Wänden auf. Sie sahen alle so ähnlich aus wie die, die ich im Atelier von Benjis Mutter gesehen hatte. Ich schaute aus den großen Fenstern auf die Straße, die sich den Hang heraufwindet, und ich hörte die Glocken vom Kloster. Erst war es nur eine Glocke, dann kamen noch viele dazu. Ich betrachtete den Vorleger vor dem Seitenfenster, ein Bärenfell, an dem noch der ganze Kopf dran war, mitsamt Zähnen. Diesen Vorleger hatte ich schon gesehen. Benji hatte gesagt, sein Vater hätte den Bären selbst erlegt. Ich habe es nicht wirklich geglaubt. Schon lange hatte ich das Bärenmaul einmal anfassen wollen, obwohl es ein wenig gruselig war, aber noch nie hatte ich mich länger in diesem Zimmer aufgehalten. Und jetzt hatte ich Angst, der Mann könnte zurückkommen.

Als das Glockenläuten aufhörte, war es ganz still. Nur die Vögel sangen. Der Hund bellte nicht. Ich hörte sogar die Fliegen summen und leise den Chor von oben, aus dem Arbeitszimmer von Benjis Mutter. Sie hörten offenbar nie auf zu singen, diese russischen Mönche. Schließlich sah ich ein, dass die Warterei sinnlos war. Ich hustete, um mich bemerkbar zu machen, und der Mann kam aus einem der Zimmer. Ich sagte, ich müsse jetzt gehen, zu Hause würden sie auf mich warten. Ich habe wirklich gesagt, sie würden auf mich warten, obwohl in Wirklichkeit niemand auf mich wartete. Der Mann sagte »Schade«, machte die Tür auf und fragte, ob er Benji etwas ausrichten solle. »Nichts«, sagte ich, »nur dass ich hier war. Sagen Sie ihm, Schabi wär da gewesen.«

»Schabi«, sagte der Mann in einem Ton, als hätte er noch nie so einen Namen gehört.

Erst als ich das Haus schon ein ganzes Stück hinter mir hatte, drehte ich mich um. In Benjis Zimmerfenster sah ich ein Gesicht. Ich war nicht sicher, ob es Benji war, aber bestimmt war dort jemand. Und wenn es nicht Benji war, wer denn sonst? Ich wollte zurücklaufen und nachschauen. Ich glaubte einfach nicht, dass der Mann mir nur vorgemacht hatte, Benji wär nicht zu Hause. Es war unvorstellbar, dass er mich ganz umsonst hatte so lange warten lassen. Aber er war doch oben gewesen, in Benjis Zimmer, und hatte gesagt, er sei nicht da. Wem gehörte dann dieses Gesicht? Benji, der sich nicht nur vor mir versteckt hatte, sondern auch vor diesem Mann? War er vielleicht eingesperrt worden? Und wenn es Benji war, warum sollte er sich dann vor mir verstecken? Schließlich war ich doch so was wie sein großer Bruder, das hatte er selbst neulich erst gesagt, als er beim Basketballtraining ein paar Mal hintereinander den Korb getroffen hatte. Er hatte mir einen Rippenstoß versetzt und gesagt: »Du bist mein großer Bruder. Du bist wie meine Brüder in Amerika.« Ich fühlte mich jetzt tatsächlich ein bisschen gekränkt, weil er sich vor mir versteckte, aber vor allem wunderte ich mich. Ich verstand nicht, was passiert war. Ich dachte, vielleicht muss ich etwas unternehmen, wusste aber nicht, was. Ich müsste es jemandem erzählen, überlegte ich, und wusste nicht, wem. Und wegen all der Dinge, die ich nicht wusste, lief ich langsam den Hang hinunter. An der Haltestelle setzte ich mich und zog meine Füße mitsamt den Turnschuhen auf die Bank. Ich wusste, dass es noch lange dauern würde, bis der nächste Bus kam.

Vielleicht lag es an der Uhrzeit, dass kaum Autos vorbeifuhren, es war ja noch mitten am Vormittag. Die Straße war so ruhig wie am Vorabend vom Schabbat. Ich schaute zu Benjis Haus hinauf. Die Sonne spiegelte sich in den Fenstern vom zweiten Stock, und es war nichts zu sehen außer dem blendenden Glitzern. Außerdem war es sowieso zu weit weg, um etwas zu sehen, auch ohne Sonne. Ich war mir schon gar nicht mehr sicher, ob ich tatsächlich ein Gesicht gesehen hatte. Vielleicht hatte ich es mir nur eingebildet? Und wenn es wirklich ein Gesicht gewesen war, wem gehörte es dann? Wenn nicht Benji, wem denn sonst? Und was war mit Benji? Wo steckte er?

Bis vor gar nicht so langer Zeit wusste ich noch nicht, dass ich in Joli verliebt bin. Manche Sachen erfährt man, weil man sie in Büchern liest, manche, weil man sie von jemandem gehört hat, aber wenn es um Liebe geht?

Wenn einem etwas wehtut, ein Arm oder ein Bein, merkt man das sofort, und wenn man krank wird, auch. Auch wenn man wütend auf jemanden wird. Aber wenn man sich in jemanden verliebt? Vor zwei Monaten, als ich nach unserem Klassenausflug krank wurde und zu Hause blieb, lag ich im Wohnzimmer auf dem Sofa und spielte gegen mich selbst Karten. Danach schaute ich mir einen Film an, den ich mir, wenn ich gesund gewesen wär, nie angeschaut hätte.

Der Film handelte von einem englischen Mädchen, das in Indien geboren war. Ihre Mutter starb und ihr Vater zog sie auf wie eine Prinzessin, mit Kindermädchen und Dienern. Später beschloss der Vater, sie müsse eine bessere Erziehung bekommen, und brachte sie nach England, in ein Internat. Das war angeblich ein ganz prächtiges Internat, für Mädchen aus reichen Familien, und die Leiterin empfing den Vater und das Mädchen sehr feierlich. Das Mädchen bekam ein Zimmer mit genügend Platz für all ihre Sachen, und man hätte denken können, alles wäre in Ordnung. Doch kaum hatte ich das Gesicht der Internatsleiterin gesehen, da wusste ich, dass keineswegs alles in Ordnung sein würde, man sah ihr die Bosheit an, trotz ihrer Höflichkeit und ihrer Schmeicheleien. Ich wusste, dass es dem Mädchen dort nicht gut gehen würde. Und tatsächlich, kaum war ihr Vater abgereist, fingen sie an, das Mädchen zu quälen, zu boykottieren und zu verspotten. Sie durfte nichts mehr tun, einfach nichts. Und als später eine Nachricht kam, ihr Vater sei in einem fernen Krieg umgekommen, und als deshalb auch kein Geld mehr eintraf, wurde sie zum Dienstmädchen gemacht. Man hat ihr alle Sachen abgenommen und ein Dachzimmer zugewiesen, zusammen mit einem anderen Waisenmädchen aus Afrika. Im Zimmer war es kalt und es gab Mäuse. Sie hat fast kein Essen bekommen und die anderen Mädchen durften nicht mit ihr reden.

Ich habe gleich gewusst, dass das ein Film für Mädchen ist, aber es gab ein paar Sachen, deretwegen ich nicht aufhören konnte, ihn anzuschauen. Da waren die Bilder von ihrem Leben in Indien, und außerdem gab es auch ein paar märchenhafte Dinge, zum Beispiel einen Prinzen, den sie jedes Mal sah, wenn es ihr schlecht ging, und manchmal half er ihr auch. Der Prinz und der Affe, der nachts durch das Fenster in die Dachkammer kam und mit ihr in der Affensprache redete. Der Affe war ein Gesandter des indischen Prinzen.

Ich finde solche Sachen spannend, die es in Wirklichkeit nicht gibt, Feen und Zwerge und Prinzen. Natürlich glaube ich nicht an sie, aber ich sehe sie mir trotzdem gern an. Das Mädchen im Film, das die ganze Zeit das schwarze Mädchen ermutigte und so gut war und immer daran glaubte, dass alles wieder gut würde, erinnerte mich an Joli.

Joli glaubt auch immer, dass am Schluss alles in Ordnung kommt. Auch als sie sich den Arm gebrochen hatte und zur Untersuchung ins Krankenhaus musste. Sie hatte

Tränen in den Augen, weil es ihr so wehtat, trotzdem versuchte sie zu lächeln und rief uns aus dem Auto von Krankenschwester Ziona zu, sie wäre bestimmt morgen wieder in der Schule, dann dürften wir ihr was auf den Gips schreiben. Am Schluss hat sie aber wegen meiner Zeichnung fast niemanden auf den Gips schreiben lassen. Nur Benji durfte seinen Namen hinmalen. Man sah ihm an, wie geehrt er sich fühlte.

Und was, wenn jemand ihn im Haus eingesperrt hat und er nicht hinaus darf? Und ihn quält, wie man es manchmal in Filmen sieht? Vielleicht sieht alles nur in Ordnung aus, so wie in diesem Internat im Film, vielleicht ist das große Haus mit den Bogenfenstern und dem Parkettboden und dem Bärenvorleger nur Theater? Meine Mutter erlaubt nie, dass ich mir im Fernsehen Filme anschaue, in denen Kinder von ihren Eltern misshandelt werden. Sie ist auch nicht bereit, mit mir über solche Themen zu reden. Trotzdem weiß ich, dass es so etwas auf der Welt gibt, sogar in unserem eigenen Viertel. Manchmal kann man nachts Geschrei aus der Wohnung der Awichails hören und manchmal sieht man Meron Awichail auch draußen auf der Treppe sitzen. Ich weiß dann, dass ihr Vater sie verprügelt hat und dass sie nicht hinein darf. Aber von ihnen weiß man, dass sie eine schwierige Familie sind. Ihr Vater arbeitet nicht und trinkt den ganzen Arrak und bekommt Krisen. Wenn man von Anfang an weiß, dass etwas nicht in Ordnung ist, ist es weniger schlimm, glaube ich, als wenn alles gut aussieht und in Wirklichkeit sehr schlecht ist.

Ich erschrak so sehr über meine eigenen Gedanken, dass ich noch einmal zum Haus hinaufschaute. Es schien auf einmal noch viel weiter entfernt zu sein. Die Sonne hatte sich schon weiterbewegt, und die Fensterscheiben blendeten nicht mehr. Kein Gesicht war zu sehen. Ich überlegte, was ich tun könnte, aber mir fiel absolut nichts ein. Ich wartete also weiter auf den Bus und hoffte, Benji würde plötzlich auftauchen und die ganze Sache würde sich klären. Aber niemand kam. Noch nicht mal eine Katze.

Der Bus bog um die Ecke, ich hörte ihn, noch bevor ich ihn sah. Ein letztes Mal hob ich den Blick zu den Fenstern und sah, dass jemand blinkte, wie wenn man einen Spiegel in die Sonne hält. Das war bestimmt Benji, der aus seinem Zimmer blinkte. Ich wusste nur nicht, ob der Mann mich angelogen hatte oder ob er wirklich nicht gewusst hatte, dass Benji zu Hause war. Eine Sache war mir aber klar, nämlich dass es dort in dem Haus niemand anderen gab, der mit einem Spiegel spielen und mich blenden würde. Einen Moment lang überlegte ich, ob ich zurückgehen und Benji selbst suchen sollte, aber der Bus hielt schon und der Fahrer machte die Tür auf. Die offene Tür traf die Entscheidung für mich.

3. Kapitel

Ich fuhr zurück zur Schule und kam gerade rechtzeitig zur zweiten großen Pause an. Im Flur traf ich Uri. Die Mädchen nennen ihn Uri-Buri. Ich nannte ihn gar nicht beim Namen, denn er kam gleich auf mich zugerannt und stieß die andern aus unserer Klasse zur Seite, die auf dem Weg zum Umkleideraum waren, weil wir als Nächstes Sport hatten. Beim Reden hüpfte Uri auf und ab wie ein Fisch, der nach Luft schnappt, und sagte: »Wo hast du gesteckt, wo hast du gesteckt, du kriegst Ärger, du kriegst Ärger.« Manchmal sagt Uri jeden Satz zweimal. Wegen dieser Wiederholung und der Hüpferei hätte man denken können, er wäre schadenfroh gewesen. Aber wer Uri kennt, weiß, dass er nur hüpft, um größer auszusehen. Er hat einfach das Gefühl, wenn er die ganze Zeit rennt und hüpft und in Bewegung ist, würde man vielleicht glauben, er wäre gewachsen. Uri ist der kleinste Junge aus der Klasse und sieht aus wie elf. Er hat sogar eine Stachelfrisur, damit er ein paar Zentimeter größer aussieht. Sein größter Wunsch ist es, in die Basketballmannschaft zu kommen. Einstweilen übe ich manchmal mit ihm, aber Jo'el, unser Trainer, sagt immer, er muss noch wachsen. Egal, ob er schon gut werfen könne, ohne die richtige Größe gibt's keinen Basketballspieler. So redet Jo'el.

Wenn Uri alles zweimal sagt, ist das nur ein Zeichen dafür, dass er aufgeregt ist. Uri ist mein bester Freund. In der letzten Zeit ist er oft ein bisschen böse mit mir wegen Benji. Ich glaube, er fühlt sich zurückgesetzt, weil ich auch mit Benji Werfen übe. Aber als ich ihn mal fragte, ob Benji ihn störe, sagte er: »Wieso denn? Dieser kleine Fettwanst ist mir doch egal.« Damals hatte er sich geärgert, das wusste ich, aber jetzt, im Schulflur, machte er sich Sorgen. Rachel, die Direktorin, hatte nach mir gesucht, mich aber nirgends gefunden. Das erzählte mir Uri mit leiser Stimme. »Du sollst zu ihr gehen«, sagte er. »Dringend.«

Da war mir klar, dass ich wirklich Ärger hatte. Und obwohl ich am liebsten weggelaufen wär, ging ich geradewegs zum Zimmer der Direktorin. Ich klopfte ganz leise an die Tür, weil ich hoffte, sie würde mich nicht hören und nicht aufmachen und ich könnte einfach verschwinden. Aber sie schrie laut: »Herein.«

Ich machte die Tür auf. Die Direktorin hob den Kopf. Die Brille war ihr auf die Nase gerutscht, ihre stahlgrauen, hervorstehenden Augen schauten mich über die Gläser hinweg an und sie runzelte die Stirn, als versuche sie, sich an etwas zu erinnern. Dann sagte sie, ich solle draußen warten, sie müsse vorher noch etwas erledigen. Ich wusste gleich, dass das ein Teil ihrer Erziehungsmethode ist, denn sie fügte prompt hinzu: »Inzwischen hast du Zeit, darüber nachzudenken, was du heute gemacht hast.«

Ich wusste aber nicht, über was ich, ihrer Meinung nach, nachdenken sollte. Ob überhaupt aufgefallen war, dass ich Mathe geschwänzt hatte. Ich setzte mich auf die Bank neben der Tür und dachte an gar nichts, außer dass die ganze Klasse jetzt zum Sportunterricht gegangen war und ich ausgerechnet diese Stunde verpasste. Nach einiger Zeit, als schon alle Klassentüren zu waren und die Unterrichtsstille herrschte, rief sie mich.

Wenn Erwachsene, zum Beispiel Lehrer oder auch Eltern, sagen, du sollst dich hinsetzen und ihnen mal alles erzählen, hält man am besten den Mund. Wenn man nichts sagt und geduldig wartet, fangen sie selbst an zu reden und man kann herausbekommen, was sie wollen. Wenn man genügend Geduld aufbringt, kriegen sie auch nichts raus, was sie nicht schon gewusst haben. Dafür braucht man allerdings sehr viel Geduld, denn sie fragen und reden und warten und schauen einen an, und manchmal ist es so still im Zimmer, dass man große Lust bekommt, ihnen zu antworten, nur um diese lästige Stimme loszuwerden, die dauernd fragt, warum man etwas so und nicht anders gemacht hat. Schließlich weiß man es manchmal selber nicht.

Ich kann nicht erklären, warum ich eine Karikatur von Herrn Sefardi mit seinem erhobenen Finger gezeichnet habe und warum ich das mitten im Unterricht tat. Ich hätte nur sagen können, dass man in Englisch sowieso nichts lernt und es daher schade um die Zeit ist. Aber so etwas will eine Direktorin nicht hören. Sie will eigentlich überhaupt keine direkte Antwort auf ihre Fragen.

Ich saß ihr also an ihrem Schreibtisch gegenüber und nach einer Sekunde Stille fing sie schon an zu reden. »Kannst du mir das vielleicht erklären?«, fragte sie und deutete auf das Porträt von Herrn Sefardi in meinem Heft. Ich senkte die Augen, dann schaute ich zur Seite und betrachtete all die Auszeichnungen für Sport, die

47

dort an der Wand hingen, und die Reliefkarte von Israel, die zwei Grenzen hat, eine in einem leuchtenden Grün, die andere in Lila.

Nachdem ich eine Weile geschwiegen hatte, fing sie wieder selbst an zu reden. Mein Malheft lag zwischen uns auf dem Tisch und sie fragte: »Schabi, wie kann ein so erwachsener Junge wie du, der doch mit gutem Beispiel vorangehen müsste, so grausam zu seinen Mitmenschen sein?«

Das war für mich das Zeichen, dass die Befragung bald vorbei sein würde, denn Rachel, die Direktorin, liebt es, solche Gespräche mit einem Hinweis auf Verantwortung und Rücksichtnahme zu beenden. Sie wusste noch nicht, dass ich Mathe geschwänzt hatte, das war klar, ich brauchte ihr also nicht zu erklären, wo ich gewesen war. Sie fragte auch nichts über Benji und warum er aus der Schule weggelaufen war, deshalb beruhigte ich mich. Als Uri gesagt hatte, ich würde Ärger bekommen, war ich sicher, dass es etwas mit Benji zu tun hätte. Vielleicht hatte er etwas Fürchterliches angestellt. Und wenn nicht wegen Benji, dann wegen der geschwänzten Stunde. Ich hatte sogar überlegt, ob sie schon meine Mutter bei der Arbeit angerufen hatte.

Ich wartete darauf, dass die Direktorin das sagen würde, was sie am Ende solcher Gespräche immer sagt: »Bei manchen Dingen kann man nicht einfach zur Tagesordnung übergehen.« Sollte sie mir doch schon meine Strafe geben, damit ich in die Klasse zurückgehen konnte. Aber sie war noch nicht fertig damit, wie schwer ich sie enttäuscht habe und wie schade es sei, dass ein begabter Mensch wie ich sein Talent ausnütze, um andere zu verspotten. Ich sollte zur Strafe einen Entschuldigungsbrief an Herrn Sefardi schreiben, auf Englisch, und ihm erklären, ich hätte eingesehen, dass man seine Talente nicht missbrauchen darf.

Als ich den Urteilsspruch gehört hatte, stand ich auf. Das Heft lag noch aufgeschlagen auf dem Tisch, fast hätte ich die Hand ausgestreckt und es genommen, aber die Direktorin legte ihre Fingerspitzen darauf und sagte: »Das bleibt bei mir, du hast keinen Grund, stolz darauf zu sein.« Als sie das Heft in ihre Schreibtischschublade schob, konnte ich noch einen letzten Blick auf das Porträt meines Englischlehrers werfen. Dann sagte sie noch einmal: »Bei manchen Dingen kann man nicht einfach zur Tagesordnung übergehen.« Es stimmte aber nicht, dass ich keinen Grund hatte, stolz zu sein, das Bild war wirklich gut. Aber ich schwieg und ging schnell in meine Klasse. Ich hatte schon die halbe Schulstunde verpasst.

Das Klassenzimmer war leer. Alle waren beim Sport, außer Joli, die auf ihrem Stuhl saß und ein Buch las. Sie hielt es mit der linken Hand, am rechten Arm hatte sie noch den Gips. Der war nicht mehr weiß und bröckelte auch schon ein bisschen. Heute sollte sie ihn abbekommen, das wussten alle. Am Morgen hatte sie zu mir gesagt, sie würde darum bitten, dass man ihr den Gips ganz vorsichtig runternimmt, damit der Vogel, den ich gemalt hatte, heil blieb. Sie wollte den Vogel einrahmen und in ihr Zimmer hängen, wie ein richtiges Bild.

An dem Tag, an dem Joli mit dem Gips aus dem Krankenhaus gekommen war, als er noch ganz weiß war und niemand etwas draufgeschrieben hatte, hatte sie mich gebeten, ihr etwas draufzumalen. Sie sagte nicht, was sie wollte, nur, dass es etwas sein sollte, was ich gern hätte. Das tat ich. Ich malte den Adler, der Nimrod auf der Schulter sitzt. Ich malte ihn rot und schwarz an und er sah aus, als würde er ihr auf der Hand sitzen, die sich unter dem Gips befand. Sehr stolz, mit gewölbter Brust und mit einem großen, schrecklichen Schnabel. Ich brauchte lange zum Malen und die ganze Zeit war ich ganz nah bei Joli. Viele aus der Klasse standen um uns herum und schauten zu, aber das war mir egal. Jedes Mal, wenn Joli sich bewegte, berührten ihre Haare meine Hand und das war wie ein Stromstoß. Und wenn sie sich vorbeugte, um das Bild zu betrachten, roch ich den Duft ihrer Haare. Später sagte Joli einmal, jeder, der sie mit dem Gips sah, wolle das Bild anschauen. Sogar die Krankenschwester hätte es bewundert und gefragt, wer der Künstler sei.

Jetzt hob sie die Augen von ihrem Buch. Ich setzte mich auf Majas Stuhl, in der Reihe vor Joli, und drehte mich um. Joli lächelte und fragte, warum ich nicht beim Sport war, und ich sagte: »Wegen Herrn Sefardi und meinem Malheft.«

Sie lachte, dass man ihre Grübchen unter den Augen sehen konnte und auch ihren Vorderzahn, bei dem ein kleines Stück rausgebrochen ist. Das ist der einzige Makel in ihrem Gesicht, der abgebrochene Zahn, und ausgerechnet der macht sie noch schöner. Das habe ich im Malzirkel im Museum gelernt, dass wirkliche Schönheit immer einen kleinen Makel braucht, der sie betont. Joli wollte das Bild sehen. »Es ist bestimmt ganz toll«, sagte sie. Ich erzählte ihr von meinem Heft und auch von dem Brief, den ich an Herrn Sefardi schreiben musste. »Das kostet mich bestimmt einen halben Tag«, sagte ich.

Joli kniff ein Eselsohr in ihr Buch und klappte es zu. »Mach dir keine Sorgen«, sagte sie. »Gib mir ein Blatt und ich schreibe den Brief für dich. Du musst ihn dann nur noch mit deiner Schrift abschreiben, damit es nicht rauskommt.«

Ich ging zu meiner Schultasche, um eine Seite aus einem Heft zu reißen, und plötzlich sah ich, dass die schwarze Schatulle mit meinen Stiften und Kreiden nicht mehr da war. Sie war einfach nicht da, nicht im ersten Fach und nicht im zweiten. Es ist eine ziemlich große Schachtel, sie kann in einer Schultasche nicht einfach verloren gehen. Trotzdem drehte ich die Tasche über dem Tisch um und alles fiel heraus, sogar das Pausenbrot, das ich nicht gegessen hatte. Ich schüttelte die Tasche so lange, bis auch das letzte Kaugummipapier und die letzte abgefahrene Streifenkarte herausgefallen war, auch noch ein paar kleine Geldstücke und eine zerknitterte Karte von Michael Jordan und ein Schlüssel, den ich schon lange gesucht hatte. Aber die Schatulle mit den Stiften war nicht da.

Joli schaute mir zu, ohne ein Wort zu sagen. Sie kannte die Schatulle, ich hatte sie ihr an dem Tag gezeigt, als ich sie bekommen hatte. Ich hatte sie all meinen Freunden gezeigt.

»Vielleicht hast du sie zu Hause vergessen«, sagte Joli. Aber ich hatte die Stifte ja in der Englischstunde benutzt. Und ich erinnerte mich genau, dass ich die Schatulle in die Tasche gesteckt hatte, bevor ich aus dem Klassenzimmer gegangen war.

Joli stand auf und half mir beim Suchen. Wir schauten in allen Tischen nach, wir kontrollierten jede Ecke des Bodens, den Lehrertisch. Ich wühlte sogar den Papierkorb durch. Aber wir fanden nichts. Im ersten Augenblick, als ich entdeckt hatte, dass die Schatulle fehlte, war ich erschrocken. Dann wurde ich wütend und nach dem Suchen war mir auf einmal schlecht, wirklich schlecht. Ich spürte, wie mir die Angst den Magen umdrehte. Nicht nur meine Schatulle war weg, auch Benji war verschwunden, und die beiden Dinge mussten etwas miteinander zu tun haben. Nicht weil er mir die Schatulle geschenkt hatte, sondern weil beide am gleichen Tag verschwunden waren.

Ich sah Joli an, dass sie Mitleid mit mir hatte, und wusste nicht, was ich machen sollte. Am liebsten hätte ich geweint, aber ich nahm mich zusammen. Ich saß da und schwieg. Auch sie ging zu ihrem Platz zurück, setzte sich und wartete. Vielleicht fühlte sie, dass ich noch nichts sagte, weil ich Angst hatte, sonst zu weinen, jedenfalls wartete sie geduldig. Auch wegen solcher Sachen habe ich sie gern, sie weiß immer, wie man sich verhält. Ich glaube, sie weiß immer, wie der andere sich fühlt, und richtet sich danach. Ich glaube, das ist eine Eigenschaft, die nur wenige haben. Wir schwiegen also beide. Vielleicht sollte ich mich damit zufrieden geben, dass wir Freunde sind, dachte ich, schließlich ist sie nicht mit jedem befreundet, dazu ist sie zu schüchtern. Vielleicht sollte ich mich wirklich damit zufrieden geben und nicht den ganzen Tag überlegen, wie ich ihr zeigen könnte, was ich für sie fühle. Aber so schnell gab ich nicht auf. Nicht dass ich etwas zu ihr sagte, dafür genierte ich mich zu sehr, ich hatte noch zu keinem Menschen ein Wort gesagt. Und eigentlich war ich, ganz tief innen, sowieso sicher, dass nichts daraus würde, sie hatte ja Nimrod. Und was bin ich schon gegen

Nimrod? Abgesehen von anderen Dingen sehe ich vor allem nicht so gut aus wie er und bin auch nicht so groß. Und den Kopf kann ich auch nicht so zurückwerfen wie er. Außerdem bin ich nicht der King der Jahrgangsstufe und noch nicht mal bei den Pfadfindern. Und ich war noch nie im Ausland. Und mein Vater ist kein wichtiger Mann wie Nimrods Vater, der Professor von der Universität, vor dem unsere Direktorin katzbuckelt, als wäre er der Regierungspräsident.

Nach einer Weile sagte Joli: »Vielleicht hat jemand die Schatulle aus Versehen mitgenommen? Bestimmt taucht sie wieder auf, du wirst schon sehen.«

Ich nahm nicht an, dass sie das wirklich glaubte, sie wollte mir nur ein bisschen Mut machen. Aber ich nickte und senkte den Kopf, um die Tränen in meinen Augen zu verbergen.

»Du siehst immer alles in düsteren Farben«, sagte Joli. Manchmal spricht sie wie aus Büchern, in einer feierlichen Sprache. Sie sagte nicht: Das sind doch nur Buntstifte, da brauchst du doch nicht zu weinen. Aber ich sagte es innerlich immer wieder, damit ich ja nicht anfing. Ich fand es schlimm. Jemand hatte mir etwas Böses angetan, damit es mir schlecht ging. Und es ging mir schlecht. Aber – wenn es mir, in meinem Alter, wegen so etwas schlecht ging, wie musste sich dann erst Benji fühlen?

»Die Schatulle ist doch so groß«, sagte ich zu Joli. »Wie kann sie jemand genommen haben, ohne dass es einer bemerkt hat?«

Sie runzelte die Stirn beim Nachdenken. »Vielleicht, als wir im Biologiesaal waren? Oder in der großen Pause? Vielleicht ist jemand aus einer anderen Klasse reingekommen …« Sie schwieg plötzlich. Vielleicht dachte sie daran, dass man uns eingeschärft hatte, unsere Schultaschen mitzunehmen und nichts Wertvolles unbeaufsichtigt herumliegen zu lassen wegen der Diebstähle. Schon seit einem halben Jahr wurde bei uns Geld geklaut, aus Schultaschen, aus Jacken und so, aber ich brachte meine Schatulle nicht mit den Gelddiebstählen in Verbindung. In diesem Moment war ich überzeugt, dass es eine Strafe für mich war. Vielleicht, weil ich mit ihr angegeben und sie mit in die Schule genommen hatte. Oder weil ich nicht gut auf sie aufgepasst hatte. Oder es war eine Strafe für etwas, was ich mit Benji getan hatte, auch wenn ich jetzt nicht wusste, was. Plötzlich kam ich auf die Idee, dass es auch der kleine Malul mit seinen Freunden gewesen sein könnte, um sich an mir zu rächen. Ich fragte Joli, ob sie Kinder aus der Sechsten bei uns gesehen hätte, sie verneinte. Da beschloss ich, das Gespräch mit dem großen Malul nicht länger zu verschieben, sondern ihn gleich in der nächsten Pause aufzusuchen. Wenn Streichholz vor mir mit ihm redet, überlegte ich, muss der ihn als großer Bruder beschützen. Aber wenn ich vorher komme, nimmt er sich Streichholz vor und bekommt vielleicht sogar heraus, wer meine Schatulle geklaut hat.

Man hätte denken können – und Joli tat das wohl auch –, dass es mir nur um meine Stifte Leid tat. Aber es war mehr als das. Diese Schatulle war nicht nur das Schönste, was ich je besessen hatte – aus schwarz lackiertem Holz, mit rotem Tuch ausgelegt und mit Fächern für Pastellkreiden und Stifte und einem Schloss, das laut einrastete. Das war es aber nicht nur, sondern auch die Art, wie Benji an die Schatulle gekommen war. Am Anfang hatte er ja lange Zeit überhaupt nicht mit mir gesprochen. Aber nachdem ich ihn beim Mörderspiel beschützt hatte, nachdem ich zu den Kindern in seiner Klasse gesagt hatte, ich wäre so was wie sein großer Bruder, hatte er, ohne mir was davon zu sagen, einen seiner beiden echten großen Brüder in Amerika gebeten, ihm Kataloge von Firmen für Zeichenbedarf zu schicken, die solche Dinge wie Farben und Stifte herstellen, doch nichts gefiel ihm. Bis sein Bruder ihm schließlich einen Katalog aus Chicago schickte, von einem Spezialgeschäft für Künstler. Da sah er ein Foto von der Schatulle. Die hat er dann bestellt, weil er sie für das Tollste und Einmaligste hielt. Er wollte mir nicht sagen, wie viel sie gekostet hatte, aber ich bin sicher, dass er viel dafür ausgegeben hat, vielleicht sogar fast alles, was er gespart hatte.

Als ich die Schatulle das erste Mal aufmachte und das weiche rote Tuch anhob, in das die Farben und Stifte gebettet waren, sah ich über den Pastellkreiden einen winzig zusammengefalteten Zettel. Ich nahm ihn heraus und Benji drehte den Kopf zur Seite, als wäre es ihm peinlich. Auf dem Zettel stand nur: Für Schabi von Benji. Aber dazwischen war ein weißer Tippex-Fleck, als hätte er noch etwas anderes hingeschrieben und es dann bedauert. Ich schaute ihn an, aber er drehte den Kopf nun zur anderen Seite. Deshalb berührte ich bloß seine Hand und sagte: »Ich habe noch nie etwas so Wunderbares geschenkt bekommen.«

Plötzlich hörte ich mich zu Joli sagen, dass ich Schwierigkeiten mit Benji hatte und mir große Sorgen machte. »Wirklich sehr große Sorgen«, sagte ich, genau wie Jo'el, unser Trainer, es manchmal sagt, wenn wir schlecht spielen. Und sofort schämte ich mich. Es stimmte ja, dass ich mir Sorgen machte, aber vor allem hatte ich nach einem Thema gesucht, um mit ihr zu sprechen. Ich hatte einfach Angst, ich könnte anfangen zu heulen. Und ich wollte auch nicht, dass sie merkte, was für Herzklopfen ich hatte, nur weil sie und ich allein in der Klasse waren. Ich hatte das Gefühl, sie könne mir alles ansehen, als wäre ich durchsichtig. Und wegen der Schatulle und allem, was am Morgen passiert war, konnte ich mich nicht mehr zurückhalten.

Joli stellte die Beine auf einen Nachbarstuhl und legte die Arme um die Knie. Ihr Strumpf hatte dort ein Loch, durch das ihre weiße Haut zu sehen war. Dann schob sich Joli ein bisschen nach hinten, stützte den Ellenbogen auf den Tisch und legte ihr Kinn in die Hand, um mir besser zuzuhören. Wenn man so erwartungsvoll angeschaut wird, muss man sprechen, da kann man einfach nicht anders. Also sprach ich. Ich erzählte ihr von der Schatulle und wie sie angekommen war, in einem Pappkarton, geschützt von einer speziellen Folie mit Luftblasen, die aufplatzen, wenn man draufdrückt. Und unter der Folie war die Schatulle noch einmal in ein schwarzes Samttuch gewickelt. Ich erzählte Joli, wie sich zwischen mir und Benji alles geändert hatte, nach der Schatulle, und wie er angefangen hatte, mit mir über alles zu sprechen. Ich erzählte ihr auch von diesem Morgen, von Benji, der vor mir davongelaufen war, wie ich zu ihm nach Hause gefahren war, wie ich an der Bushaltestelle gewartet hatte und jemand mich mit einem Spiegel blendete. Als ich das Gesicht im Fenster beschrieb, beugte sie sich vor, ihre schwarzen Augen wurden noch schwärzer und das Weiß drum herum noch weißer. Und als ich sagte, ich sei gar nicht sicher, ob da wirklich ein Gesicht war, und wenn, ob es Benjis Gesicht gewesen war, blinzelte sie und ich konnte die bläuliche Haut auf ihren Augenlidern sehen, so nah war sie.

Joli fing an, laut nachzudenken. So nennt sie das, »zusammen laut nachdenken«. Die Erziehungsberaterin nennt es »Brainstorming«, als müsste man sich das Gehirn aufwirbeln lassen, um etwas zu denken, so wie man das ganze Zimmer aufräumt, um einen Strumpf zu finden. Joli wartete nicht, dass ich anfing laut nachzudenken, sie tat es selbst. Erst sagte sie, vielleicht hätte jemand aus Benjis Klasse ihm was getan. Aber warum war er dann nicht zu mir gekommen und hatte mich um Hilfe gebeten, sondern war vor mir weggelaufen? Mindestens dreimal fragte sie, ob ich sicher sei, dass ich ihm nichts getan hätte. Und als ich schon richtig gekränkt war, klingelte es. Ich wusste, dass gleich alle kommen würden, zur Sozialkunde, und mir fiel ein, dass ich vergessen hatte, Zeitungsartikel über den Helikopterunfall mitzubringen, wie Michal, unsere Klassenlehrerin, verlangt hatte. Joli schaute von mir zur Tür, sie wusste auch, dass die andern gleich kommen würden. »Als Erstes solltest du Michal bitten, dass sie alle nach deiner Schatulle fragt«, sagte sie. »Und nach der Stunde reden wir weiter. Ich habe dir auch den Brief noch nicht geschrieben.«

Ich wartete an der Tür auf Michal. Nach der Art, wie sie mich anlächelte, war mir klar, dass sie noch nichts von meinem Malheft und meinem Ärger mit Herrn Sefardi gehört hatte. Sie war gerade erst zur Schule gekommen, das war heute ihre einzige Stunde. Ich erzählte ihr von der

Schatulle. Sie runzelte die Augenbrauen und ihre Backen mit den vielen Sommersprossen wurden rund, als würde sie sie aufblasen. Ich setzte mich an meinen Platz und sie fragte alle, ob jemand aus Versehen meine Schatulle genommen oder gesehen hätte, wie ein anderer es tat. Sie beschrieb auch den schwarzen Lack und die roten Blumen. Während sie sprach, schaute ich mir meine Mitschüler genau an, aber mir fiel bei keinem etwas auf. Keiner senkte die Augen, keiner fing an, mit einem Bleistift rumzuspielen, keiner kratzte sich am Kopf. Ein paar schauten sich um und manchen sah ich an, dass es ihnen wirklich Leid tat für mich. Kein Einziger war dabei, den ich verdächtigt hätte. Michal fragte auch, ob jemand ein fremdes Kind in der Klasse gesehen hatte oder sonst einen Fremden, der in der großen Pause in die Klasse gekommen sei. Niemand hatte etwas gesehen.

Von den gestohlenen Dingen war noch nie etwas wieder gefunden worden. Weder das Geld, das Iti für den Schulausflug mitgebracht hatte, noch Daniels schwarzes T-Shirt mit der Aufschrift »Chicago Bulls«, noch Matans Taschenrechner oder Ronits funkelnagelneue Streifenkarte und Nurits Bibel. Es gab Gerüchte, dass man Ja'ir Malul in Verdacht hätte. Sogar sein Vater wurde in die Schule bestellt. Aber das waren Gerüchte. Als nun alle in ihren Schultaschen und unter den Bänken nachsahen, schaute ich ihnen zu, aber ich wusste von vornherein, dass sie nichts finden würden, nicht nur, weil ich immer alles in düsteren Farben sehe. Ich hatte das Gefühl, als würden meine Ohren zugehen, wie damals, als ich beim Training einen Ball an den Kopf bekam, oder wie nach langem Tauchen im Schwimmbad. Die ganze Sozialkundestunde hindurch hörte ich alles so, als wäre mein Kopf unter Wasser oder unter einer dicken Decke. Ich meldete mich kein einziges Mal. Es war mir auch egal, ob Michal mich nach den Zeitungsausschnitten fragen und feststellen würde, dass ich nichts vorbereitet hatte. Auch der Brief an meinen Englischlehrer war mir egal. Ich dachte nur an meine glänzende schwarze Schatulle. Und daran, dass jemand sie aus meiner Schultasche genommen hatte. Und an das Gesicht im Fenster. Und einmal, ziemlich lange, dachte ich auch an Joli, die versprochen hatte, nach der Stunde mit mir zu reden.

Michal sammelte die Arbeiten über den Helikopterunfall ein. Als sie die Tür aufmachte und hinausging, sah ich Nimrod, der draußen stand und wartete. Joli hatte es auch gesehen und wurde rot. Joli wird allerdings sehr schnell rot und wegen ihrer weißen Haut fällt das auch sofort auf, aber in diesem Moment hatte ich einfach Angst, dass sie ihr Versprechen nicht halten würde. Nimrod wollte sie bestimmt nach Hause begleiten, besonders heute, wo ihr der Gips abgemacht würde.

Ich beschloss zu verzichten und noch nicht mal was wegen des Briefs zu sagen. Doch als ich aus der Klasse ging, die Tasche nur über eine Schulter gehängt, rief Joli: »Warte, Schabi, warte doch. Warum läufst du weg?«

Ich wollte nicht in Nimrods Gegenwart mit ihr reden, die Sache ging ihn nichts an. Ich blieb stehen und wartete, bis sie zu mir kam. Ich wollte ihr nicht zeigen, dass mich Nimrod störte. Was ging mich Nimrod an? Er hatte immer so viel zu tun mit den Jugendtreffen, die er organisierte, und ich war mit meinen eigenen Angelegenheiten beschäftigt. Er will unbedingt so bedeutend werden wie sein Vater. Er ist ein richtiger Streber und so groß wie einer aus der Zehnten. Und ich? Nun, ich bin einfach nur ein Junge. Ich bat Joli, niemandem etwas von Benji zu erzählen, und schaute dabei in Nimrods Richtung. Ich hoffte schon nicht mehr auf Hilfe von ihr. Aber sie sagte: »Ich halte den Mund, versprochen. Und hör mal, Schabi, ich muss nach Hause, mein Großvater will dabei sein, wenn der Gips abkommt.«

Ich sagte nichts, ich schaute nur zu Boden und hörte sie sagen: »Aber ich ruf dich an, wenn ich wieder zurück bin, dann kannst du zu mir kommen. Es ist ja nicht weit. Und dann schreiben wir den Brief an Herrn Sefardi und reden weiter über Benji.«

Ich fragte nicht, wann sie anrufen würde und gab ihr auch nicht meine Telefonnummer. Erstens fragte sie nicht danach und zweitens wusste ich, dass es schon nichts mehr helfen würde. Wenn ihr Gips ab wäre, würde sie überhaupt vergessen, dass es mich gab.

Als ich nach Hause kam, stellte ich fest, dass ich keinen Schlüssel hatte. Jeden Montag arbeitet meine Mutter länger und mein Vater war auch nicht da, er war zur Rentenkasse gegangen. Ich klopfte an die Tür und hoffte, meine Großmutter würde mich vielleicht doch hören. Aber wie sollte sie? Sogar wenn sie nicht taub gewesen wäre, hätte der Krach vom Fernseher jedes Geräusch unhörbar gemacht. Ich ging um das Haus herum. Alle Fenster waren geschlossen, denn meine Großmutter fürchtet sich gleichermaßen vor Einbrechern und vor Zugwind. Nur das Badezimmerfenster war offen, aber das ist sehr klein. Erst versuchte ich, durch das Fenster zu schreien, aber sie hörte mich nicht. Wie hätte sie mich auch hören können? In der ganzen Straße war nur die laute Stimme aus einer spanischen Serie zu hören, die sie guckte. Ich kletterte an der unebenen Wand hoch und wurde vom Rosenstock zerkratzt, dem ich auch noch zwei Zweige abbrach. Schließlich zwängte ich mich durch das enge Badezimmerfenster, für das ich wirklich schon zu groß war. Meine Großmutter merkte es nicht mal, als ich ins Wohnzimmer kam, jedenfalls bis ich mich vor den Fernseher stellte. Sie sah mich, griff sich an den Hals, als würge sie etwas und schrie: »Was ist das?« Als würde sie einen Geist sehen.

Ich schaute auf den Bildschirm und sah zwei Frauen und einen Mann. Die eine Frau, die mit den roten Locken, schrie die andere an, und der Mann, der glänzende Haare hatte und einen feinen Anzug trug, versuchte sie zu beruhigen. Meine Großmutter hatte vor sich auf dem Tisch eine Schüssel mit roten Linsen stehen, daneben eine Schale mit Steinchen und grauen Linsen, die sie schon herausgelesen hatte. Ich stellte den Fernseher leiser und teilte ihr schreiend mit, dass ich durch das Badezimmerfenster hereingekommen sei, weil sie mich nicht gehört habe.

Sie legte sich die Hand aufs Herz und auf dem ganzen Weg zum Badezimmer zeterte sie: »Luft, Luft, die ganze Zeit sagt sie, hier braucht man Luft.«

Ich wusste, dass sie meine Mutter meinte, die nicht erlaubt, auch noch das Badezimmerfenster zu schließen. Vom Badezimmer lief sie mir in die Küche nach. Nun schrie sie schon nicht mehr, sie fragte nur, ob ich etwas gegessen hätte. Ich sagte Nein, aber ich hätte auch keinen Hunger. Die Wahrheit ist, dass ich entsetzlichen Hunger hatte, aber nicht auf Linsensuppe oder so was. Sondern auf Weißbrot mit Schokoladenaufstrich. Ich schmierte mir vier Scheiben Brot mit Margarine und Schokocreme und schmuggelte sie in mein Zimmer. Aber schon nach dem ersten verging mir der Appetit. Nicht dass ich satt gewesen wäre, aber ich konnte einfach nicht mehr an Essen denken. Ich bückte mich und suchte unter dem Bett nach meiner Schatulle, obwohl ich genau wusste, dass sie nicht im Haus war. Schließlich hatte ich sie mit in die Schule genommen. Trotzdem suchte ich auch im Schlafzimmer meiner Eltern, sogar unter ihrem Bett und im Kleiderschrank. Überall. Schließlich setzte ich mich enttäuscht auf ihr Bett, weit weg vom Fernsehlärm, und rief Benji an.

Seine Mutter nahm ab. Erst nachdem ich zweimal gesagt hatte, wer ich war, antwortete sie: »Ach so, Schabi, guten Tag.« Benji sei draußen, sagte sie, er würde sich später bei mir melden. Jetzt wartete ich also schon auf zwei Anrufe und hing hier fest. Ich konnte noch nicht mal hinausgehen und ein paar Bälle werfen, denn Benji oder Joli konnten ja anrufen.

Um fünf hatte noch immer niemand angerufen, auch nicht um halb sechs. Inzwischen saß ich mit meiner Großmutter vor dem Fernseher und schaute mit ihr »Die Reichen und die Schönen« an. Sie klärte mich auf, wie böse die eine war, die Blonde, die Schwarze hingegen war gut, aber dumm, sie verstand die bösen Pläne der Bösen einfach nicht. Die Zeit verging so langsam, dass ich schon nicht mehr wusste, was ich machen sollte. Ich wollte, dass meine Mutter zurückkam, aber ich hatte auch Angst, sie könnte gleich kapieren, dass etwas nicht in Ordnung war. Meine Mutter hat nämlich am ganzen Körper Augen, sogar am Rücken. Genau am Ende von »Die Reichen und die Schönen«, als ich mir die Ohren zuhielt und mir der Kopf schon wehtat, kam sie nach Hause.

Bevor sie etwas fragen konnte, sagte ich schnell, mir wär nicht gut. Sie schaute mich an, kam näher und legte mir die Hand auf die Stirn. Dann legte sie den Kopf etwas schräg und schloss die Augen, als müsse sie sich konzentrieren. Sie zog mich an sich, legte mir die Lippen auf die Stirn und sagte: »Du hast kein Fieber. Komm mit mir in die Küche. Ich muss das Essen warm machen, da kannst du mir erzählen, was dich bedrückt. Wenn man Kopfweh hat und dabei kein Fieber, ist das ein Zeichen, dass die Seele wehtut, dass etwas passiert ist.«

Manchmal gefällt es mir, dass meine Mutter alles weiß, und manchmal finde ich es schrecklich. Denn nun musste ich ihr irgendwas erzählen und eigentlich wollte ich nicht, weder von Benji noch von Herrn Sefardi. Sie nahm Töpfe aus dem Kühlschrank und stellte sie auf das Gas, sie schnitt rote Tomaten in nicht zu große und nicht zu kleine Stücke, damit nicht zu viel Saft herauslief. Ich dachte an meine Schatulle und sagte: »Mir ist mein Stiftekasten geklaut worden.«

Sie hörte auf zu schneiden, schaute mich an und fragte, ob ich die Schatulle mit zur Schule genommen hätte.

Ich nickte und mein Herz wurde noch schwerer. Ich erwartete, dass sie sagen würde: Ich habe dich doch davor gewarnt, sie mitzunehmen. Aber sie sagte nur: »Vielleicht ist sie gar nicht gestohlen und du findest sie morgen. Und wenn nicht, können wir etwas Ähnliches für dich suchen. Die gleiche Schatulle werden wir wohl nicht finden, aber eine ähnliche.«

Ich wollte ihr nicht widersprechen und nicht sagen,

63

dass eine ähnliche nichts wert wäre, ich wollte sie auch nicht daran erinnern, wie teuer die Schatulle war und dass Benji sie aus Amerika bestellt hatte, extra für mich. Ich senkte den Kopf und schwieg, und sie meinte, es sei vielleicht an der Zeit, einmal mit der Direktorin über die Diebstähle in der Schule zu sprechen. »So kann es ja nicht weitergehen«, meinte sie. »Was ist das hier, ein Slum?«

Ich fing an zu schreien, sie solle ja nicht mit der Direktorin sprechen, das hätte mir gerade noch gefehlt, dass sie zu ihr ging. Meine Mutter warf mir einen Blick von der Seite zu, als habe sie plötzlich noch etwas anderes verstanden, aber sie sagte kein Wort.

Die Gasflammen brannten und man hörte es schon in den Töpfen brodeln, da sagte sie auf einmal: »Falls dich noch etwas bedrückt, Schabi, kannst du es mir ruhig erzählen, wenn du willst.«

Ich machte schon den Mund auf, um zu beteuern, dass es nichts anderes gab, wirklich nicht, aber genau da klingelte das Telefon und ich rannte hin. Es war nicht Benji, sondern Joli. Mit leiser Stimme, die ich kaum verstand, fragte sie, ob ich noch zu ihr kommen könne oder ob es schon zu spät sei, und ich sagte schnell: »Ach was. Also bis gleich.«

Ich war froh, dass ich zum Telefon gelaufen war und so meiner Mutter nicht zu viele Geschichten erzählen musste. »Ich gehe zu einem Mädchen aus meiner Klasse, wir müssen zusammen eine Hausarbeit schreiben«, sagte ich möglichst leichthin. »Und anschließend gehe ich zum Training.« Meine Mutter wollte wissen, um was für ein Mädchen es sich handelte und wo das Mädchen wohnte. Ich sagte: »Sie heißt Joli.«

»Joli und weiter?«, fragte meine Mutter.

»Joli Maimon«, sagte ich.

»Joli Maimon? Ist das nicht die Tochter von Anette?«

»Woher soll ich wissen, wie ihre Mutter heißt«, antwortete ich gereizt, denn ich mag es nicht, wenn Eltern sich einmischen.

Meine Mutter fragte, ob diese Joli glatte, lange, schwarze Haare hätte. Dann sagte sie: »Sie ist so schön wie ihre Mutter.« Das wiederum gefiel mir.

Plötzlich sagte ich: »Sie ist die Freundin von Nimrod.« Am liebsten hätte ich mir auf die Zunge gebissen. Aber meine Mutter, die mit dem Rücken zu mir stand und grüne Zwiebeln schnitt, sagte ohne sich umzudrehen, in unserem Alter würden Freundschaften nicht ewig dauern, da gäbe es immer Veränderungen und man solle nie zu schnell aufgeben. »Du musst erst essen, Schabi, das wird dir gut tun. Dann kannst du gehen.«

Es nützte nichts, dass ich sagte, ich hätte keinen Hunger, ich musste was essen. Das heißt, einen großen Teller mit Linsensuppe und eine Frikadelle. Ich tat, als würde ich essen, und als sie die Küche verließ, kippte ich alles aus, dann machte ich mich auf den Weg.

4. Kapitel

Jolis Großvater wohnt ziemlich weit von der Schule entfernt, aber er fährt nicht nur deshalb mit dem schwarzen Käfer. Man sieht ihm an, dass es ihm Spaß macht. »Glaub ja nicht, dass er ein Autonarr ist«, hatte Joli gesagt, als er sie einmal abholte. »Er ist nicht bescheuert, im Gegenteil. Aber früher hat er schon manchmal unglaubliche Sachen gemacht.«

Ich ging zu Fuß bis zur Chiskijahu-ha-Melech-Straße, und dort an der Ecke, wo das griechische Viertel anfängt, war das Haus, ein kleines, arabisches Haus, das wegen der neuen hohen Häuser in der Umgebung noch kleiner aussah. Es war schon fast dunkel, die Straßenlaternen brannten schon. Auch die Laterne vor dem blauen Tor, auf dem nur »Hirsch« stand, brannte und malte einen gelben, runden Fleck auf die Straße.

Joli öffnete mir die Tür. Ich sah sofort, dass der Gips weg war. Ihre Hand war gelblich grau und sah dünner aus als die andere, als wäre sie eingetrocknet und hätte sich geschält. Ich fragte: »Hat es wehgetan, als der Gips abgenommen wurde?«

»Überhaupt nicht«, antwortete sie. »Nur dass sie jetzt so eklig aussieht und ich keine Kraft habe, die Trompete zu halten. Es fällt mir sogar schwer, mit ihr ein Buch zu halten. Aber der Arzt meint, das wäre bald vorbei, die Muskeln bauen sich von allein wieder auf.«

Sie rieb die Hand und machte die Tür zu. Mit glänzenden Augen sagte sie: »Komm, ich zeig dir was.« Sie führte mich zu einem kleinen Zimmer am Ende des Flurs. In dem Raum stand ein schmales Bett und ein Tisch mit einer Glasplatte, und unter dem Glas war der Vogel, den ich ihr auf den Gips gemalt hatte. Ich konnte mir nicht vorstellen, wie sie es geschafft hatten, den Gips so dünn zu bekommen, aber es ließ sich nicht leugnen: Er war da, der Vogel. Und unter Glas sah er noch viel Ehrfurcht gebietender aus als vorher. Nicht wie ein Stück Gips, sondern wie ein kostbares Erinnerungsstück.

Ich schaute mich um und überlegte, ob ich etwas von dem Brief sagen sollte und wo wir uns überhaupt hinsetzen könnten, um ihn zu schreiben. Noch bevor ich was sagen konnte, hielt sie mir ein Blatt hin und sagte: »Wir haben im Krankenhaus lange warten müssen, bis ich mit dem Gips an der Reihe war. Ich hatte schon nichts mehr zu lesen, deshalb habe ich dir den Brief geschrieben.« Auf Englisch. Sie las ihn langsam vor, einen Satz nach dem andern, und ich saß am Tisch und schrieb alles noch mal. Wie eine Lehrerin beugte sie sich über mich, las alles durch und sagte: »In Ordnung, das Problem haben wir also gelöst. Und was ist mit Benji?«

Ich starrte auf ihre Hand, die noch auf der Tischkante lag, grau und faltig, und hätte sie gern berührt, aber ich traute mich nicht. Ich berichtete ihr, wie ich auf einen Anruf von Benji gewartet hatte. Sie ging aus dem Zimmer und kam mit einem schnurlosen Telefon zurück. »Los«, sagte sie. »Probier's noch mal.«

Wieder war seine Mutter am Apparat, doch diesmal rief sie ihn. Nach langem Warten, als ich schon enttäuscht aufgeben wollte, hörte ich plötzlich ein leises, bedrücktes »Hallo?«. Es war die Stimme von jemand, der schlechte Nachrichten erwartet.

»Benji«, sagte ich. »Ich bin's, Schabi.« Und dann hörte ich gar nichts mehr, als hätte er die Hand auf den Hörer gelegt. Da saß ich, mit dem schnurlosen Telefon in der Hand, und verstand nicht, was passierte.

»Siehst du«, sagte ich zu Joli. »Er will nicht mit mir reden, noch nicht mal am Telefon.«

Joli streckte die Hand aus. »Gib her.« Sie rief selbst an. Wieder antwortete Benjis Mutter und rief ihn.

»Hi, Benji, ich bin's, Joli«, sagte sie, stockte einen Moment und fuhr fort: »Joli, du weißt doch, du hast mir auf meinen Gips geschrieben, neben Schabis Bild, erinnerst du dich nicht?« Und plötzlich hielt sie mir das Telefon ans Ohr, so dass ich hören konnte, wie Benji das englische Lied sang, das er »Kummersong« nennt.

»Neunundneunzig Äpfel am Baum«, sang er. »Achtundneunzig Äpfel am Baum, siebenundneunzig Äpfel am Baum ...« Und als nichts mehr zu hören war, lauschte Joli noch einen Moment, dann sagte sie: »Er hat aufgelegt.«

Wir schauten uns ratlos an. »Na ja«, sagte Joli dann. »Der Mensch kann selbst bestimmen, ob er mit jemandem reden will oder nicht. Mal sehen, was morgen ist.« Sie bückte sich, zog unter ihrem Bett den Trompetenkasten heraus und zeigte mir ihre Trompete, wie schön und glänzend sie aussah. Dann hob sie das Instrument an den Mund. Und dann fing sie an zu spielen, obwohl ihr anzusehen war, wie schwer es ihr fiel mit der gipslosen Hand. Sie blies die Backen auf und schaute mich weiter an.

Nach kurzer Zeit vergaß ich, dass sie nur aus Gutmütigkeit spielte, damit ich meine Sorgen vergaß, und hörte wirklich zu. Die Klänge waren so schön, dass ich an nichts anderes mehr denken konnte. Ich betrachtete ihren dünnen Hals mit den bläulichen Adern, der ebenfalls anschwoll, ihre Wangen, die wirklich aussahen wie Ballons, und es sah gar nicht lächerlich aus. Es war schön. Als sie aufhörte, sagte ich ihr, wie gut es mir gefallen hatte, das heißt, ich versuchte es zu sagen, und sie antwortete: »Warte mal, bis du meinen Großvater hörst, der spielt wirklich großartig. Er hat früher sehr viel gearbeitet, trotzdem hat er sich immer Zeit für die Trompete genommen. Aber er ist gerade nicht zu Hause, vielleicht ein andermal.«

»Ja, vielleicht ein andermal«, sagte ich und stand auf, denn ich merkte, dass ich jetzt lieber gehen sollte. Ich spürte es einfach, sie machte keine Andeutung. Und an der Tür sagte sie wie immer: »Mach dir keine Sorgen, Schabi. Du wirst schon sehen, dass morgen alles besser aussieht.«

Aber am nächsten Tag war alles nur noch schlimmer.

Benji wartete nicht auf mich, er war auch nicht in seiner Klasse. Und von seinen Mitschülern wusste niemand, was mit ihm los war. Ich musste bis zur großen Pause warten und Limor bitten, dass sie mich mit ihrem Handy telefonieren ließ, denn die Telefonzelle war zu weit weg. Ich rief also bei Benji an, aber niemand antwortete.

Da fiel mir plötzlich Streichholz Malul ein und dass ich immer noch nicht mit seinem großen Bruder geredet hatte. Also ging ich sofort in seine Klasse, die 8 b, in die auch Nimrod geht. Ich sah ihn schon von der Tür aus, Nimrod, meine ich, aber wie könnte man den auch übersehen? Er trug kurze, khakifarbene Hosen, dazu sein Pfadfinderhemd, und war offenbar damit beschäftigt, Timora Jeschi etwas zu erklären. Timora ist das snobistischste Mädchen unseres Jahrgangs, sie ist immer sehr zurechtgemacht und trägt nabelfreie Shirts. Nimrod redete eifrig auf sie ein, vermutlich wollte er sie von irgendwas überzeugen. Als ich näher kam, hörte ich ihn tatsächlich sagen: »Es ist überhaupt nicht gefährlich. Sag deiner Mutter, es ist nur eine Viertelstunde von Jerusalem entfernt, an der Straße zu den Höhlen. Und der Transport ist organisiert.« Ich verstand, dass er sie zu einem Treffen von frommen und nichtfrommen Jugendlichen überreden wollte. Fast hätte ich angefangen zu lachen, als ich mir Timora vorstellte, die sich in ihrem kurzen Minirock und dem nabelfreien Shirt mit Frommen traf, von denen doch jeder weiß, welchen Wert sie auf züchtige Kleidung legen.

Ich lief schnell zu Ja'ir Malul hinüber, der mit einer ganzen Clique hinten in der Klasse saß. Als ich näher kam, hörte ich, dass sie über den Trainer der Fußballmannschaft »Beitar Jerusalem« diskutierten, ob man ihn auswechseln müsste oder nicht. Malul trug sein Beitar-T-Shirt mit vielen Autogrammen von Spielern. Wegen der Autogramme wäscht er es nicht und trägt es nur an besonderen Tagen. Er schaute mich an, als wollte ich eine Unterschrift von ihm. Ob ich ihn mal draußen allein sprechen könnte, fragte ich. Ich machte ein ernstes Gesicht und an seiner Reaktion merkte ich, dass sein Bruder noch nicht mit ihm gesprochen hatte. Er beeilte sich, denn die Pause dauerte nicht mehr lange. Ich erzählte ihm von seinem Bruder und dem Messer und sprach, wie man mit einem ganz normalen Jungen spricht, der nichts mit kriminellen Sachen zu tun hat. Ja'ir Malul hörte mir ruhig zu, und als ich fertig war, kratzte er sich am Kopf, als würde ihn eine Idee kitzeln. Schließlich senkte er mit einer seltsamen Bewegung die Hand und ich dachte schon, er wolle alles wegwischen, aber dann bekam er einen roten Kopf und fragte: »Ein Messer? Bist du sicher?«

Ich nickte. »Ja, ein Messer.«

»Ich mach Kleinholz aus ihm, echt«, sagte Malul. »Da ist er zu weit gegangen, woher hat er das Messer gehabt? Wie hat es ausgesehen?«

Ich konnte das Messer nicht genau beschreiben, aber ich wusste, dass es ein Klappmesser war.

»Mit einem roten Griff?«, fragte Malul flüsternd und seine Unterlippe fing an zu zittern. »Ich hab nämlich eins mit einem roten Griff, es ist schon seit Tagen verschwunden. Dieser Mistkerl ... Ich werd's ihm zeigen ... Ich mach Kleinholz aus ihm ...«

Da erzählte ich ihm von meiner verschwundenen Schatulle.

»So ein Ding habe ich nie gesehen«, sagte Malul und kratzte sich wieder am Kopf. »Aber ich krieg's raus. Du kannst dich drauf verlassen, ich knöpfe ihn mir so vor, dass nichts von ihm übrig bleibt. Er weiß nicht, mit wem er's zu tun hat. Diese Laus! Hat wohl geglaubt, er könnte seinen Bruder reinlegen.«

Da kam auch schon seine Lehrerin und forderte ihn auf, in die Klasse zu gehen. »Mach dir keine Sorgen«, rief er mir noch nach, als ich schon am anderen Ende des Flurs war. »Ich krieg's raus und sag dir morgen Bescheid.«

Während der nächsten Stunde beschloss ich, noch einmal zu Benji hinzufahren, nach der Schule, und auf ihn zu warten, wenn er nicht zu Hause wäre. Ich musste unbedingt mit ihm reden, auch wenn er das nicht wollte. Ich stellte mir vor, wie ich ihn dazu zwingen würde. Ich würde ihn sogar mit Gewalt festhalten, wenn es nötig wäre. Ich musste einfach herausbekommen, was ich Benji getan hatte und was überhaupt mit ihm los war.

»Willst du, dass ich mit dir komme?«, fragte Joli und ich merkte, wie mein Herz plötzlich anfing zu klopfen. Ich bekam kein Wort heraus. »Wenn du willst, gehe ich mit dir«, sagte sie und mir wurde klar, dass einige Zeit vergangen war und ich nicht geantwortet hatte.

Ich nickte, dann sagte ich: »Wenn du kannst.«

»Mein Opa hat heute was vor«, sagte sie. »Ein früherer Arbeitskollege kommt ihn besuchen, ich habe also viel Zeit. Ich kann bis fünf wegbleiben, ohne dass er sich Sorgen macht.«

Bei jedem Schlechten passiert auch was Gutes, sagt meine Mutter immer. Und so passierte das Gute jetzt, indem Joli mit mir ging. Leider vergaß ich darüber ganz, nach meiner schwarzen Schatulle mit den roten Blumen drauf zu suchen. Ich dachte kaum mehr an sie, ich dachte auch nicht allzu viel an das schlechte Gefühl, das ich wegen Benji hatte.

Wir drückten ein paar Mal auf den Klingelknopf neben der Tür, aber niemand machte auf. Nur der Hund sprang gegen das Tor und bellte so heftig, dass man seine rote Zunge und die weißen Zähne sah. Joli wich zurück, ich hatte ihr nämlich schon im Bus von dem Hund erzählt. In den Pausen zwischen seinem Bellen hörten wir, wie still es in Ein-Kerem war. Wir hörten alle möglichen Insekten summen und surren, Fliegen und Bienen und Stechmücken und Schmetterlinge, und dann fingen plötzlich die Glocken an zu läuten. Joli, die sich gerade gebückt hatte, um ein paar Blumen zu pflücken, richtete sich auf und lauschte. »Sie haben einen wunderbaren Klang, nicht wahr?«, sagte sie. Es war schön und alles roch so gut, dass ich ohne die Sache mit Benji und meiner verschwundenen Schatulle richtig glücklich gewesen wäre. Manchmal braucht es nicht mehr. Es reicht, wenn man mit jemandem zusammen ist, den man gern hat. Und wenn kein Erwachsener sagt, was man tun soll.

Wir gingen ein paar Mal um das Grundstück herum und Joli sagte: »Das Haus sieht aus wie ein verwunschenes Schloss.« Hinten, auf der Rückseite, hingen die Zweige eines Baums über die Mauer. Die weißen Blüten rochen sehr gut und Joli sagte: »Schau mal, wie der Birnbaum blüht.« Ich fragte mich, woher sie wusste, dass es ein Birnbaum war, es hingen überhaupt keine Früchte dran, doch bevor ich fragen konnte, sprach sie weiter: »Das ist wie im ›Geheimnis des verschwundenen Gartens‹.« Und weil ich die Geschichte nicht kannte, fing sie an zu erzählen. Es war nur ein bisschen eine Mädchengeschichte, aber nicht ganz, deswegen machte es mir nichts aus zuzuhören. Wir setzten uns eine Weile hin und warteten, dann gingen wir wieder zum Tor und klingelten noch einmal. Wieder machte niemand auf.

»Komm, Schabi, wir gehen«, sagte Joli und schlug vor, wir sollten einen Spaziergang zur Quelle machen und dort am Felafel-Kiosk was essen und trinken, bevor wir es noch mal probierten.

Am Anfang wollte ich nicht. Erstens hatte ich kein Geld und außerdem hatte ich Angst, dass Benji ausgerechnet in dieser Zeit kommen könnte, und dann würden wir ihn verpassen. So ist es ja immer in solchen Situationen. Aber Joli sagte: »Es dauert doch nicht lange. Und selbst wenn er in der Zeit heimkommt, kann er uns ja nachher aufmachen.«

Wir liefen los. Ich hatte kein Geld und genierte mich, es Joli zu sagen. Ich hatte mir so oft vorgestellt, wie es wäre, wenn wir mal etwas zusammen unternehmen würden. Und ausgerechnet jetzt, wo es so weit war, hatte ich kein Geld. Ich behauptete, ich hätte keinen Hunger.

»Ich habe wirklich keinen Hunger«, sagte ich. »Ich habe gegessen, bevor ich von zu Hause weg bin.« Ich fing sogar an, alles aufzuzählen, was meine Mutter gekocht hatte, so als hätte ich wirklich davon gegessen.

Joli wandte den Kopf zur Seite und sagte: »Ich habe genug Geld dabei, beim nächsten Mal kannst du mich ja einladen.«

Ich wäre am liebsten vor Scham im Erdboden versunken. Sah sie mir wirklich alles an? Oder hörte sie es an meiner Stimme? Dann beschloss ich, sie wirklich beim nächsten Mal einzuladen. Und ich freute mich, dass es ein nächstes Mal geben würde.

Wir gingen die Straße nach Ein-Kerem hinunter, in Richtung Quelle. Auf halber Strecke war der Kiosk mit einem kleinen Garten. Wir kauften zwei Portionen Felafel und eine Dose Cola. Ich konnte den Blick nicht von der Hand des Verkäufers wenden, an der zwei Finger fehlten. Als hätte er sich mal geschnitten und sie wären in den Felafeltopf gefallen. Ich hatte Angst, dass ich we-

74

gen dieser blöden Vorstellung keinen Appetit haben würde.

Wir setzten uns auf die Mauer und aßen, manchmal trank sie einen Schluck Cola, manchmal ich, bis sie aufstand und einen zweiten Strohhalm holte, damit wir gemeinsam trinken konnten. Das war sehr komisch. Ich hielt die Dose und Joli beugte sich zu mir, um zu trinken, und unsere Köpfe waren auf einmal ganz nah zusammen. So nah war sie mir noch nie gewesen. Aber als die Coladose immer leerer wurde, kam sie mir sogar noch näher, ihre Haare berührten mein Gesicht und ich spürte ihren Atem und hörte das Geräusch der Strohhalme in der Dose.

Es war nach vier, als wir wieder vor Benjis Haus standen. Der Hund bellte, wir klingelten wie vorhin, und wie vorhin machte niemand auf. Joli sah auf ihre Uhr. »Fahr du ruhig nach Hause«, sagte ich. »Ich bleib hier.« Im selben Moment wusste ich, dass das die richtige Entscheidung war. Ich hatte mich zu sehr auf Joli konzentriert und darauf, was ich selbst wollte, statt an Benji zu denken.

»Warum fährst du nicht mit mir?« Joli kniff die Augen zu, gegen die Sonne, und plötzlich war ihr ganzes Schwarz verschwunden.

»Ich bleib hier«, sagte ich. »Ich muss. Und außerdem ist es besser.«

»Warum ist es besser?« Sie hörte sich gekränkt an.

Ich dachte nach, denn ich wollte ihr richtig antworten, ohne sie zu kränken, aber auch ohne zu sagen, wie wichtig es mir war, mit ihr zusammen zu sein. Kompliziert, nicht wahr? Am Schluss sagte ich nur: »Erstens wird Benji nicht mit mir reden, wenn du dabei bist.«

»Und zweitens?«

»Zweitens musst du um fünf zu Hause sein, ich kann so lange wegbleiben, wie ich will.« Das war nicht ganz die Wahrheit, ich wusste genau, dass meine Mutter wütend würde, sogar wenn ich sagte, das Training hätte länger gedauert.

»Gut, wenn du willst, dass ich nach Hause fahre, dann tue ich es.« Sie schaute mich nicht an. »Und wenn du nicht mit mir zurückfahren willst, dann bleib von mir aus hier.« Ihre Stimme zitterte.

Ich erschrak, weil sie offenbar beleidigt war, aber ein bisschen freute ich mich auch. Ja, denn es bedeutete, dass es ihr angenehm war mit mir. Auch ohne die Sache mit Benji.

Ich brachte sie zur Bushaltestelle und den ganzen Weg hinunter sagte sie nichts, kein einziges Wort. Ich fühlte, dass ich ihr das Wichtigste erklären musste. »Wir hatten Spaß zusammen, stimmt's?«, fragte ich.

»Stimmt.« Auf einmal hatte sie die Stimme eines kleinen Mädchens, ganz anders als sonst.

»Und es stimmt auch, dass wir hergekommen sind, um Benji zu finden?«

»Ja, stimmt.«

»Eben. Das ist nicht ganz in Ordnung, weil es nichts mit Spaß zu tun hat.« Schon beim Sprechen merkte ich, dass sie das nicht verstehen würde, so klug sie auch ist. Gleich würde sie fragen, was das denn damit zu tun hätte.

»Was hat das denn damit zu tun?«, fragte sie. Wieder zitterte ihre Stimme.

Da mussten wir aber schon rennen, weil wir den Bus kommen hörten. Er bog um die Kurve und fuhr auf den Hang zu. Atemlos kamen wir an der Haltestelle an, genau in dem Moment, als der Fahrer die Tür aufmachte. Joli stieg ein. Bevor die Tür zuging, rief sie mir noch zu: »Das hat gar nichts miteinander zu tun!«

Plötzlich wurde mir klar, dass ich ihr diese Sache nicht erklären konnte, ich hatte nicht genug Wörter dafür. Ich konnte einfach nicht mit Joli herumlaufen, Blumen pflücken, Felafel essen, Cola trinken und gleichzeitig Benji suchen, alles auf einmal. Es passte nicht zusammen. Als wäre Benji nicht gekommen, weil Joli bei mir war. Wenn er mir wirklich wichtig ist, dachte ich, muss ich das alles allein machen.

Ich stieg den Hügel wieder hinauf und klingelte noch einmal. Keine Antwort. Nur der Hund bellte sich die Seele aus dem Leib. Ich hockte mich mit angezogenen Knien hin und wartete.

Es dauerte vielleicht eine Stunde, da hörte ich von drinnen, vom Garten, plötzlich die Sträucher rascheln. Erst dachte ich, es wäre ein Igel – Benji und ich hatten einmal einen im Garten gefunden –, aber für einen Igel war das Rascheln zu laut. So viel Lärm konnte ein Igel nicht machen, dafür war er zu leicht. Im Garten trat jemand auf Zweige. Ich spähte hinein und entdeckte Benji, der mit gesenktem Kopf herumlief. Der Hund hörte auf zu bellen. Ich beschloss, abzuwarten, was passieren würde.

Kurz darauf ging das Tor auf und Benji trat heraus. Er starrte geradeaus und bemerkte mich überhaupt nicht. In der Hand hielt er einen trockenen Zweig. Den zog er hinter sich her über den Boden und malte so Linien in den Staub. Er ging den Hügel hinab, doch nach ein paar Schritten blieb er stehen und schaute nach links und nach rechts. Die Sonne ging noch nicht wirklich unter, aber alles bekam schon einen goldenen Schein. Wieder fingen die Glocken im Kloster an zu läuten und ein kühler Wind kam von der Seite. Ich rührte mich nicht und gab keinen Ton von mir, doch Benji drehte sich plötzlich um und sah mich. Ich war sicher, er würde zu mir kommen, und lächelte ihm entgegen. Aber Benji dachte gar nicht daran zu lächeln. Er erschrak und fing plötzlich an, den Hang hinunterzurennen, er rannte, stieß gegen Steine und trat auf Disteln, ohne aufzuschauen oder anzuhalten.

Wieder verblüffte mich sein Rennen so, dass ein paar Sekunden vergingen, bevor ich mich entschloss, ihm nachzulaufen. Ich holte ihn erst unten ein und musste ihn mit Gewalt festhalten, weil er alles versuchte, um sich loszureißen. Er wehrte sich so heftig, dass ich ihn schließlich auf den Boden warf und ihm die Arme festhielt, wie man es in Filmen sieht und wie ich es beim kleinen Malul gemacht hatte. Er hatte die Fäuste fest geballt und kniff auch die Augen fest zu, als würde man ihm etwas zeigen, was er auf gar keinen Fall sehen wollte. Auf seinen Beinen, unterhalb der Knie, waren blaue Flecken zu sehen, und als ich seine Hose etwas hochschob, sah ich, dass er über dem Knie auch blaue Flecken hatte und rote Striemen und zwei Stellen, die aussahen wie Brandwunden.

»Es hilft dir nichts, Benji«, sagte ich. »Du kannst vor mir weglaufen, so lange du willst. Ich renne hinter dir her, bis ich weiß, was los ist.«

Er machte die Augen nicht auf, aber zwei Tränen liefen ihm über die Wangen und hinterließen Spuren im Staub. Noch nie hatte ich Benji weinen sehen. Seine Fäuste waren noch geballt. Aus der rechten Faust lugte der Rand von einem Stück Papier heraus. »Was hast du in der Hand?«, fragte ich.

Er antwortete nicht. Er ballte die Faust nur noch fester. Ich stützte mich auf seine Beine und öffnete seine Faust, einen Finger nach dem andern, bis ich das Stück Papier hatte. Es war zusammengefaltet. Ich glättete es. Es war eine Seite aus einem Heft, auf die ein schwarzer Totenkopf gemalt war, mit weißen Löchern für die Augen. Außerdem ein Pfeil, von dem rotes Blut tropfte. Darunter stand mit roten Druckbuchstaben: »Das wird mit dir passieren, wenn du den Mund nicht hältst.«

»Wer hat das geschrieben?«

Benji gab keine Antwort.

»Wie hast du das bekommen?«

Benji schwieg.

»Das ist doch wegen dem Mörderspiel«, sagte ich. »Das ist bestimmt dein Mörder, der dir das geschickt hat.«

Er schüttelte den Kopf. »Nein, stimmt nicht. Das hat damit nichts zu tun. Es kam schon vorher.«

Wieder betrachtete ich den Zettel. Die Buchstaben waren in einem seltsamen Rot. Ich kannte diesen Farbton, in meiner Schatulle, die mir Benji geschenkt hatte, waren drei verschiedene Rotstifte, und einer war mit einem Goldton gemischt. Die meisten Leute denken, Rot sei einfach Rot und alle roten Töne seien gleich, aber wer mit Farben arbeitet, weiß, dass es unheimlich viele verschiedene Rots gibt, nicht nur Zinnoberrot. Zinnober ist wirklich der König aller Rottöne. Aber jeder Maler mischt sich seine Farben selbst. Die Blutstropfen auf dem Blatt und die roten Buchstaben zeigten ein goldstichiges Rot, so wie ich eines in meiner Schatulle gehabt hatte.

Ich lockerte meinen Griff ein wenig und sagte: »Und jetzt erzählst du mir, was passiert ist. Du weißt, dass dir nichts hilft. Hast du etwa kein Vertrauen zu mir?«

Er schüttelte jetzt mit aller Kraft den Kopf.

»Warum willst du es mir nicht sagen?«

Er machte die Augen auf und ich sah, dass da noch viele Tränen saßen. Sein Gesicht hatte einen verschreckten Ausdruck, seine Lippen zitterten.

»Was ist das?« Ich deutete auf seine Beine. »Wer hat das gemacht?«

»Denk selber nach«, sagte er mit einer völlig erstickten Stimme und dann fing er an zu weinen.

Ich ließ seine Beine los, aber er bewegte sich nicht. Er blieb auf dem Boden liegen, wie einer, der schon aufgegeben hat.

»Woher soll ich das wissen?«, fragte ich. »Weiß ich etwa alles?«

Benji schaute mich an. Trotz der Tränen konnte ich den Hass in seinen Augen sehen, großen Hass.

»Hab ich dir was getan?«, fragte ich. »Sag's doch, bitte. Ich weiß nicht, was ich dir getan habe, ich weiß überhaupt nichts …«

Plötzlich setzte er sich auf, mit einem Ruck, als wäre er kein dicker, verträumter Junge. »Ich will nie mehr mit dir reden«, sagte er weinend.

»Aber warum? Sag mir wenigstens, warum.«

»Das weißt du. Nur du hast das verraten können. Niemand sonst. Du bist einfach ein Traitor.«

Das Wort musste Englisch sein, ich verstand es nicht. Traitor. Er hatte es mit diesem amerikanischen Akzent gesagt, den er eigentlich kaum mehr hat, seit er Hebräisch

80

spricht. »Was heißt das?«, fragte ich. »Ich kenne das Wort nicht. Und was soll ich verraten haben? Ich habe niemandem etwas verraten, nichts …«

Er sprang auf. »Lass mich in Ruhe, hörst du? Hau ab und komm nie wieder her. Ich rede nicht mehr mit dir.«

Er begann, zum Haus hinaufzurennen, und bevor ich ihn erwischen konnte, machte er das Tor auf. Bis ich oben ankam, war er schon drinnen, und der Hund bellte wie blöd. Wenn er nur gekonnt hätte, der Hund, hätte er mich auf der Stelle zerfleischt.

Ein paar Minuten blieb ich vor dem Tor stehen, dann ging ich langsam den Hügel hinunter. Es blieb mir nichts anderes übrig, ich wusste, dass er mir nicht aufmachen würde.

Im Bus, als ich das Bellen schon vergaß, tat er mir Leid. Ich dachte daran, dass seine Mutter manchmal spät nach Hause kam, und dann war er ganz allein im Haus, auch wenn es dunkel wurde. Er tat mir Leid, ja, aber ich war auch schrecklich wütend. Ich verstand einfach nicht, was ich ihm getan haben sollte. Am Morgen, in der Schule, wenn er nicht weglaufen konnte, würde ich vielleicht noch einmal mit ihm reden können.

5. Kapitel

Am nächsten Morgen wachte ich spät auf und kam erst eine Minute nach dem Klingeln in der Schule an. Auf dem Platz vor dem Tor stand ein Streifenwagen und ein Polizist und eine Polizistin redeten in ein Funkgerät. Um das Auto herum standen viele Kinder, die drängelten und stießen, bis die Polizistin schrie: »Kinder, geht in eure Klassen.«

Im ersten Moment erschrak ich sehr. Ich war sicher, es hatte was mit Benji zu tun. »Was ist passiert?«, fragte ich und ein kleines Mädchen, vielleicht aus der ersten oder zweiten Klasse, antwortete: »Weißt du das nicht? In Esthers Kiosk ist wieder eingebrochen worden.«

Nach ein paar Minuten sah ich den Vater von Ja'ir Malul mit einem Polizisten diskutieren und beide gingen zum Schulhof. Dann kam die Direktorin aus der Schule und brüllte, alle Kinder sollten sofort in ihre Klassen gehen, der Unterricht hätte bereits angefangen. »Sofort und auf der Stelle!«

Ich schaffte es also nicht mehr, in Benjis Klasse auf der anderen Seite des Hofs zu gehen. Ich war noch immer ziemlich gereizt wegen dem Abend vorher, denn als ich nach Hause gekommen war, hatte es Krach gegeben. Meine Mutter war wütend und schimpfte: »Ich habe nicht ge-

82

wusst, was ich denken sollte. Wie stellst du dir das eigentlich vor, dass ich hier hocke und bald verrückt werde vor Sorgen und du treibst dich herum, als wäre das nichts?«

Es stellte sich heraus, dass Jo'el, der Trainer, nach mir gesucht und die Nachricht hinterlassen hatte, ihn dringend anzurufen, deshalb hatte sie gewusst, dass ich gar nicht beim Training gewesen war. »Fängst du an, mich zu belügen?«, fragte sie, aber das war keine wirkliche Frage, eher eine Feststellung und sogar ohne Vorwurf, sie hörte sich nur traurig an. Ich fühlte mich ziemlich mies. Ich hasse es, wenn sie wütend auf mich ist, aber noch mehr hasse ich es, wenn sie meinetwegen traurig ist. Auch als ich ins Bett ging, nachdem wir über andere Dinge geredet hatten, sah sie immer noch traurig aus. Ich fühlte mich auch mies, weil ich Jo'el vergessen hatte. Ich hatte mich nicht erkundigt, wie es ihm nach der Knieoperation ging. Einige aus unserem Team hatten gesagt, dass ihn bestimmt jemand von unseren Gegnern verwünscht hätte, vielleicht sogar jemand, den er aus der Mannschaft geworfen hatte. Aber Jo'el hatte gesagt, das sei Blödsinn, ihm sei einfach eine Sehne am Knie gerissen, bei Basketballspielern passiere das manchmal. Ich weiß nicht, ob ihn jemand verwünscht hat, ich weiß noch nicht mal, ob ich an so was wie den bösen Blick glaube, und ganz bestimmt habe ich keine Angst davor. Höchstens vor dem bösen Blick von Esther vom Kiosk, die hat manchmal wirklich einen bösen Blick. Hass kann einen so treffen wie ein Stein. Liebe trifft einen nicht, Liebe entdeckt man so, wie man plötzlich mitten in einem Krapfen auf süße Marmelade trifft.

Ich war ohne Hausaufgaben in die Schule gekommen, ich hatte weder Zeit noch Nerven für Hausaufgaben ge-

habt. Noch nicht mal für Mathematik hatte ich was getan.
Als ich abends nach Hause gekommen war und meine
Großmutter gesehen hatte – sie saß auf ihrem üblichen
Platz auf dem Sofa vor dem Fernseher, mit offenem Mund
und geschlossenen Augen –, hatte ich plötzlich eine solche Verzweiflung gespürt, als wäre alles verloren. Der
Fernseher dröhnte. Ich stand einen Moment da und betrachtete eine Blondine in einem silbern glitzernden
Kleid, die sich mit einem Mann in einem Anzug unterhielt. Er stand mit dem Rücken zu ihr vor einem großen
Spiegel, rückte seine Krawatte zurecht und strich sich die
glänzenden schwarzen Haare zurück, die ohnehin sehr,
sehr ordentlich gekämmt waren. Die Frau sagte zu ihm:
»Du warst nicht aufrichtig zu mir, leugne es nicht. Wenn
du mir wenigstens jetzt die Wahrheit sagen würdest, dann
verspreche ich dir, dass es wunderbar wird und wir auf
ewig zusammenbleiben. Du musst mir nur sagen, ob du
mit Sheila geschlafen hast oder nicht.«

Ich schaute vom Bildschirm zu meiner Großmutter
und verstand einfach nicht, wie man so etwas versprechen
konnte. Wie konnte die Frau wissen, ob das, was sie jetzt
fühlte, bis an ihr Lebensende anhalten würde? Manchmal
weiß man doch schon nicht, was am nächsten Morgen
sein wird. Ich ärgerte mich über meine Großmutter, die
den ganzen Tag solches Zeug anschaut und sogar noch
glaubt, was diese Leute sagen. Ich hatte das Gefühl, mit
der ganzen Welt Streit zu haben. Mit Benji, mit meiner
Mutter, mit Jo'el, dem Trainer, und mit meiner Großmutter. Mit wem eigentlich nicht? Sogar mit den Leuten im
Fernsehen. Nur mit meinem Vater nicht, aber mit dem
kann man ja auch keinen Streit haben. Manchmal lächelt

84

er mich müde von seinem Sessel in der Ecke aus an, aber gestern Abend hatte er mich noch nicht mal müde angelächelt, er hatte überhaupt nicht gemerkt, dass ich da war.

Meine Mutter sagt immer – nein, eigentlich nicht meine Mutter, sondern Oma Masal, ihre Mutter –, dass, um gut zu schlafen, zwei Dinge wichtig sind: Erstens darf man nicht mit leerem Magen ins Bett gehen, denn wenn man mit leerem Magen schläft, macht sich die Seele bei den Kochtöpfen auf die Suche, und zweitens darf man keine offene Rechnung mit einem anderen Menschen haben. »Offene Rechnung« bedeutet, wie ich es verstanden habe, ein nicht gelöster Streit. Ich war nicht hungrig ins Bett gegangen, ich hatte etliche Scheiben Brot, Rührei und Salat gegessen, aber ich hatte einen ungelösten Streit. Nicht nur mit meiner Mutter, sondern auch mit Benji und diesem Unbekannten, der meine schwarze Schatulle geklaut hatte.

Ich konnte nicht mit meiner Mutter über Benji sprechen. Nicht nur, weil ich sie traurig gemacht hatte, sondern weil ich wusste, dass sie mir nicht erlauben würde, mich selbst darum zu kümmern. Sie würde mich zwingen, die ganze Sache der Erziehungsberaterin oder der Direktorin zu erzählen. Ich konnte sie schon sagen hören: »Die wirst du wenigstens nicht anlügen.« Und ich konnte mir ihren traurigen Blick vorstellen, als würde sie nichts mehr von mir erwarten. Ich konnte sie noch nicht einmal fragen, was ein »traitor« ist, denn dann hätte sie wissen wollen, wie ich auf diese Frage komme.

Ich nahm mein Wörterbuch und blätterte lange, bis ich »traitor« fand. Es heißt »Verräter«. Ich und ein Verräter?

Nie hatte ich irgendwen verraten. Wie hätte ich Benji verraten können? Bei wem? Hatte ich Geheimnisse von ihm weitererzählt? Hatte ich mich mit seinen Feinden verbündet? Was meinte er überhaupt? Aber eines war mir klar: Wenn ich der Erziehungsberaterin oder der Direktorin irgendwas erzählen würde, wäre ich in seinen Augen ein ewiger Verräter. Vielleicht gibt es dafür ein eigenes Wort.

Bevor ich schlafen ging, als meine Mutter schon fast aufgehört hatte, böse und traurig zu sein, fragte ich sie einfach so, ganz allgemein, wie man einem Jungen helfen könnte, von der Gemeinschaft besser akzeptiert zu werden, einem Jungen, der überhaupt nicht beliebt sei, den die anderen in seiner Klasse ärgern und der sich überhaupt nicht helfen lassen wolle. Sie wollte ein Beispiel. Immer will sie Beispiele. Allgemeine Aussagen, meint sie, verbergen normalerweise mehr, als sie enthüllen. Ich überlegte eine ganze Weile, bevor ich sagte: »Angenommen, jemand kommt ihm näher, um ihm zu helfen oder um freundlich zu ihm zu sein, und er spuckt ihn an und tritt nach ihm. Und angenommen, er verhält sich allen Kindern gegenüber so. Und sie wollen schon nicht mehr zu ihm gehen und nichts mehr mit ihm zu tun haben.«

»Nun«, sagte meine Mutter, »vielleicht sind ihm die anderen Kinder nicht wichtig, vielleicht sind sie ihm egal. Obwohl es schwer zu glauben ist, dass es einem Jungen egal ist, ob er von seiner Klasse akzeptiert wird.«

»Genau«, sagte ich. »Ich denke, es geht gegen ihn selbst. Und dass er im Grunde ein ganz armer Junge ist.«

Meine Mutter nickte. »Bestimmt leidet er. Und das ist der Grund für sein Verhalten, das ein Zeichen für eine große Verzweiflung ist. Jedenfalls scheint es mir, als wärst du nicht in der Lage, seine Situation zu ändern.«

Wenn wir über wichtige Dinge sprechen, bekommt meine Mutter sofort eine feierliche Sprache. Manchmal macht mich das nervös, denn ich hab dann das Gefühl, dass sie mich nicht ganz ernst nimmt und mich sogar ein bisschen verspottet. Aber das stimmt nicht. Sie spricht einfach so, wenn sie sich konzentriert und nachdenkt. Trotzdem fühle ich mich dann unbehaglich.

»Warum nicht?«, fuhr ich auf. »Ich könnte es wenigstens versuchen.«

»Du willst die Welt verändern, Schabi«, sagte sie. »Aber merke dir, Menschen kann man nicht verändern. Weder sie noch ihr Schicksal. Du willst immer alles verändern. Es wenigstens versuchen. Aber man kann höchstens Dinge in sich selbst verändern, wenn man sich sehr anstrengt. Du kannst also nur dich verändern, und auch das nur ein wenig.«

Mir wurde kalt, als ich sie so reden hörte. Ich fand das schrecklich. Schrecklich, dass man Menschen nicht ändern kann, denn das bedeutet doch, dass alle immer so bleiben, wie sie sind. Ich wollte mit ihr streiten, wollte sagen, dass sie nicht Recht hatte, ich hatte sogar Beispiele, doch da sagte sie noch etwas Schrecklicheres: »Nicht nur, dass man sie nicht ändern kann. Man darf es auch nicht.«

Ich erschrak und fragte, was das heißen solle: Man darf es auch nicht.

»Das kannst du in deinem Alter noch nicht verstehen«, antwortete sie. »Einstweilen musst du dich damit begnügen, dass man nicht von außen in das Schicksal der Menschen eingreifen darf. Es ist wie ein Verbot des Himmels.«

In den ersten beiden Stunden hatten wir Englisch und ich saß wie versteinert auf meinem Stuhl, sogar ohne zu zeichnen. Bevor ich von Benji die schwarze Schatulle bekam, hatte ich immer mit irgendwelchen Schreibern oder Bleistiften gemalt, aber die Schatulle hat mich anspruchsvoll gemacht. Oder, wie meine Mutter es nennt, eingebildet.

Zu Beginn der Stunde las Herr Sefardi zweimal laut meinen Entschuldigungsbrief vor der ganzen Klasse und schaute mich an, als wolle er mich fragen, wer mir geholfen hätte. Aber dann ließ er es bleiben. Ich schaute zu Joli, aber sie drehte sich nicht nach mir um, sie schaute geradeaus, als wäre sie taub. Erst nach einer halben Stunde drehte sie sich um und fragte mich, nur mit Lippenbewegungen, was sich mit Benji ergeben hätte. Das heißt, sie sagte nur unhörbar seinen Namen, wollte aber wissen, was mit ihm war. Herr Sefardi, bei dem man sich sonst immer unterhalten kann, ohne dass es ihm auffällt, sagte ausgerechnet diesmal: »Miss Maimon«, und sie wurde rot und schaute wieder nach vorn.

Der Englischunterricht zog sich ewig hin und war so langweilig, dass ich ihn noch nicht mal ausnützte, um meine Aufgaben für Mathe zu machen. Ich hatte zu nichts Lust. Ich hätte am liebsten alles stehen und liegen gelassen und mich um nichts mehr gekümmert. So ist das manchmal. Wenn ich schlecht gelaunt bin, wie ich es an diesem Morgen war, fühle ich mich wie ein Mensch, der ein Gewirr von Fäden in den Fingern hält, wie Schnüre von einem Drachen, den er aber nicht in die Luft bekommt. Und selbst wenn er weiß, dass der Drache gleich in die Luft steigen und verschwinden wird, bleibt er gleichgültig. Gleichmütig.

Bevor es zum Ende der zweiten Stunde klingelte, wurde an die Tür geklopft. Tamar, die Erziehungsberaterin, machte auf, entschuldigte sich für die Störung und bat um die Erlaubnis, mich kurz hinauszurufen. Herr Sefardi sagte: »Bitte, er ist ohnehin nicht anwesend.«

Ich ging hinaus. Auf dem Flur stand Bruria, Benjis Klassenlehrerin. Mein Herz fing wild an zu klopfen, wie eine Trommel unter dem Hemd. Ich dachte, Benji hätte etwas Schlimmes gemacht oder es wäre ihm was Schlimmes passiert und ich wäre schuld dran. Nicht weil er mich »traitor« genannt hatte, sondern weil ich die Verantwortung für ihn hatte. Aber es stellte sich heraus, dass in den dritten Klassen heute ein landesweiter Lesetest stattfand und Benji wieder nicht zum Unterricht erschienen war. Seine Klassenlehrerin hatte bei ihm zu Hause angerufen, um zu fragen, ob er krank sei, aber niemand hatte sich gemeldet.

»Das geht schon seit zwei Tagen so«, sagte sie, »seit er mitten im Unterricht weggelaufen ist.« Sie schaute mich an, als wüsste ich den Grund. »Ihr habt eine gute Beziehung, nicht wahr? Vielleicht weißt du ja, ob er krank ist?«

Ich musste gut überlegen, was ich antwortete, denn sie sollte nicht erfahren, dass zwischen mir und Benji etwas nicht in Ordnung war. Andrerseits machte ich mir Sorgen um ihn, weiß der Himmel, was ihm passiert war. Einen Moment lang dachte ich, dass dieser landesweite Test vielleicht der Grund für sein Fehlen war, er beherrschte Hebräisch noch nicht so gut, aber ich wusste, dass es nicht stimmte. Der Grund, weshalb er nicht in die Schule gekommen war, hatte etwas mit den blauen Flecken und den

Striemen zu tun, die ich auf seinen Beinen gesehen hatte, und die wiederum hingen mit dem Zettel und dem Totenkopf darauf zusammen. Vielleicht gab es ja noch andere Dinge, noch schlimmere. Als hätte jemand beschlossen, das Mörderspiel ernster zu nehmen, als es gemeint war, und das ausgerechnet bei Benji. Auf einmal tat es mir Leid, dass ich ihm den Zettel nicht abgenommen hatte. Ich war plötzlich nicht mehr sicher, ob in dem Rot wirklich goldene Linien waren, wie bei dem Stift aus meiner Schatulle. Und wenn es wirklich dieses Goldrot war und der, der mir die Schatulle geklaut hatte, auch Benjis Peiniger war, wer konnte es dann sein?

Wenn jemand ihn wirklich misshandelte, dann war das ein Problem, das ich nicht allein lösen konnte. So etwas musste ich einem Erwachsenen sagen, da musste jemand beteiligt sein, der Autorität besaß. Eine ganze Stunde lang hatte Tamar uns mal erklärt, was man tun muss, wenn Erwachsene – selbst wenn es sich um die eigenen Eltern handelt – ein Kind misshandeln. Mindestens dreimal hatte sie gesagt, man müsse sich in diesem Fall unbedingt an einen Erwachsenen wenden, zu dem man Vertrauen habe. Man müsse ihm alles erzählen und ihm die Verantwortung übergeben, denn das wäre etwas, was Kinder nicht allein könnten.

Ich dachte an die roten und blauen Flecken und die Striemen, die ich an Benjis Beinen gesehen hatte, und schwieg. Nicht dass ich mit der Sache allein zurechtkommen wollte, sondern weil ich wusste, dass ich davon nichts sagen durfte. Wenn er mich gestern schon »traitor« genannt hatte, was würde er erst dann denken? Ich würde ihn ganz verlieren. Ich hatte das Gefühl, wenn ich jetzt etwas erzählte, wäre das eine Abkehr von Benji. Wir würden nie wieder etwas miteinander zu tun haben.

Ich stand im Flur und kapierte nicht, wie er es schaffte, einen Tag nach dem andern nicht in die Schule zu kommen. Was sagte er seiner Mutter? Es stimmte zwar, dass sie mit ihren Bildern beschäftigt war, aber von Zeit zu Zeit machte sie eine Pause. Das Problem war, dass ihr Haus so groß war. Er konnte morgens einfach weggehen wie normal und dann leise zurückkommen und in sein Zimmer gehen, ohne dass seine Mutter was merkte. So war das bei ihnen, niemand wusste, wer wann wo war.

All diese Gedanken schossen mir durch den Kopf, als ich da mit der Erziehungsberaterin und Benjis Klassenlehrerin im Flur stand. Am Schluss sagte ich, ich hätte in den letzten Tagen nicht mit Benji gesprochen, weil ich so viel zu tun hatte. Und ich versprach, dass ich mich am Nachmittag drum kümmern würde. Dann ging ich in die Klasse zurück.

Gleich als es klingelte und Herr Sefardi seine Tasche packte, kam Joli zu mir und fragte: »Was war gestern?«

Ich betrachtete ihre Hand. Sie trug eine Bluse mit langen Ärmeln und man sah nichts. Sie schaute mich an, dann ihre Hand und zog sie schließlich zurück, als könnte ich auch durch den Stoff gucken. »Wie geht's deiner Hand?«, fragte ich.

Sie schüttelte sie ein wenig und meinte: »Gut, aber sie ist noch immer ziemlich hässlich.« Dann erkundigte sie sich wieder nach Benji.

»Ich konnte fast nicht einschlafen«, sagte sie. »Ich musste immer an ihn denken und an deine schwarze Schatulle. Eigentlich habe ich darauf gewartet, dass du mich anrufst. Und weil kein Anruf kam, habe ich gedacht, du hast ihn nicht gefunden.«

Das sagte sie. Und ich, statt an Benji zu denken, hörte sie immer wieder sagen: »Eigentlich habe ich darauf gewartet, dass du mich anrufst.«

Doch dann erzählte ich ihr so kurz wie möglich von seiner Flucht und den blauen Flecken, von dem Zettel mit dem Totenkopf und dass er nicht mit mir sprechen wollte, als wäre ich schuld an dem, was mit ihm passierte. Als hätte ich sein Vertrauen missbraucht. Aber von dem Rotgold sagte ich kein Wort, weil ich nicht sicher war. Außerdem dachte ich, dass jemand, der sich noch nie mit Farben beschäftigt hatte, so etwas ohnehin nicht glauben würde. Vielleicht hatte Benji die Farben ja selbst genommen, weil er so wütend auf mich war? »Er hat mich ›traitor‹ genannt«, sagte ich. Und Joli fragte: »Warum? Warum hält er dich für einen Verräter? Was hast du ihm getan?«

Ich zuckte mit den Schultern und sagte, ich hätte keine Ahnung. Was hätte ich auch verraten sollen? Und wem? Meinte er, weil ich mit Uri Werfen trainierte? Aber Uri hatte es auch schon vorher gegeben. Nein, es klang, als hätte ich jemandem ein Geheimnis verraten, aber was für Geheimnisse hatte Benji überhaupt? Was hätte ich denn erzählen können? Vom Schach und vom Internet? Dass er sich mit Erwachsenen E-Mails schickt, die nicht wissen, dass er ein Kind ist? Ich hatte wirklich keine Ahnung, trotzdem fühlte ich mich schlecht, als würde ich etwas verbergen.

»Was glaubst du, was ihm passiert ist?«, fragte Joli mit erschrockenem Gesicht. »Glaubst du, dass es was mit dem Mörderspiel zu tun hat? Der Zettel könnte schon dazu passen, aber die blauen Flecken und die Striemen nicht. Bei uns wird nicht geschlagen. Glaubst du, dass seine Eltern was Schlimmes mit ihm machen?«

Ich verstand, dass ich nicht der Einzige war, der auf solche Gedanken kam. Wenn meine Mutter uns zuhörte, würde sie sagen, wir hätten zu viel ferngesehen und zu viele Dinge mitgekriegt, die nichts für unser Alter sind.

»Glaubst du denn, dass sie so aussehen?«, fragte Joli.

Ich dachte lange nach, dann schüttelte ich den Kopf. »Und was ist mit dem Totenkopf? Seine Eltern würden doch keinen Totenkopf mit Blutstropfen auf einen Zettel malen.«

»Womöglich sind das zwei verschiedene Sachen, den Zettel hat er vielleicht wegen des Mörderspiels bekommen«, meinte Joli. »Die Prügel können was ganz anderes sein.«

Darauf hatte ich keine Antwort und sie begann, ihr Pausenbrot zu essen. Der Schokoaufstrich beschmutzte ihre Lippen ein bisschen. Nein, er beschmutzte sie nicht, er machte, dass sie komisch aussahen. Im Licht, das durch das Fenster fiel, sah ich den durchsichtigen Flaum auf ihrer Oberlippe. Ich hätte sie gern berührt und ihr mit dem Finger die Schokolade weggewischt.

»Glaubst du, dass wir mit Tamar sprechen müssen?«, fragte Joli und wieder fing ich an zu überlegen. Ich stellte mir das Zimmer der Erziehungsberaterin vor, das nur eine Art Höhle im Keller ist, mit dem gelben Licht und den Bildern, die an den Wänden hängen, und ich meinte ihre Stimme zu hören, die immer etwas Aufdringliches hat. Und da schüttelte ich wieder den Kopf. »Warten wir noch einen Tag«, sagte ich. »Vielleicht ändert sich ja was.«

93

»Hast du einen Plan?«, fragte Joli. »Oder sagst du das nur so …«

Ich schwieg. Was hätte ich sagen können?

»Es geht nicht ohne Plan«, sagte sie. »Ein Plan mit Schritten, die unternommen werden müssen. Und mit Wenns und Danns. Wenn so, dann so.«

Während sie sprach, hüpften ihre rabenschwarzen Haare um ihr weißes Gesicht. Auf einmal sah sie aus wie das Schneewittchen in jenem Märchen, das mir meine Schwester vorgelesen hatte, als ich klein war. »So rot wie Blut, so schwarz wie Ebenholz und so weiß wie Schnee.« Schwarz waren ihre Haare, weiß ihr Gesicht und rot ihre Lippen. Vielleicht nicht wie Blut, eher so wie Erdbeeren. Aber ich glaube, im Märchen hieß es »wie Blut«.

»Ich habe eine Idee«, sagte Joli zögernd und wurde plötzlich rot. Ich folgte ihrem Blick zur anderen Seite des Flurs und sah, dass Nimrod auf uns zukam. »Wir reden nach der Schule weiter«, sagte sie plötzlich und ging zu ihm.

Der Vormittag zog sich endlos lange hin. Auch in der zweiten großen Pause redeten wir nicht miteinander, weil ich meine Mathehausaufgaben machte. Dann ging ich noch schnell in die 8 b, um Ja'ir Malul nach seinem kleinen Bruder und meiner schwarzen Schatulle zu fragen. Er war nicht in der Klasse, und Timora Jeschi, die an der Tür lehnte, als wäre sie ein Model und hätte nicht Beine wie Stampfer, sagte, er sei heute überhaupt nicht in die Schule gekommen.

»Hast du nicht gehört, was passiert ist?«, fragte sie. »Weißt du nicht, dass man ihn verdächtigt, vorgestern

Nacht in der Schule eingebrochen zu haben? Und in den Kiosk von Esther? Weißt du auch nicht, dass man seine Eltern herbestellt hat und dass er zum Verhör gebracht wurde oder so? Wo lebst du eigentlich? Das ganze Theater war doch groß genug!«

In der nächsten kleinen Pause blieb ich in der Klasse und schrieb fünf Zettel mit dem Text: »Wer eine schwarze Schatulle mit aufgemalten roten Blumen gefunden hat, in der Pastellfarben und Stifte sind, wird gebeten, sie bei Schabi Ben-Schoschan in der 8 c abzugeben.« Darunter schrieb ich noch: »Der ehrliche Finder wird auf seine Kosten kommen.« Als hätte ich eine Belohnung zu vergeben. Die Zettel hängte ich mit Uri zusammen auf. Wir brauchten noch nicht mal neue Reißzwecken, wir benutzten die alten. Mit dem Winkelmesser zogen wir sie unten aus dem schwarzen Brett. Einen Zettel hängten wir gleich dort auf, die andern neben die Türen verschiedener Klassenzimmer. Uri hörte nicht auf zu hüpfen, wie üblich. Wegen seiner ständigen Hüpferei verletzte ich mich mit einer Reißzwecke am Finger. Sie war nicht rostig, aber von meinem Finger tropfte Blut, genau wie von diesem Pfeil auf dem Zettel. »Vielleicht hörst du mal auf!«, schrie ich Uri an. Und plötzlich hörte er auf.

Als wir am Flur der Mittelstufe vorbeigingen, glaubte ich, Streichholz Malul mit seinen Freunden zu sehen. Ich drehte mich noch einmal um, denn ich war mir schon nicht mehr sicher. Ich überlegte, ob ich zu den Sechsten gehen sollte, beschloss dann aber, geduldig abzuwarten, bis herauskam, was mit Ja'ir Malul war. Wenn er wirklich eingebrochen hatte, würde sich vielleicht auch herausstellen, dass er meine schwarze Schatulle geklaut hatte. Und wenn nicht, hatte er vielleicht mit seinem kleinen Bruder geredet und würde mir Bescheid sagen.

»Sag mal, hast du was?«, fragte Uri. Er gab sich wirklich große Mühe, nicht zu hüpfen.

»Was meinst du?«

»Du bist so …« Uri schaute sich um, ob wir wirklich allein waren, dann sagte er: »Bist du sauer auf mich oder was?«

»Nein, wieso denn?«, sagte ich, sah ihm aber an, dass er mir nicht glaubte. Er hüpfte zwar nicht, kaute aber heftig an den Fingernägeln und das war ein Zeichen, dass er unter Druck war. »Warum glaubst du, dass ich sauer auf dich bin?«, fragte ich.

»Weil … na gut, ich weiß, dass du gereizt bist wegen deiner schwarzen Schatulle, aber …« Er senkte den Kopf. »Gestern habe ich auf dich gewartet, wir waren zum Training verabredet, aber du bist nicht gekommen und hast nichts gesagt.«

Ich erinnerte mich noch nicht mal daran, dass wir verabredet gewesen waren. Ich war so gewohnt, dass Uri immer um mich herum ist und dass ich manchmal mit ihm trainiere, dass mir sogar das Wort »verabredet« seltsam vorkam. »Ich hab's vergessen«, sagte ich. Und er machte eine Kopfbewegung, als wolle er sagen: nicht wichtig. Mir wurde klar, dass er ernstlich gekränkt war, aber ich wusste nicht, was ich machen sollte.

»Ich bin zu dir gegangen, aber du warst nicht daheim«, sagte Uri leise. Ich schaute ihn an und sah plötzlich, wie klein und dünn er war. Wir standen so nah beieinander, dass ich seine Sommersprossen auf der Nase sah. Ich spürte das Mitleid wie eine Welle in meinem Bauch aufsteigen, als würde mir gerade jetzt erst klar werden, wie sehr er unter seinem Kleinsein litt, wie gern er Basketball spielen würde und wie geduldig er darauf wartete, dass ich … dass wir Freunde wären wie früher, als wir immer gemeinsam überall hingingen und fast alles zusammen unternommen hatten. Mit seinen kleinen Augen mit den rötlichen Flecken sah er mich an wie ein enttäuschter Hund. Ich wusste, was er sich wünschte: dass ich ihn beteiligte, ihm zeigte, dass er noch mein Freund sei, auch wenn ich in der Mannschaft war und er nicht. Ich weiß nicht, warum ich es tat, vermutlich um ihm irgendwas zu geben, jedenfalls erzählte ich ihm von Streichholz Malul.

Uri erschrak so sehr, dass seine Sommersprossen anfingen zu leuchten. »Ein Messer? Ein richtiges Messer? Wegen dem Mörderspiel? Oder will er wirklich jemanden umbringen?«

Ich sagte, ich hätte eigentlich gedacht, Ja'ir Malul würde sich schon um seinen Bruder kümmern, bis ich gehört hätte, was heute Morgen passiert war. Uri sagte, Ja'ir sei selbst ein Gangster und würde mit einem Messer herumrennen. Bestimmt wär er der, der vorgestern Nacht in die Schule eingebrochen war. Und noch sicherer sei es, dass der Einbruch in Esthers Kiosk auf sein Konto gehe.

Wir gingen zurück zur Klasse. An der Treppe vom ersten Stock mit den siebten Klassen und dem zweiten mit unseren blieb Uri stehen. »Trainieren wir heute?«

»Ich kann heute nicht«, sagte ich und sah sofort, dass sein Gesicht sich verdüsterte, wie meine Mutter es ausdrücken würde.

»Warum nicht?«, fragte er. »Wie soll ich denn dann Fortschritte machen?«

Ich hätte sagen können, dass ich Babysitter bei den Töchtern meiner Schwester Carmela spielen oder für meine Mutter etwas erledigen müsste. Aber dann hätte er mit mir kommen wollen, und wenn ich das abgelehnt hätte, wäre er wirklich beleidigt gewesen. Wegen all dieser Gedanken, die mir durch den Kopf schossen, erzählte ich ihm plötzlich von Benji.

Vielleicht war das ein Fehler. Denn als ich davon berichtete, wie Benji vor mir davongelaufen und ich zweimal zu ihm nach Hause gefahren war, fingen Uris Augen an zu funkeln wie damals, als wir durch ein Loch im Tor in den Garten von Ziona Aflal geschlichen waren. Als ich zu ihm gesagt hatte, wir sollten reingehen und uns Aprikosen von ihrem Baum pflücken, hatten seine Augen ganz genauso gefunkelt. Wir haben die Aprikosen vom Baum geholt, sie alle aufgemacht und die Kerne herausgenommen, mit denen wir damals Murmeln spielten. Vielleicht eine halbe Stunde waren wir im Garten gewesen, bis Ziona Aflal plötzlich auftauchte und wir ihr mit Mühe und Not entwischten. Ziona Aflal brüllte: »Schabi Ben-Schoschan, ich kenne dich, ich kenne auch deine Mutter. Es gibt Gerechtigkeit und du wirst es büßen. Am Schluss werde ich dich erwischen und deinen Eltern werde ich auch Bescheid sagen.« Die Aprikosenkernmurmeln verloren wir an Schimi Simantow aus der vierten Klasse, der sich herabließ und mit uns spielte, nur weil wir einen Sack voll Murmeln hatten. Als ich nach Hause kam, hörte ich in der Küche die Stimme von Ziona Aflal. Mit einer Stimme, die eher traurig als wütend war, sagte sie zu meiner Mutter: »Sie haben sie noch nicht mal gegessen, sie haben sie aufgemacht und weggeworfen. Ist das nicht traurig?«

Solche funkelnden Augen bekommt Uri also immer, wenn es um etwas Verbotenes geht. Und in solchen Fällen konzentriert er sich auch so sehr auf das, was man sagt, dass er sogar aufhört zu hüpfen und keinen Satz zweimal sagt. Wenn er einen solchen Blick in den Augen hat, heißt das, dass er ein gefährliches Abenteuer riecht, das, selbst wenn es am Ende zu Schwierigkeiten kommen würde, die Sache wert ist.

»Ich verstehe was von Rottweilern«, sagte er. »Mein Cousin hat auch einen, ich weiß, wie man mit ihnen umgehen muss.« Hätte ihm ein Fremder zugehört, hätte er denken müssen, Uri sei eine Art Löwenbändiger aus dem Zirkus.

Ich schwieg.

»Los, Schabi, fahren wir hin«, bat Uri. »Nimm mich mit. Du weißt, dass ich gut bin in solchen Sachen. Los, fahren wir sofort hin.«

Ich wusste nicht, was ich tun sollte. Einerseits hatte ich mich mit Joli verabredet, wenigstens so gut wie, um nach der Schule mit ihr zu sprechen. Andrerseits sah ich Uri an, wie gespannt er war. Das würde ihn für das versäumte Basketballüben entschädigen. Ich wusste ja schon, dass er dieses Jahr keine Chance hatte, in die Mannschaft aufgenommen zu werden.

Außerdem hielt ich es für keine gute Idee, Joli mitzunehmen. Die Sache schien mir nicht so geeignet zu sein für Mädchen. Ja, manche Sachen sind für Jungen und andere für Mädchen. Und es ist besser, sie nicht durcheinander zu bringen.

Ich hatte Uri noch nichts versprochen, wir standen nur da und ich dachte nach. Und genau in dem Moment sah ich Nimrod, der mit einem Stapel Papier aus seiner Klasse kam. Die Papiere sahen aus wie Formulare und seinem Gesicht war anzusehen, dass er wieder einmal etwas organisierte. Er hielt den Kopf hoch und ging mit langen Schritten in die Richtung vom Zimmer der Direktorin. Bestimmt würde er bald durch die Klassen gehen und irgendein neues Treffen zwischen dieser Jugend und jener Jugend ankündigen und sich so wichtig fühlen wie sein Vater.

Ich schaute auf die Uhr. Wir hatten nur noch eine Stunde, Literatur. Das Fach kann ich nicht ausstehen, besonders nicht, wenn wir Gedichte lernen müssen. Nicht weil das was für Mädchen ist, sogar wenn es nichts für Mädchen gewesen wäre. Geschichten von mir aus, da passiert wenigstens was, aber was passiert in Gedichten? Nichts. »Gut«, sagte ich zu Uri, »schwänzen wir Literatur. Aber zuerst gehen wir nach Hause und essen was.«

»Wir sagen, wir gehen zum Basketball, wir sagen, wir gehen zum Basketball«, rief Uri und fing an zu hüpfen. Ich stimmte zu. Was hätte ich auch sonst tun können?

Wir verließen die Schule. An Esthers Kiosk blieb Uri stehen und sagte: »Warte einen Moment, ich verdurste.« Der Kiosk war offen, als wäre nicht eingebrochen worden, aber nicht weit entfernt stand ein Polizist. Uri kaufte einen Saft, stieß den Strohhalm hinein und es spritzte ein bisschen. Esther schaute ihn an. Ihre Hornhautschwellung sah größer aus, so als wäre sie gewachsen, und war derart hässlich, dass ich den Blick abwenden musste.

»Wo ist eigentlich dein Freund, der kleine Dicke?«, fragte Esther. »Er ist nicht in die Schule gekommen, ist er krank?«

Ich machte eine unklare Kopfbewegung.

»Krank vor Angst«, sagte Esther und plötzlich hatte sie das Gesicht einer Hexe.

»Wieso? Vor wem soll er denn Angst haben?«, fragte ich gereizt, als wäre sie schuld an allem.

»Ein Messer, das ist nicht gut«, sagte Esther. »Man muss es der Direktorin sagen.«

Ich tat, als hätte ich nichts gehört, ich schaute einfach vor mich hin und machte ein gleichgültiges Gesicht. Obwohl ich nur zu gern gewusst hätte, was für ein Messer sie meinte. Aber ich wusste, dass sie mir nichts sagen würde, denn so redet sie immer: in Andeutungen, in Rätseln, als wäre sie eine Hexe. Uri hatte inzwischen ausgetrunken und stellte die leere Tüte auf die Theke.

»Kommt her!«, schrie sie uns nach. Aber wir taten, als hätten wir nichts gehört, und gingen weiter.

6. Kapitel

Kurz vor vier hörte ich ein Klopfen an der Tür. Ich wusste, dass Uri zu früh gekommen war. Immer kommt er vor lauter Aufregung zu früh. Ich rannte zur Tür, um ihm vor meiner Mutter zu öffnen, damit sie nicht anfing, ihn alles Mögliche zu fragen. Wie es ihm geht und wie es seiner kleinen Schwester geht. Denn wenn er so funkelnde Augen hat, sagt er leicht Dinge, die er gar nicht hatte sagen wollen und besser auch nicht gesagt hätte. Ich setzte mein beschäftigtes Gesicht auf, zum Zeichen, dass man mich nichts mehr fragen durfte, weil ich es eilig hatte. Ich machte meinen kleinen Rucksack zu, den ich immer zum Training mitnehme und in den ich eine Flasche Mineralwasser gepackt hatte, ein paar Äpfel und eine Tafel Schokolade als Energiespender, und sagte laut: »Wir gehen zum Training.«

Meine Mutter rief uns aus der Küche nach, ich sollte nicht zu spät heimkommen, ich hätte noch keine Hausaufgaben gemacht. Um nicht zu viel zu lügen, gab ich keine Antwort.

Ich drehte mich um, um die Tür zuzumachen, und sah plötzlich, dass mein Vater mich anschaute. Aber nicht so, wie er es seit dem Unglück sonst immer tat, sondern als würde er mich wirklich sehen und als würde er auch an etwas denken, was mit mir zu tun hatte. Ich blieb an der Tür stehen und wartete, dass er etwas sagte, so lange hatte ich schon nicht mehr gehört, dass er etwas zu mir gesagt hatte. Ein Wort nur. Ich wartete, aber er wendete den Blick ab, als bereue er, mich angeschaut zu haben. Vielleicht hatte ich mir auch nur eingebildet, dass er den Kopf gedreht hatte, vielleicht hatte ihn nur die Sonne geblendet. Als wir aus dem Haus waren, fragte ich Uri, was wir mit dem Ball anfangen sollten, den er mitgebracht hatte. Es war ein Ball mit den Autogrammen der U.B.I.

»Was hätte ich denn tun sollen?«, protestierte er und ließ den Ball aufspringen. »Ich habe zu Hause gesagt, wir würden zum Basketballspielen gehen.«

Ich fragte, was wäre, wenn dem Ball etwas passieren würde, wenn er zum Beispiel bei unserem Unternehmen verloren ginge.

»Wir könnten ihn im Versteck lassen«, sagte Uri und betrachtete den Ball, als wäre er ein Schatz. Er hatte ja tatsächlich viel gekostet. »Niemand kennt es.«

Das Versteck war unser Geheimplatz noch aus der Kindergartenzeit und es war so gut, dass wir nicht drauf verzichten wollten, auch als wir größer wurden. Es war kein normales Versteck in einem Luftschutzkeller oder in einem Baum, es war ein großes Loch im Hof eines Hauses, das nie fertig gebaut worden war. Vor unserer Geburt war es angefangen worden und noch immer stand es unfertig da. Die Leute sagen, es gehöre jemandem, der Pleite gegangen sei und das Land verlassen habe. Als wir klein waren, wussten wir nicht, was das heißt, Pleite gehen und das Land verlassen, aber wir verstanden, dass es etwas Schlimmes sein musste. Das Haus bestand aus nackten

Wänden, die schon anfingen zu bröckeln. Wir wussten alle, dass sich dort alle möglichen Drogenabhängigen und Gangster herumtrieben und dass dort Dinge passierten, von denen wir nichts erfahren durften. »Es gibt Dinge, die sind noch nichts für dein Alter«, sagt meine Mutter immer, und Michal, unsere Klassenlehrerin, sagt: »Wenn ihr größer seid, werdet ihr es verstehen.« Solche Sprüche machen mich ganz verrückt. Von all den Gedichten, die wir im Literaturunterricht gelernt haben, erinnere ich mich nur an eine Zeile: »Für das Leben gibt es keine Anfängerklassen.« Aber ausgerechnet auf diese Zeile ging die Lehrerin nicht ein.

Wir waren schon sehr lange nicht mehr beim Versteck gewesen. Das letzte Mal, als wir noch in der Siebten waren, fanden wir dort Kondome und Spritzen und Uri erschrak fürchterlich. Ich erschrak nicht. Ich ekelte mich, das schon, obwohl ich ein Junge bin. Es gibt Dinge, die finden auch Jungen eklig. Aber jetzt hatten wir keine Wahl, denn mit dem Basketball konnten wir unmöglich zu Benji fahren. Wir liefen schnell bis zum Rand des Viertels, so schnell, dass Uri den Ball nicht ein einziges Mal aufspringen ließ. Erst als wir in die Nähe des verlassenen Hauses kamen, schaute ich mich um. Auch Uri drehte den Kopf. Eine Gruppe Kinder war uns gefolgt und blieb plötzlich stehen. An der Spitze ging Streichholz Malul, gebückt und mit vorgeschobenen Fäusten, als hätte er keine Angst vor mir. Ich hielt Uri mit der Hand zurück und sagte zu den andern, sie sollten abhauen. Genau genommen schrie ich es, damit sie aufhörten, uns nachzulaufen.

»Warum denn?«, fragte Streichholz. »Weinst du dich sonst wieder bei meinem Bruder aus, du Baby?«

Ich hörte, dass Uri schneller atmete, wie immer, wenn er unter Druck ist, und ich hatte Angst, er würde anfangen zu hüpfen und alle Sachen zweimal sagen.

»Los, verschwindet«, sagte ich ganz ruhig. Ich hatte überhaupt keine Angst, sie waren wirklich kleiner als wir, aber ich wollte keine Zeit verlieren.

»Das ist nicht das Grundstück von deinem Papa«, sagte Streichholz. »Hier darf jeder gehen und stehen, wo und wie er will.«

Ich merkte, dass Uri noch nervöser wurde, auch wegen mir, weil Streichholz Malul meinen Vater erwähnt hatte. Aber Streichholz wechselte das Thema. Er sagte nur, wir hätten ihnen nichts vorzuschreiben und sie würden uns folgen, egal wohin wir gingen, sie würden uns schon zeigen, von wo der Fisch pisst. Sie waren zu fünft. Fünf kleine Sechstklässler, aber einer von ihnen war schon ziemlich groß, und fünf auf einmal hätte ich sowieso nicht geschafft. Wer war ich denn? Und auf Uri konnte man sich nicht verlassen, der flippte gleich aus.

»Was für einen Preis gibt es denn für deine Schatulle?«, sagte Streichholz herausfordernd. »Ich hab gehört, man kriegt einen Preis. Sag, was es ist, dann geb ich sie dir vielleicht.«

Ich antwortete nicht. Ich glaubte nicht, dass er meine schwarze Schatulle geklaut hatte, und wenn, würde ich sie sowieso nur zurückbekommen, wenn sein Bruder sie von ihm verlangte. Ich wusste auch, dass es sich nicht lohnte, Zeit wegen meiner Ehre zu vergeuden, und dass es wichtig war, so schnell wie möglich von diesem Ort zu verschwinden. Ich gab Uri ein Zeichen, und statt weiterzugehen zum Versteck, liefen wir zurück zur Hauptstraße,

Richtung Bus. Maluls Clique folgte uns. Sie hielten immer denselben Abstand, Streichholz lief an ihrer Spitze und gackerte wie ein Huhn, um zu zeigen, was für Angst wir hätten.

»Wie geht es weiter?«, flüsterte Uri mir zu. »Sie werden mit uns in den Bus steigen.«

»Mach dir keine Sorgen«, sagte ich, als würde ich mir selbst keine machen. »Du musst sie einfach ignorieren, dann hören sie schon auf.«

Dabei wusste ich selbst nicht, was ich tun sollte. In der Stimmung, in der sie waren, konnte Streichholz mit allen in den Bus steigen, auf seine Streifenkarte, und auf diese Art erfahren, wo wir hin wollten. Das wäre das Ende zwischen mir und Benji, wenn ich mit dieser ganzen Horde hinter mir bei ihm auftauchen würde. Wir gingen auf die Haltestelle zu, aber mir war klar, dass wir sie erst loswerden mussten, bevor wir in den Bus einsteigen konnten.

»Erst müssen wir sie abhängen«, sagte ich zu Uri, genau wie in dem Film mit dem verfolgten Spion, den ich mal gesehen hatte. Mir war jetzt klar, was wir tun mussten. »Frag nicht und tu nur das, was ich dir sage.«

Wir gingen in den Felafel-Kiosk von Maurice und Uri bestellte eine halbe Portion. An der Tür stand Streichholz mit seiner Clique.

»Was wollt ihr, Kinder?«, rief ihnen der Verkäufer zu. »Hier ist kein Spielplatz. Entweder ihr kauft was oder ihr verschwindet.«

Sie gingen hinaus, blieben aber in der Nähe der Tür stehen. Uri kann immer essen, entweder weil er so klein ist oder weil er unbedingt wachsen will. Deshalb liebt ihn meine Großmutter auch so sehr. Es passiert einfach nicht, dass er keine zweite Portion verlangt, wenn er bei uns isst. Als hätte er eine Woche gefastet, machte er sich über die Felafel und die sauren Gurken und Peperoni her und inzwischen erklärte ich ihm meinen Plan. Uns war klar, dass sie nicht genug Geld hatten, um Felafel für alle zu kaufen.

Noch bevor Uri fertig war, verließ ich den Kiosk und ging in unsere Richtung. Wie ich gedacht hatte, folgte mir die Clique. Ich kann rennen, nicht nur, weil ich vom Basketballspielen trainiert bin, ich war auch mal der Schulbeste im Zweihundert-Meter-Lauf. Ich rannte durch die kleinen Straßen unseres Viertels, bis ich sie abgehängt hatte wie dieser Spion im Film. Ich wechselte die Richtung und rannte zur anderen Haltestelle der Linie 17, die nach Ein-Kerem fährt. Dort wartete schon Uri auf mich, mit dem Ball unterm Arm. »Du hast sie reingelegt«, sagte er und ich tat, als wäre das nichts Besonderes. Wir hatten Glück, es kam gleich ein Bus. So ist das mit dem Glück, entweder man hat's oder man hat's nicht. Wir stiegen ein und schauten uns um. Die Luft war rein.

Es war schon fast fünf, als wir an der Endstation ankamen. Wir stiegen den Hügel hinauf. Wieder läuteten die Kirchenglocken und der Wind war ein bisschen kühl. Wir drückten ein paar Mal auf die Klingel neben dem Tor von Benjis Haus. Der schwarze Teufel bellte wie verrückt und rannte an der Mauer entlang. Uri kletterte die Mauer hinauf und schaute in den Garten, zog aber sofort den Kopf wieder zurück.

»Ich dachte, du verstehst was von Rottweilern«, sagte ich und er drehte den Kopf hin und her, wie er es immer tut, wenn er nicht weiß, was er sagen soll. »Klar«, meinte er dann. »Aber vielleicht lohnt es sich jetzt nicht hineinzugehen.« Und mit einem ernsten Gesicht, als müsse er mir etwas Wichtiges mitteilen, fügte er hinzu: »Dieser Hund ist nicht genügend gezähmt und außerdem hat er Hunger.«

Ich klingelte noch einmal. Nicht weil ich dachte, es würde uns jemand aufmachen, sondern nur so, um etwas zu tun. Doch da waren plötzlich Stimmen zu hören. Der Hund hörte auf zu bellen und Benjis Mutter öffnete das Tor. Als sie mich sah, lächelte sie. Es war ein zerstreutes Lächeln und mit ihren hellen Augen schaute sie mich und Uri auch nicht wirklich an, sondern über unsere Schultern hinweg in die Ferne. Der Wind brachte ihre wirren grauen Locken noch mehr durcheinander. Uri senkte die Augen und betrachtete ihren großen, blauen Kittel, der voller Farbflecke war. Dann wanderte sein Blick zu dem schwarzen Teufel, den sie am Halsband festhielt. Es war nicht der Blick eines Löwenbändigers, noch nicht mal der eines Hundebändigers. Der Hund setzte sich neben der Frau auf den Boden und die Zunge, eine rote, böse Zunge, hing ihm aus dem Maul. Auch seine großen Zähne waren zu sehen. Ich merkte, dass Uri Angst hatte.

»Wie schön, Schabi«, sagte Benjis Mutter mit ihrem amerikanischen Akzent, »dass du einen Freund mit einem Ball mitgebracht hast. Benji wird es sehr bedauern.«

Ich wunderte mich, dass sie überhaupt wusste, wer ich war, so verwirrt sah sie aus. Ich fragte sie, wo Benji sei, und sie antwortete auf Englisch, als wär ich der Landesmeister aller Englisch sprechenden Bürger Israels. Ich strengte mich an, ihr zu folgen, aber ich kapierte mit Müh und Not, dass Benji zum Kloster gegangen war, einen Spaziergang machen.

Das hörte sich sehr seltsam an. Benji und ein Spaziergang zum Kloster? Benji mag keine Spaziergänge. Er sitzt lieber in seinem Zimmer und spielt mit dem Computer oder sieht fern und isst Chips und Erdnussflips.

»Zum Kloster?«, wiederholte ich zur Sicherheit. »Allein?«

Wieder antwortete sie auf Englisch und ich hoffte, wenigstens Uri würde alles verstehen, denn sie sprach wirklich sehr schnell. Alle Wörter hingen bei ihr aneinander. Trotzdem verstand ich, dass er von einem Freund abgeholt worden war, den sie nicht kannte, und dass sie zusammen zum Kloster gegangen waren.

»Ein Freund?«, fragte ich erstaunt. »Was für ein Freund?«

Sie schaute mich an, als wäre das eine sehr seltsame Frage. Sie zuckte mit den Schultern und sagte (auf Englisch und genauso schnell), dass sie nicht alle Freunde von Benji kenne, aber er sei ziemlich groß gewesen.

Ich merkte, dass es nichts brachte, sie weiter zu fragen. Diese Frau hatte von nichts eine Ahnung. Benji hatte keinen Freund außer mir und ganz bestimmt keinen großen.

Ich erkundigte mich, welches Kloster sie meinte, denn in Ein-Kerem gibt es mehrere.

Sie deutete Richtung Quelle und ich kapierte, dass wir den Weg zu dem Kiosk einschlagen mussten, wo ich mit Joli gewesen war. Ein Kloster kann man einfach nicht übersehen, dachte ich. Wenn wir in dieser Richtung gehen, werden wir es bestimmt finden. Benjis Mutter zog den Teufel hinein und schloss das Tor. Uri und ich stiegen den Hügel zur Hauptstraße hinunter.

»Weißt du nicht mehr, Schabi?«, sagte Uri. »Dein Vater ist mal mit uns zu einem Kloster gegangen, ich glaube, wir waren in der ersten Klasse.«

»Zu einem Kloster?« Ich erinnerte mich nicht.

»Wieso weißt du das nicht mehr?« Uri war erstaunt und machte ein paar Sprünge auf der Straße. Ich zog ihn auf den Gehweg, denn es fuhren Autos vorbei. »Wieso weißt du das nicht mehr? Er hat uns den Friedhof gezeigt, erinnerst du dich? Und ich hatte schreckliche Angst, weil du gesagt hast, wenn wir bleiben, bis es dunkel wird, werden die Geister der Toten herauskommen und uns am Hals packen. Und was für eine Angst ich hatte! Die ganze Nacht lang. Gut, ich war damals noch klein. Erinnerst du dich wirklich nicht?«

Nein, ich erinnerte mich nicht. Mein Vater hatte mich wirklich zu vielen Plätzen mitgenommen und mir alles Mögliche erklärt, auch wenn ich mich nicht mehr an alles erinnerte. Ich wusste nur, dass es so gewesen war. Als hätte es mir jemand anderes erzählt und die Einzelheiten wären mir entfallen. Außerdem wollte ich nicht daran erinnert werden. Ich mag es nicht, an Dinge aus meiner Kindheit zu denken. Wenn man aufhört, sich an etwas Gutes zu erinnern, das man früher einmal hatte und jetzt nicht mehr, tut es weniger weh. So habe ich gelernt, mit meinem Vater, der nur noch im Sessel saß, zu leben, mit seinem Schweigen, so war es nun mal, so und nicht anders. Warum sollte ich mich nach etwas sehnen, was nie sein würde? Aber Uris Worte und ein verschwommenes Bild von Treppen, einer Mauer und Bäumen gaben mir einen Stich ins Herz. Auch die Luft, die anfing, graugolden und irgendwie zittrig zu werden, die bläulichen Hügel in der

Ferne, die Kirchenglocken – alle halbe Stunde schlagen sie zweimal –, das alles machte mich traurig.

Wir liefen schnell und ich sagte nur zweimal zu Uri, er solle aufhören, den Ball in die Luft zu werfen. Nach dem zweiten Mal, als ich schon nervös wurde, hatte er es kapiert und hörte tatsächlich auf. Wir kamen zu einer Straße, die zur Quelle hinunterführte, und lasen die Hinweisschilder. Auf einem stand: »Kloster der Schwestern Rosary«, auf einem dicken Pfeil: »Zum Waisenhaus«, und auf einem zweiten Schild: »Besucherkirche«.

»Wen besucht man dort?«, witzelte Uri. »Vielleicht Jesus?«

Mir war nicht nach seinen komischen Bemerkungen. Es tat mir schon Leid, dass ich ihn überhaupt mitgenommen hatte. Nicht dass ich etwas gegen ihn hätte, ich wär jetzt nur lieber allein gewesen. Ich wollte nicht reden. Zum einen, weil ich ein bisschen traurig war, zum andern, weil ich immer an diesen »großen« Freund denken musste. Irgendwie hoffte ich, Benjis Mutter hätte sich geirrt und es gäbe keinen solchen Freund. Von dort aus, wo wir standen, konnte man eine Treppe und einen Teil der Klostermauer sehen.

Wir gingen die Straße hinunter zur Quelle, dann stiegen wir die Treppe hinauf, die zum Kloster führte. Plötzlich hörten wir hinter uns lautes Schreien und Pfiffe. Wir drehten uns um und weit, weit weg, an der Kreuzung der Hauptstraße und der Ortsstraße, sah ich einige Kinder, die mit Stöcken fuchtelten und schrien.

»He«, sagte Uri mit einer plötzlich heiser gewordenen Stimme. »Das sind doch nicht die von vorhin, mit dem Bruder von Ja'ir Malul, oder?«

»Wieso denn?«, sagte ich abfällig. »Wie hätten sie hierher kommen sollen? Sie haben doch keine Ahnung, wo wir hingefahren sind.«

»Schau genau hin«, sagte Uri. Fünf Kinder und davor ein kleiner, dünner, dunkler Typ, der tatsächlich Streichholz hätte sein können. Ich verstand es nicht. Ich verstand nicht, wie sie, nachdem ich sie so geschickt abgehängt hatte, hierher gekommen sein konnten.

War es vielleicht Zufall und hatte nichts mit uns zu tun? Oder waren sie es, die Benji quälten? Dachte er ihretwegen, ich hätte ihn betrogen? Ich wartete, dass sie näher kamen. Sie gingen schnell, aber nicht zu schnell. Sie hatten es nicht sehr eilig. Als sie auf halbem Weg waren, war ich mir bereits sicher, dass Uri Recht hatte. Der kleine Dünne, der einen langen Stock über die Straße zog, war Streichholz Malul.

Ich drehte mich um, weil ich Uri sagen wollte, dass er Recht hatte, als ich plötzlich aus den Augenwinkeln jemand schwerfällig die Steintreppe am Kloster hinaufsteigen sah. Und seine Schuhe, grüne Allstars, kamen mir sehr bekannt vor.

»Benji!«, schrie ich. »Warte einen Moment!« Ich rannte hinter ihm her die Stufen hinauf. Niemand antwortete mir, aber von der anderen Seite, von der hinteren Klostermauer, hörte ich eine Stimme, die ich zwar kannte, aber nicht einordnen konnte. Ich wusste nur, dass der Sprecher mir nicht fremd war. Es war nicht Benjis Stimme, sondern die eines andern, der mit ihm sprach. Nein, er sprach nicht, er brüllte: »Komm schon rauf, du Fettsack, auf was wartest du?«

Auf einmal war mir Streichholz Malul piepegal, ich

wollte nur Benji erwischen und sehen, mit wem er zusammen war, um endlich zu begreifen, was mit ihm los war. Aber als ich die oberste Stufe erreicht hatte, war niemand mehr zu sehen. Keine Menschenseele. Als hätte ich alles nur geträumt. Ich stand da, schaute immer wieder nach rechts und links und wartete auf Uri. »Sag mal«, fragte ich, »es stimmt doch, dass da jemand gerannt ist, oder habe ich mir das nur eingebildet?«

»Ich hab nicht wirklich was gesehen«, sagte Uri.

»Was heißt nicht wirklich?«, fragte ich gereizt. Was sollte das sein, nicht wirklich? Entweder man sieht was oder man sieht nichts.

»Nicht wirklich jemand, nur als ob jemand rennt.« Uri rollte den Ball in den Händen.

»Das heißt, da war was?«

»Ich glaube«, sagte Uri. »Und danach habe ich eine Stimme gehört, die geschrien hat, komm schon rauf, du Fettsack. Hast du das auch gehört?«

Das wenigstens hatte er gehört. Ich rief noch ein paar Mal Benjis Namen, aber von oben kam keine Antwort, nicht aus der Richtung des Klosters und auch nicht von der Straße, die zur Hauptstraße führte. Nur von unten, nahe der Treppe, waren Stimmen zu hören. Das war Streichholz Maluls Clique. Im Takt des Kinderlieds »Berele, Berele, komm heraus« schrien sie: »Benjile, Benjile, komm zu Schabi, Papa und Mama, die warten auf dich, Papa mit dem Stock, Mama mit dem Rock ...«

Selbst wenn Benji in der Nähe ist, dachte ich, wird er weder herauskommen noch mir Antwort geben bei diesem blöden Geschrei. Plötzlich fühlte ich mich müde. Es tat mir Leid, dass ich nicht mit Joli hergekommen war. Da hätte mich die Malul-Clique nie gefunden. Und selbst wenn, dann hätten sie sich anders verhalten. Ich auch. Jetzt wollte ich jedenfalls nichts anderes als mich auf die oberste Stufe setzen und ausruhen. Vielleicht war die Traurigkeit von vorhin, als Uri meinen Vater erwähnte, schuld an meiner Müdigkeit. So ist das manchmal, man wird nicht nur vom Rennen müde.

Aber dann setzte ich mich doch nicht auf die Treppe, ich vergaß meine Müdigkeit und sprang auf die Steinmauer. Ich hielt mich am Rand fest und schaute hinüber, was auf der anderen Seite war, in dem Garten, der zum Kloster und zur Kirche gehörte. Ich sah viele Bäume, die sehr dicht standen, und auf einer Bank ein paar Nonnen. »Komm, gehen wir rein«, sagte ich zu Uri.

»Wie?«, fragte er erschrocken.

»Bestimmt gibt es da drüben ein Tor«, sagte ich und lief zum Weg hinüber.

Kurz darauf standen wir vor einem großen, schwarzen Tor. »Es ist zu«, sagte Uri. Es hörte sich fast erleichtert an.

»Nicht dass ich Angst hätte«, sagte er, als könne er Gedanken lesen. »Ich habe überhaupt keine Angst. Ich möchte nur nicht zu einem christlichen Platz, noch dazu zu einem, wo Waisen leben.«

»Meinst du etwa, sie schnappen dich und stecken dich zu den Waisen?«, fragte ich ohne zu lachen.

Streichholz Malul hatte mit seiner Clique die Treppe erreicht.

»Los, versuchen wir, ob wir reinkommen«, flüsterte ich Uri zu. »Ich möchte was nachschauen.«

Das Tor war verschlossen. Die Besuchszeit ging bis

fünf Uhr, so stand es auf dem Schild, und jetzt war's schon sechs und die Sonne war fast untergegangen, aber es war noch warm. Ich hasse den Winter, der den Tag kürzer macht, und ich hasse es auch, dass man bis nach Pessach warten muss, bis die Uhr wieder umgestellt wird. Wir hatten schon Frühling, bald würde der Sommer anfangen und noch immer wurde es um halb sieben dunkel. Und wegen der frühen Dunkelheit hat meine Mutter immer das Gefühl, acht Uhr wär mitten in der Nacht.

Ich drückte mein Ohr an das Tor, hörte aber nichts. Ich kletterte auf die unterste Stange, um durch die Luke zu sehen, die sich im Tor befand. Ich hielt mich an den Stäben fest und zog mich hoch wie an einem Klettergerüst. Nun konnte ich alles überblicken: den Park, die Pflanzen, die weißen Grabsteine, die von der untergehenden Sonne etwas rötlich gefärbt waren. Plötzlich hatte ich keine Kraft mehr in den Händen und ließ mich wieder hinunter, und gerade in dem Moment fingen die Glocken an zu läuten. Sie machten einen solchen Lärm, dass von Maluls Clique nichts mehr zu hören war.

»Ist da ein Friedhof?«, fragte Uri und zitterte vor Angst. »Ich hab dir ja gesagt, dass da ein Friedhof ist, ich erinnere mich noch von damals dran.«

»Die Toten sind schon gestorben«, sagte ich. »Was können sie uns also tun?«

Plötzlich hörten wir Schritte und das Rasseln von Schlüsseln. Das Tor ging quietschend auf. Eine alte Frau mit einer weißen Kopfbedeckung stand vor uns. Sie trug ein graues Kleid, auf dem ein Holzkreuz hing, mit silbernen Kugeln an den Enden. Das Kreuz schaukelte auf ihrer Hüfte, als sie uns fragte, was wir da trieben. Sie schrie nicht, sie fragte, aber ihre Stimme klang vorwurfsvoll. Uri stellte sich hinter mich.

Ich sagte, wir hätten uns verlaufen und würden unseren Freund suchen, der sich auch verlaufen hätte.

»Ich habe hier keinen Jungen gesehen«, sagte die Nonne und ich wunderte mich, dass sie Hebräisch konnte.

»Das waren nicht wir, die diesen Lärm gemacht haben«, sagte ich, »das waren die dort.« Ich deutete auf die Streichholz-Clique.

Die Nonne trat aus dem Tor und ging die Stufen hinunter. Mit der einen Hand hielt sie ihren Rock ein bisschen hoch, um nicht darüber zu stolpern. Für eine alte Frau mit einem so kleinen, faltigen Gesicht war sie ganz schön kräftig. Kurz darauf war sie unten, stand vor der Clique und sagte etwas zu den Jungen. Es war still, die Glocken hatten aufgehört zu läuten, auch ihr Echo war nicht mehr zu hören, aber ich hörte trotzdem nicht, was sie sagte. Ich sah nur, wie Streichholz Malul und seine Clique sich umdrehten und in die andere Richtung davongingen. Ich hätte gern gewusst, wie sie das geschafft hatte, aber ich traute mich nicht, sie zu fragen, als sie wieder heraufkam. Vielleicht hatte sie ihnen mit der Polizei gedroht oder mit den Geistern der Toten. Es war schon fast dunkel, wir konnten die Clique kaum mehr erkennen, die sich schnell auf der Straße entfernte.

»Ihr müsst nach Hause gehen«, sagte die Nonne und griff nach ihrem Kreuz. Ich spürte, wie Uri, der sich immer noch hinter mir versteckte, zitterte.

Es gibt Dinge, die kann man nicht erklären. Vielleicht lag es an der Kleidung der Nonne, an die wir nicht gewöhnt waren, vielleicht an ihrer Stimme oder an beidem zugleich, jedenfalls benahmen wir uns anders als sonst. Ich sprach auch ganz ruhig, genau wie sie, dabei hatte ich keine Angst vor ihr, wirklich nicht. Ich spürte nur, dass ich ihr nicht irgendwelche Geschichten erzählen konnte.

Ich sagte also, nach Auskunft seiner Mutter habe mein Freund einen Spaziergang zum Kloster machen wollen. Er kenne sich aber überhaupt nicht aus und sei auch nicht sehr selbstständig, außerdem noch ziemlich klein.

Wieder sagte sie, sie habe niemanden gesehen und wir sollten jetzt lieber heimgehen, es sei schon dunkel. Sie stand am Tor und wartete, dass wir die Stufen hinuntergingen. Wir hatten keine andere Wahl.

»Siehst du«, flüsterte Uri, als wir unten an der Treppe angekommen waren, »ich hab dir ja gesagt, dass Juden nicht reindürfen. Hast du sie gesehen? Bestimmt ist sie böse zu den Kindern im Waisenhaus.«

Ich widersprach ihm. Sie war nicht böse, nur autoritär. Aber das alles, ein Waisenhaus ohne Kinderlärm und der Friedhof, die Nonne, die keinen Jungen gesehen hatte, gefiel mir nicht. Vielleicht sollten wir warten, bis sie wieder im Kloster war, und dann weitersuchen. Ich setzte mich auf die unterste Stufe, Uri setzte sich neben mich. Eine Weile saßen wir schweigend da, dann sagte ich ihm, wir würden zum Kloster zurückgehen. Uri verstand mich nicht gleich.

»Bist du verrückt geworden?« Er schaute mich prüfend an, um zu sehen, ob ich es wirklich ernst meinte. »Ich warte hier auf dich.«

Wenn ein treuer Freund wie er so etwas sagte, war das ein Zeichen, dass ihm das Herz in die Hose gerutscht war und es sich nicht lohnte, ihn überreden zu wollen. Ich zog also allein los.

Die Stufen waren uneben und in der Dunkelheit konnte ich fast nichts sehen. Die Stadtverwaltung hatte sich nicht die Mühe gemacht, auch nur eine Straßenlaterne aufzustellen, obwohl alle wussten, dass in Ein-Kerem reiche Leute wohnten. Aber es war dort so dunkel wie bei uns und so etwas lädt Diebe ein. Ich stieg leise die Stufen hinauf, bis fast ganz oben. Nach jeweils zehn Stufen kam ein Absatz, die letzten zehn lagen vor mir. Oben stand die Nonne. In der Dunkelheit sah sie noch größer aus, ihr Kreuz leuchtete. Sie stand da, als hätte sie gewusst, dass ich zurückkäme, und deswegen auf mich gewartet. Ich drehte mich um und lief zu Uri zurück.

»Sie ist noch da«, flüsterte ich.

»Ich hab's gewusst«, sagte Uri. »Das ist kein Ort für Juden. Hier ist es gefährlich.«

Wir gingen zur Straße und schlugen den Weg zur Bushaltestelle ein. Als wir ungefähr in der Mitte der Strecke waren, sahen wir den Bus kommen. Uri fing wie ein Verrückter an zu rennen. Ich rannte hinterher und packte ihn am Ärmel. »Wir warten auf den nächsten«, sagte ich. »Die kleinen Idioten sollen lieber allein fahren.«

Zu Fuß gingen wir zur Haltestelle unten am Hang. Wir setzten uns auf die Bank und schauten hinauf zu Benjis Haus. Uri ließ seinen Ball aufspringen. Ich schaute weiter hinauf und stellte fest, dass im Erdgeschoss und im zweiten Stock Licht brannte. Der erste Stock war dunkel.

7. Kapitel

Am nächsten Morgen stand Joli an der Klassentür. Sie lächelte, als sie mich sah, wurde aber nicht rot und noch immer lächelnd fragte sie, warum ich gestern nicht auf sie gewartet hätte.

»Konntest du nicht auf mich warten?« Trotz ihres Lächelns hörte sie sich gekränkt an.

»Ich musste unbedingt nach Hause«, sagte ich.

Ich weiß nicht, ob sie mir glaubte oder nicht, aber sie erkundigte sich nur, ob es was Neues wegen Benji gab. Ich schüttelte den Kopf. Da fragte sie, ob ich Lust hätte, mit ihr zusammen einen Plan zu machen, denn Benji sei auch heute nicht in die Schule gekommen. »Woher weißt du das?«, fragte ich und sie antwortete, sie sei in seiner Klasse gewesen.

»Vielleicht kommt er später«, sagte ich. »Er kommt immer zu spät.« Ich ärgerte mich. Es war nicht ihre Aufgabe nachzuschauen, ob Benji in der Schule war. Schließlich war nicht sie für ihn verantwortlich, sondern ich.

Joli beruhigte mich, noch bevor ich etwas sagen konnte. Und dann klingelte es auch schon, wir mussten hinein. »Wir reden nachher weiter«, sagte ich.

Ich merkte, dass es mir Spaß machte, sauer auf Joli zu sein, auch wenn ich noch immer in sie verliebt war. Natürlich war ich das. Liebe hört nicht so schnell auf. Aber es war mir recht, dass ich sauer auf sie sein konnte und dass sie es merkte. Ich war mir nicht sicher, ob sie mir etwas anmerkte oder nicht, jedenfalls reagierte sie nicht drauf und sagte nur: »Gut, reden wir nach der letzten Stunde weiter.«

Die Pausen verbrachte ich damit, meine Hausaufgaben zu machen. Auch als Uri kam und mir berichtete, dass jemand alle unsere Zettel wegen der schwarzen Schatulle abgemacht hatte, hatte ich einfach keine Zeit, neue zu schreiben. Ich musste meine Aufgaben machen, sonst würde ich wirklich in Schwierigkeiten kommen. Ich wusste, dass ich unbedingt für Mathematik, für den Bibelunterricht und für Biologie fertig werden musste. Wenn nicht, dann gute Nacht. An Benji dachte ich nur ab und zu, vor allem während des Bibelunterrichts, den ich nicht leiden kann. Nicht nur, dass das alles vor so langer Zeit passiert ist, es wird auch alles mit solchen Worten erzählt, die heute kein Mensch mehr sagt. Und wofür? Dass wir in Gottes Augen Gutes tun? Gutes kann man auch so tun, man kann sich wenigstens darum bemühen. Je länger ich überlegte, umso sicherer war ich, dass ich Benji gesehen hatte, wie er zur hinteren Mauer des Klosters ging. Und dann überlegte ich, wem die Stimme gehört hatte, die ihn zur Eile angetrieben hatte, aber es fiel mir nicht ein.

Als es nach der sechsten Stunde klingelte, wollte ich nicht, dass es so aussah, als würde ich warten. Vielleicht bereute Joli ihren Vorschlag ja schon? Mädchen bereuen immer alles, jedenfalls ändern sie ständig ihre Meinung. Abgesehen davon, dass sie beleidigt war, weil ich gestern nicht auf sie gewartet hatte. Ich packte sehr, sehr langsam meine Sachen ein und tat, als würde ich was in meinem Fach suchen. Ich wollte, dass sie zu mir kam, und sie kam tatsächlich.

Sie sah sehr ernst aus, als sie sagte: »Hör mal, Schabi, wir müssen einen Erwachsenen hinzuziehen, so kann es nicht weitergehen …«

Ich unterbrach sie mitten im Satz und sagte böse: »Ich zieh niemanden hinzu, weder Tamar noch Benjis Klassenlehrerin. Erstens verstehen sie nichts und wissen nie einen brauchbaren Rat und zweitens kann ich gut drauf verzichten, dass Benji mich danach zu Recht Verräter nennen kann.« Ich war enttäuscht von ihr. Außerdem fürchtete ich, sie hätte Nimrod etwas erzählt.

»Einen Moment«, sagte Joli. »Ich habe niemanden aus der Schule gemeint. Jemand andern.«

»Wen denn, wenn nicht aus der Schule?« Ich merkte selbst, wie wütend meine Stimme klang. »Was für Erwachsene gibt's denn sonst noch? Vielleicht meine Mutter? Kommt nicht in Frage.«

»Mein Großvater …«, fing Joli an, aber wieder unterbrach ich sie.

»Auf gar keinen Fall, dein Großvater kommt überhaupt nicht in Frage. Er ist zu alt.«

Joli wurde rot und ich wusste, dass sie jetzt böse war. »Du kennst ihn überhaupt nicht«, fuhr sie mich an. »Mein Großvater ist nicht wie andere Großväter. Er ist ein ganz besonderer Mensch. Er ist der klügste Mann, den ich kenne, und er versteht was von solchen Dingen.«

»Von was für Dingen?«

»Von solchen rätselmäßigen Dingen«, sagte Joli

(manchmal erfindet sie Wörter wie meine Mutter). »Er hat viele Jahre als hoher Untersuchungsbeamter bei der Polizei gearbeitet.«

Ich erschrak. »Dann wird er doch mit Benjis Geschichte zur Polizei gehen, oder?«

»Nein«, sagte Joli und fing an zu lächeln. »Nicht hier bei der Polizei, bei der schottischen, in Glasgow. Von dort ist er vor ein paar Jahren nach Israel gekommen. Er ist jetzt pensioniert und berät nur manchmal. Er ist ein richtiger Berater, nicht wie Tamar, die Erziehungsberaterin. Und außerdem ist er überhaupt ganz anders! Er würde nie jemandem ein Wort sagen, wenn wir das nicht wollen.« Ich fragte, ob sie wirklich absolut sicher sei, dass er niemandem was verraten würde, und sie sagte ja, eine-Million-prozentig, und sie würde bei allem, was ich wolle, einen Eid dafür ablegen. Ich dachte lange nach und schließlich sagte ich: »Also gut, und wie können wir mit deinem Großvater reden?«

»Ganz einfach«, sagte Joli. »Komm mit. Beim Mittagessen können wir es ihm erzählen.«

Eigentlich hätte ich mich freuen müssen, denn so würde ich wieder zu Joli nach Hause kommen, aber so einfach war es nicht, ich hatte mich schon mit Jo'el verabredet. Er wollte mit mir über das Trainingslager sprechen, das in den Pessachferien stattfinden sollte.

Außerdem wollte ich nach Hause. Ich hatte die Nase voll, dass meine Mutter dauernd sauer auf mich war. Ich dachte daran, wie sie sich vorgestern über mich geärgert hatte und wie traurig sie gewesen war. Auf der anderen Seite sagte sie immer, wenn ich vorher Bescheid sagte, hätte sie nichts dagegen, dass ich manchmal später käme.

Vielleicht ist sie ja wirklich anders als die meisten Erwachsenen, die nicht wirklich meinen, was sie sagen, überlegte ich. Und dann sagte ich zu Joli: »Einverstanden, aber ich muss erst meine Mutter bei der Arbeit anrufen und ihr Bescheid sagen.«

Wir verließen die Schule. Auf dem Weg zur Telefonzelle kamen wir an Esthers Kiosk vorbei. Sie saß hinter ihrer Theke, hatte den Kopf auf die Hand gestützt und schaute uns von drinnen entgegen. Als wir näher kamen, beugte sie sich vor und sagte leise zu Joli: »Was ist, Süße? Wo ist denn dein schöner Freund? Hat zu tun, was? Zieht sich schön an und verfolgt Kinder, was?« Dann stieß sie ein heiseres, ersticktes Gelächter aus und ihre Beule bewegte sich, als wäre sie eine Art kleines Tier, das neben dem Auge lebte. Joli wurde rot und ging weiter ohne zu antworten. Ich wollte nicht an Esther denken, auch nicht an das, was sie gesagt hatte.

Den ganzen Morgen hatten sie die Straße aufgegraben, um sie zu reparieren, und wegen der Erdhaufen musste ich ganz dicht neben Joli gehen. Nicht so dicht wie am Kiosk, als wir Cola aus einer Dose getrunken hatten, aber trotzdem. Bei jedem Schritt, den wir machten, stiegen Staubwolken auf und hüllten uns ein, und als wir die Telefonzelle erreicht hatten, hatte ich den Geschmack von Sand und Staub im Mund. Ich wählte die Nummer vom Büro und hörte gleich die Stimme meiner Mutter: »Rechtsanwaltskanzlei Friedberg.« Ich sagte ihr, dass ich bei Joli zu Mittag essen würde.

Sie schwieg einen Moment, dann fragte sie, ob Jolis Großvater wisse, dass ich komme.

»Ich glaube nicht, aber das ist in Ordnung«, antwortete

ich und spürte, wie ich bereits nervös wurde. Nicht nur, weil sie solche Fragen stellte, sondern weil ich aus den Augenwinkeln Nimrod näher kommen sah. Der hatte mir gerade noch gefehlt. Auch Joli hatte ihn gesehen und ging ihm entgegen. Er machte diese bewusste Kopfbewegung und seine Haare bewegten sich wie ein Wasserfall aus Seide, der in der Sonne glänzt. Er trug seine Pfadfinderuniform mit Krawatte und kurzen Khakihosen, schwarze Nikes und weiße Socken. Er sah aus wie ein Superbasketballspieler. Wirklich wie aus einer der Serien, die meine Großmutter jeden Tag anschaut. Und obwohl ich ihn gar nicht so schön finde, war mir klar, dass Joli ihn für schön hielt. Auch ohne ihr Gesicht zu sehen, wusste ich, dass sie rot wurde.

Ich schaute hinunter auf meine Beine, die in weiten Turnhosen steckten, die bis zu den Knien reichten – kurze, stämmige Beine. Einfach Beine, nicht muskulös und vollkommen glatt. Ich gelte überhaupt nicht als klein und im Vergleich zu anderen Jungen aus der Klasse bin ich sogar ziemlich groß, aber verglichen mit Nimrod, der inzwischen vor Joli stand, sah ich untersetzt und babyhaft aus.

Einerseits wollte ich nicht hören, was er zu Joli sagte und was sie ihm antwortete, andrerseits wollte ich doch unbedingt alles wissen. Ich drehte mich wieder zum Telefon und sagte zu meiner Mutter, ich dürfe ja auch immer jemanden zum Essen mitbringen, genauso sei es bei Joli.

»Ein Großvater ist keine Mutter«, hörte ich sie sagen. »Es gibt Leute, die knapp kochen, und dann ist es schwer, wenn plötzlich jemand dazukommt.«

»Dann esse ich eben nichts«, sagte ich. »Wenn nicht genug da ist, esse ich zu Hause. Okay?«

Ich hörte sie lachen und schließlich kam ihr »Okay«.

Ich drehte mich zur Straße und sah, dass Nimrod sehr dicht bei Joli stand und sich ein wenig zu ihr beugte. Ich hörte nicht, was sie ihm sagte, aber er winkte mir zu, lächelte ein halbes Lächeln, aber doch so, dass man sah, wie weiß seine Zähne waren, und rief im Weggehen: »Also viel Spaß mit Englisch, ihr beiden!« Ich verstand, dass Joli gelogen und gesagt hatte, wir würden Englisch lernen.

Ich hätte sie so gern gefragt, ob Nimrod eifersüchtig auf mich war und ob auch er sie manchmal zu Hause besuchte, beschloss aber, dass mich das nichts anging. Alle wussten, dass die beiden ein Paar waren, aber mir war nicht ganz klar, was das bei ihnen hieß, ein Paar sein. Gingen sie zusammen ins Kino? Besuchte er sie jeden Tag zu Hause oder nur manchmal? Ich wusste nicht, über was sie miteinander sprachen und ob sie sich manchmal an den Händen hielten oder andere Sachen machten, an die ich nicht denken wollte wegen Joli. Aber je mehr man versucht, nicht an solche Dinge zu denken, umso mehr denkt man dran.

Ich wunderte mich, dass sie bereit war, Nimrod die Unwahrheit zu sagen, aber ich freute mich auch. Vor allem, weil sie es meinetwegen getan hatte, obwohl es, genau genommen, wegen Benji war. Hätte sie nicht gelogen, wenn die Sache nichts mit Benji zu tun gehabt hätte? Aber ohne Benji würde ich jetzt auch nicht mit ihr zu ihrem Großvater gehen, zum Mittagessen, nur deshalb hatte sie mich eingeladen. Plötzlich fühlte ich mich schlecht. Nimrod kann sie einfach so besuchen, dachte ich, ohne Grund, wann immer er will, und ich brauch ein Problem.

Während wir weitergingen, fragte Joli plötzlich: »Sag mal, Schabi, findest du die äußere Erscheinung wichtig?«

Ich überlegte. »Meinst du jetzt allgemein oder mich persönlich?«

»Beides«, sagte Joli.

»Natürlich ist sie wichtig, das kannst du doch überall sehen.« Ich fühlte mich wichtig und überhaupt nicht blöd.

»Und für dich selbst?«

»Kommt drauf an.« Ich wusste es nicht genau.

»Ich glaube …« Plötzlich freute ich mich, weil ich wusste, was ich sagen würde. »Ich glaube, dass Schönheit einen kleinen Makel haben muss.«

Sie schwieg. Und dann sagte ich auch noch, was meine Mutter immer sagt, nämlich dass die innere Schönheit, die Schönheit der Seele, nach außen durchleuchtet und dass nur der hässlich ist, der eine hässliche Seele hat.

»Ja«, sagte Joli und verzog den Mund. »Das behauptet mein Großvater auch, aber es stimmt nicht ganz.«

Wir gingen schweigend weiter, da fragte sie plötzlich: »Wenn man dir vorschlagen würde, dich fotografieren zu lassen, was würdest du tun?«

»Was heißt das, mich fotografieren zu lassen?«

»Sagen wir mal, für eine Werbung im Fernsehen.«

Ich war verwirrt. »Was für eine Werbung? Wofür? Wenn es Sport wäre, sofort …«

»Und als Model?«

»Als Model?« Ich lachte laut auf. »Du meinst, auf dem Laufsteg rumlaufen und so?«

»So ungefähr«, sagte Joli und wurde rot. »Sagen wir

mal, als Model für Jungenkleidung. Man würde dich in Zeitschriften und im Fernsehen zeigen.«

Ich grinste. »Mich doch nicht. Dafür muss man …« Ich wollte sagen, dass man dafür toll aussehen muss oder so, aber ich brachte es nicht über die Lippen.

»Egal«, sagte Joli. »Aber würdest du es machen wollen?«

»Klar.« In dem Moment, als ich es gesagt hatte, war ich mir schon nicht mehr sicher. Außerdem genierte ich mich plötzlich, denn sie warf mir einen Blick zu und ich sah, dass sie etwas anderes von mir erwartet hatte. Nach kurzem Schweigen sagte ich: »Es hängt natürlich davon ab, was für eine Werbung das ist. Für Basketballshirts oder Sportschuhe ja.«

»Aber ich meine, würdest du es von dir aus können?« Sie betonte das Wort »können«.

»Nein, ich würde mich ziemlich genieren. Außerdem bietet mir das sowieso niemand an. Ich bin nicht so … so ein Traumboy wie …« Ich wollte sagen »wie Nimrod«, aber im letzten Moment überlegte ich mir, dass es sich nicht lohnte, so etwas zu sagen. Stattdessen fragte ich: »Warum, hat man dir so was angeboten?«

»Mir? Wieso denn mir? Ich bin überhaupt nicht … ich bin doch nicht so schön, ich bin nicht ihr Typ und ich bin auch gar nicht dünn genug.«

Ich hätte ihr gern widersprochen und gesagt, sie sei sehr schön, aber ich tat es nicht. Ich fragte: »Kennst du jemanden, dem man so was angeboten hat?«

Sie nickte.

»Wem?«, fragte ich, aber ich konnte mir die Antwort schon denken.

Sie schwieg.

Ich ließ nicht locker, ich wollte es wissen. »Nimrod?«, fragte ich. »Ist es Nimrod?«

Sie stieß einen seltsamen Ton aus. »Ich habe ihm versprochen, es niemandem zu sagen.«

»Ich erzähl es niemandem weiter, Ehrenwort.«

»Er möchte gern«, sagte sie. »Er war bei so einer Audition, und sie haben gesagt, er würde gut passen.«

»Ich dachte, er hat keine Zeit«, sagte ich. »Ich habe geglaubt, er braucht zu viel Zeit zum Lernen und für die Friedensbewegung und seine vielen Jugendtreffen und so.«

»Er meint, das würde gehen«, sagte Joli. »Auch wenn sie ihn gewarnt haben, dass es viele Stunden kostet. Außerdem ist er sowieso nicht sicher mit den Pfadfindern, ob er nächstes Jahr eine Gruppe übernimmt oder nicht. Aber fürs Modeln braucht man viel Geld, für die Fotos, meine ich. Weil man am Anfang alles selbst finanzieren muss, den ganzen Auftritt bei der Audition, Kleidung und so was. Und wenn er sich bewirbt, braucht er eine Mappe mit Fotos. Von seinen Eltern würde er nie im Leben Geld für so etwas bekommen. Nie.«

»Aber seine Eltern haben doch genug.«

»Klar«, sagte Joli. »Sie haben alles, außer Zeit.«

Ich verstand nicht, warum sie nicht begeistert war, dass Nimrod vielleicht berühmt wurde. Hatte sie Angst, er würde sich dann nicht mehr für sie interessieren? Wenn es so käme, dann wäre er nichts wert. Nicht mal den Dreck unter ihren Fingernägeln, wie meine Mutter von Esthers Ehemann behauptet, der nichts für den Kiosk tut und nur abends das Geld abholt. Dann schaut Esther ihn an, wie sie alle anschaut, von weit her. Sogar die Reparaturen macht sie allein, nicht nur die Glühbirnen auswechseln, alles.

Aber ich konnte Joli nicht fragen, ob es das war, wovor sie Angst hatte. Und sie, als hätte sie meine Gedanken gelesen, sagte: »Erzähl es niemandem, es ist ja noch gar nicht sicher. Noch nicht mal seine Eltern wissen was davon. Ein Sohn, der Model wird, ist das Letzte, was sie wollen. Nur ihre Karriere ist ihnen wichtig.«

Wieder versprach ich, nichts weiterzusagen. Ich wollte wissen, ob sie wenigstens ein bisschen stolz auf Nimrod war, aber ich brachte die Frage nicht heraus. Ich merkte nur, dass sie sich bei der ganzen Sache unbehaglich fühlte. Mir blieb aber keine Zeit mehr, denn wir waren angekommen. Sie machte das Tor auf und ging vor mir her den Pfad zum Haus.

8. Kapitel

Obwohl ich schon vorgestern in diesem Haus gewesen war, betrachtete ich es, als wär es jetzt das allererste Mal. Ich ging hinter Joli den Pfad zwischen wilden Sträuchern entlang. Weiter hinten, am Zaun, standen hohe Zypressen, die wegen ihrer dunklen Farbe sehr alt aussahen. Am meisten interessierte mich ein Feigenbaum mit sehr kleinen Früchten. Ich hätte ihn mir gern aus der Nähe angeschaut. Wenn ich Zeit hätte, würde ich ihn zeichnen, dachte ich. Mit Kohle, nicht mit Farben. Vor allem seinen Stamm, der sich nach allen Seiten wand und drehte und aussah wie ein krummer alter Riese, der runzlige Hände zum Himmel streckt. Ich hätte ihn mit Kohle gezeichnet, wenn man mir nicht meine Schatulle geklaut hätte. Kohle passte am besten für diesen Baum.

Auch das Gesicht von Jolis Großvater sah alt aus. Er machte uns genau in dem Moment die Tür auf, als Joli die Hand auf die Klinke legte und sich umdrehte, um mir etwas zu sagen. Sein Gesicht war voller Falten und seine Haare waren ganz weiß. Er war mager und nicht sehr groß, mit ziemlich nach vorn gebeugten Schultern. Nur seine Augen, hellblau wie der Himmel, sahen überhaupt nicht alt aus. Er schaute ein paar Mal von Joli zu mir, bis sein Blick an mir hängen blieb. Nachdem er sich die Hän-

de an einer großen Schürze abgewischt hatte, sagte er:
»Hello, sweetheart«, küsste Joli auf beide Wangen und
auf den Mund und dann schaute er wieder zu mir.

Joli sagte: »Opa, das ist Schabi, er ist ein Klassenfreund
von mir. Er isst heute mit uns. Und küss ihn nicht, er ist
schüchtern.« Sie drehte sich zu mir. »Und du erschrick
nicht, mein Opa ist ein Küsser, er küsst alle, Mädchen und
Jungen. Und du kannst Hebräisch mit ihm sprechen.
Manchmal antwortet er auf Englisch oder Jiddisch, dann
übersetz ich es für dich.«

»Schabi?«, fragte er. »Was ist das für ein Name? Wo er
kommt her?«

»Von Schabtai«, sagte ich leise.

»Opa, das ist Schabi, der das Vogelbild auf meinen Gips
gemalt hat«, sagte Joli und zog ihn ins Haus. Ich ging hinterher.

»Den Vogel, soso«, sagte er. »You are an artist, a real artist.«

»Er sagt, du bist ein richtiger Künstler«, übersetzte Joli.

»And very talented.«

»Und sehr begabt«, sagte Joli.

»Also, Schabi, du sprichst Jiddisch?«, fragte er plötzlich auf Hebräisch mit einem sehr starken »r«, und eigentlich klang es nicht wie eine Frage, sondern wie eine Feststellung.

»Nein, wieso denn?«, antwortete Joli für mich. »Opa,
wie oft soll ich dir noch sagen, dass es außer mir auf der
ganzen Welt kein Kind gibt, das Jiddisch spricht?« Joli
ging zum Gasherd, hob von den beiden Töpfen die Deckel und schaute hinein.

»In Mea Sche'arim es gibt eine Million Kinder, die sprechen Jiddisch«, sagte ihr Großvater und zwickte sie in die Wange. »Sie kein Hebräisch können. Was sagst du dazu, he?«

»Ich sage, dass wir hier nicht in Mea Sche'arim sind«, antwortete Joli und rührte in den Töpfen. »Heute essen wir italienisch«, verkündete sie vergnügt. Sie zog mit den Fingern ein paar Spagetti aus dem einen Topf und warf sie an die Wand gegenüber. »Sie sind fertig, Opa!« Sie wandte sich an mich und erklärte: »Wenn die Spagetti fertig sind, bleiben sie an der Wand hängen. Sonst fallen sie runter. Probiert ihr das auch so aus?«

Ich schüttelte den Kopf und schaute mich um. Im Allgemeinen betrachte ich die Wohnungen anderer Leute immer sehr genau, weil es mich interessiert, wie sie leben, aber bei meinem letzten Besuch hatte ich auf nichts geachtet. Vielleicht, weil es schon fast Abend war, vielleicht auch vor lauter Aufregung. Jedenfalls hatte ich die Blumentöpfe und all die andern Sachen nicht gesehen, alle möglichen Schachteln und Erinnerungen von allen möglichen Orten aus dem Ausland. Jolis Großvater sagte, er heiße Hirsch, ohne Vornamen und ohne Herr, einfach Hirsch. Er schickte uns zum Händewaschen. Wir gingen durch ein großes Zimmer, an dessen Wänden viele eingerahmte Fotos hingen, Fotos von Hirsch mit allen möglichen Leuten. Er war nicht schwer zu erkennen, auch auf den Fotos nicht, wo er jünger war. Manche der anderen Leute trugen Uniform, andere nicht.

Mitten im Zimmer stand ein Notenständer und daneben, auf einem Hocker, lag eine große, glänzende Trompete. Aber ihr Gold war an einigen Stellen schon abgeblättert. Das Zimmer war voller Küchengerüche, es duf-

132

tete nach frischem Brot und Spagettisoße. Als wir zur Küche zurückkamen, war ich noch hungriger als zuvor. Von der Tür aus sah ich, wie Jolis Großvater riesige Mengen Spagetti aus dem Topf auf einen Teller hob, und oben auf diesen Hügel kippte er eine Soße aus Fleisch und Tomaten. Er stellte mir den Teller hin und als er zu den Töpfen zurückging, sagte er etwas auf Jiddisch. Joli übersetzte: »Er sagt, du sollst nicht warten, sondern anfangen.« Und er fügte in seinem seltsamen Hebräisch hinzu: »Iss nur, iss. Du dich nicht brauchst genieren. A young man must eat.« Das hieß: Ein junger Mann muss essen, ich verstand es auch allein.

Eine Weile aßen wir schweigend, dann fragte mich Hirsch, wo ich wohnte und ob ich Geschwister hätte. Ich antwortete ihm und dann erkundigte er sich nach meinen Eltern und ob man bei uns zu Hause Jiddisch spreche. Und ich sagte, dass meine Mutter eine echte Sefardin war, im Land geboren. Mein Vater war als Baby aus Marokko nach Israel eingewandert. Deshalb würde bei uns auch keiner Jiddisch sprechen. »Jeder kann lernen, du auch«, sagte er. Und dann fügte er etwas auf Jiddisch hinzu und Joli übersetzte: »Er meint, das ist eine Sprache, die sich selbst nicht ernst nimmt und nicht glaubt, was sie sagt.«

Ich verstand nicht, was das heißen sollte, und dachte schon, es würde sich überhaupt nicht lohnen, mit ihm über Benji zu sprechen, weil er so seltsam war. Für einen erwachsenen Menschen aß er auch seltsam. Er schmatzte geräuschvoll, wenn er sich die Spagetti in den Mund zog. (Meine Mutter hasst es, wenn ich so was mache!) Und er zerriss das selbst gebackene Knoblauchbrot mit den Händen. Auch den Kopfsalat aß er mit den Händen. Meine

Mutter wäre verrückt geworden, wenn sie es gesehen hätte, und sogar ich dachte, ein erwachsener Mensch, noch dazu ein Großvater, solle sich eigentlich anders benehmen. Und wenn er es nicht tat, war das ein Zeichen, wie sonderbar er war. Bei so einem ist es nicht sicher, ob man sich auf ihn verlassen kann, dachte ich und warf Joli einen Blick von der Seite zu, aber sie tat, als wäre nichts. Für Nimrod genierte sie sich ein bisschen, aber nicht für ihren Großvater. Erst als sie den halben Teller verputzt hatte, ließ sie den Löffel sinken und sagte: »Opa, wir haben ein Problem und brauchen Hilfe.«

Er hob den Kopf von den Spagetti und schaute Joli mit seinen blauen Augen an, in denen sich, wie eine kleine Wolke, ein Fragezeichen zu zeigen schien. Joli schaute mich an und fragte, ob ich es erzählen wolle.

»In Ordnung«, sagte ich. »Aber auf Hebräisch.«

»Natürlich auf Hebräisch«, bestätigte Joli. »Er versteht es ganz gut, er hat nur Hemmungen zu sprechen.«

Also begann ich, ihm alles zu erzählen. Von Anfang an. Von Benji, den Lehrerinnen, seinem Zuhause, wie sich unsere Beziehung das ganze letzte Jahr entwickelt hatte, von der schwarzen Schatulle, die er mir zur Bar-Mizwa schenkte, von den letzten Tagen und besonders von gestern Abend und von dem Wort »traitor«. Ich ließ auch die Schrammen und blauen Flecken auf seinen Beinen nicht aus. Auch nicht den Zettel mit dem Totenkopf und dem blutigen Pfeil. Allerdings sagte ich nichts von diesem bestimmten Rot, denn inzwischen war ich mir schon fast sicher, dass ich es mir nur eingebildet hatte. Aber ich erwähnte das Mörderspiel. Als ich von dem Kloster erzählte, schaute mich Joli erstaunt an, davon hatte sie noch nichts gewusst. Ich sprach langsam, damit er mich verstand. Das heißt, ich wollte langsam sprechen, aber nach einer Minute fing ich schon an zu rattern, ich hatte einfach zu viel zu sagen. Außerdem hatte ich das Gefühl, dass er mich auch so verstand und mir wirklich zuhörte.

Ich hatte gar nicht so viel erzählen wollen, aber er schaute mich die ganze Zeit an, ohne die Augen zu bewegen, und langsam senkte sich eine Art Schatten auf seine Augen, als würden sie von Fragezeichen verdunkelt, je weiter ich mit meiner Geschichte kam. Er presste die Augen ein bisschen zusammen, um sich besser zu konzentrieren, aber noch immer sah man das Blau, und ich merkte, dass er die ganze Zeit zuhörte. Ich fühlte mich wichtig.

Als ich fertig war, sagte er erst mal gar nichts. Er stand nur auf, ging zum Kühlschrank und holte eine große Packung Schokoladen-Bananen-Erdbeereis, genau wie ich es mag, und drei Löffelchen. Nur Löffelchen, sonst nichts. Er schaute erst mich an, dann Joli und sagte: »He is a nice boy, your friend, I like him.« Ich verstand es, noch bevor Joli übersetzte, dass er mich nett fand und mich mochte. Auch ich mochte ihn. Ich dachte, jetzt würde er uns Ratschläge geben, aber plötzlich stand er noch mal auf und sagte zu Joli, wir sollten uns um das Geschirr kümmern, er würde inzwischen nachdenken.

Wir machten es gemeinsam. Joli spülte, ich sollte abtrocknen. Die ganze Zeit überlegte ich, ob ich meinen Vater und meine Mutter schon einmal so gesehen hatte, aber es fiel mir nicht ein. Wir standen einige Minuten am Spülbecken und ich schaute Joli zu, wie sie die Teller einseifte und abwusch, wobei sie die Hand, wo früher der Gips drum gewesen war, nur ganz vorsichtig bewegte. Ich wartete darauf, dass ich was zum Abtrocknen bekam, und stand da, das Handtuch in der Hand wie ein Kellner, das heißt wie ein Kellner im Film.

Da hörte ich plötzlich aus dem Zimmer hinter uns die Klänge einer Trompete, klare, aber ganz zarte Töne. »Mein Opa spielt«, sagte Joli. Vermutlich sah sie mir an, dass ich enttäuscht war, weil er Trompete spielte, statt nachzudenken. Joli sieht mir alles an. Das hatte ich schon gewusst. »So denkt er nach«, sagte sie. »Beim Spielen.«

Es war das erste Mal, dass ich einen Erwachsenen Trompete spielen hörte, ich meine, im richtigen Leben, nicht im Fernsehen. Er spielte so schön, dass die Melodie direkt ins Herz drang und fast wehtat. Eine ganze Weile hörte ich ihm bewegungslos zu und vergaß die Teller abzutrocknen, die Joli mir hinhielt.

»Schön, nicht wahr?«, fragte sie und ihre Augen glänzten noch mehr als sonst. Ich nickte.

»Die Musik ist aus einem Film von Charlie Chaplin«, sagte Joli. »›Limelight‹. Hast du ihn gesehen?«

Ich wollte ihr nicht sagen, dass ich Filme mit Charlie Chaplin nicht mochte: Immer hat er Pech und ist am Schluss allein. Ich werde dann ganz traurig und alle andern Leute lachen.

»Du solltest dir den Film unbedingt mal anschauen«, sagte Joli. »Er handelt von einem Mann, der einem blinden Mädchen hilft … Na ja, ich will dir nicht das Ende verraten, aber das ist die Musik, die Charlie Chaplin dazu gemacht hat.«

Ich hatte gar nicht gewusst, dass er auch Musiker war, aber ich wollte nicht zeigen, wie wenig ich über ihn wusste. Ich trocknete die Teller sehr gründlich ab, dann schau-

te ich zu dem Zimmer hinüber, aus dem das Trompeten-
spiel kam. »Das kann noch eine Weile dauern«, sagte Joli.
»Man darf ihn nicht stören, er konzentriert sich.«

Nun, da ich seine Augen nicht sah, beschlichen mich
wieder Zweifel. Eigentlich keine Zweifel, ich hatte schon
entschieden, dass er viel zu seltsam war, um uns zu helfen.
Es stimmte, die Traurigkeit der Melodie, die er spielte,
war mir angenehm, fast wie die Lieder am Gedenktag für
die Opfer der Schoa, aber sie tat mir fast weh und ich
wollte, dass er aufhörte. Und überhaupt, was konnte er
schon tun, um Benji zu helfen? Vielleicht Trompete spielen? Hirsch wiederholte die Melodie, fing nun aber an, sie
zu verändern, und plötzlich war sie wieder interessant,
ein bisschen wie bei meinen Bildern, wenn ich manchmal
das Gesicht von jemandem ändere und Schatten oder
Licht hinzufüge.

Erst als wir alles gespült hatten – sogar den großen Topf
von den Spagetti, die ein bisschen angebrannt waren –,
schwieg die Trompete. Hinter der verschlossenen Tür
wurden Möbelstücke gerückt. Und als auch dieses Geräusch aufhörte, rief uns Hirsch.

Wir betraten das Zimmer ihres Großvaters. Hirsch sagte, er müsse uns erst mal die Grundlagen der detek-
tivischen Verfolgungsarbeit beibringen. Wenn man den
Menschen kennt, dem etwas passiert ist, müsse Detektivarbeit mit dem Sammeln der Fakten anfangen, aller Fakten, auch denen, die vor und nach dem Ereignis und in
dessen weiterem Umkreis passiert sind. »Natürlich Benji
hat Angst vor jemand«, sagte er. »It is obvious.« (Das
heißt: Das ist klar.)

Es sei auch klar, dass Benji in mir einen Teil der beängstigenden Welt sehe. Jetzt müsse man herausfinden, was ihn derart ängstige, dass er nicht mehr in die Schule gehe. »Ein Junge, der endlich Freund gefunden hat, nicht sich verhält so ohne Grund. Man muss verfolgen, ja, genau wie im Kino.« Hirsch wusste, dass wir Filme liebten, er liebe sie auch, sagte er, obwohl er so alt sei. »Muss auch befragen alle, die Benji kennen und ihn sehen, wie er sich verhalten hat letzte Zeit, also fragen nach alles, was auffällig war.«

Und dann fing er an, über alles Mögliche Fragen zu stellen. Wie sah Benjis Zimmer aus? Welche Gegenstände waren darin und wo befanden sie sich? Was tat Benji vom Aufstehen bis zum Schlafengehen? Nachdem ich ihm alles beantwortet hatte, fragte er nach seinen Eltern. Wie sie seien und was sie täten. Während ich ihm die Umstände erklärte, schloss er die Augen, um sich zu konzentrieren. Er dachte eine ganze Weile nach, dann sagte er, Benjis Eltern könne man sicher Vernachlässigung vorwerfen, aber nicht Misshandlung im körperlichen Sinne. Der Zettel in Benjis Hand beweise, dass der Schuldige jemand von außen sei. »Ein Pfeil mit Blut?«, sagte er. »Ich glaube nicht, hat Erwachsener gemalt.« Dann erkundigte er sich nach dem Mörderspiel und wir erklärten ihm, dass es immer nur ein Spiel war, nur einfach so eben.

»Na ja, vielleicht jemand will, dass nicht nur Spiel ist, use it for something else. Like a camouflage.«

Joli übersetzte: »Der es für etwas anderes benutzt. Aber das letzte Wort habe ich nicht verstanden. Was ist das, Ka-mu-flasch?«

Hirsch lächelte. »Wie in Theater. Nein, nicht wie in Theater, wie in Krieg. Wenn man sich einreibt mit

Schlamm, um Farbe von Boden zu haben, damit man nicht wird entdeckt.«

»Ach so«, sagte Joli. »Du meinst Tarnung.«

Hirsch nickte. Dann erkundigte er sich, ob Benji noch andere Freunde hätte, und ich sagte, nein, keinen außer mir.

»Aber seine Mutter hat von große Junge gesprochen und im Kloster du hast jemand gehört, stimmt's?«

Ich sagte, ich hätte keine Ahnung, wer mit ihm zum Kloster gegangen sei.

»Gut«, sagte Hirsch und kratzte sich am Kinn. »Wissen nicht, wer, wissen nur, dass.«

Er kratzte sich noch einmal am Kinn und fragte, ob Benji manchmal mit Geld in die Schule gekommen sei.

»Ja, natürlich«, sagte ich.

»Viel Geld? Wie viel?«, fragte Hirsch.

»Sehr viel«, sagte ich. »Oft mit hundert Schekel oder so.«

Hirsch fragte, ob Benji das Geld von seinen Eltern gestohlen hätte.

»Das braucht er nicht«, erklärte ich. »Es gibt einen Platz für das Geld, im Regal, da liegt so viel, wie er will, und er darf es sich jederzeit nehmen. Das heißt, niemand merkt es, ob er Geld nimmt oder nicht.«

Hirsch schaute mich an. Ob ich wisse, wie viel Geld normalerweise dort liege.

Ich fühlte mich unbehaglich. Irgendwie so, als wär ich verdächtig. »Genau weiß ich es nicht.«

»Noch jemand weiß, wo Geld ist?«, fragte er.

Ich zuckte mit den Schultern. »Ich glaube nicht. Nur alle, die dort wohnen – und ich. «

»Okay«, sagte Hirsch langsam. »Also wir verstehen, dass sie wollen Benji für Geld.«

Ich verstand ihn nicht. »Er meint«, sagte Joli, »dass sie nicht einfach so Geld wollen, sondern dass sie wollen, dass Benji es ihnen gibt. Sonst wären sie eingebrochen und hätten es gestohlen.«

»Jetzt man muss Motiv finden«, sagte Hirsch. »Außer Geld. Geld braucht jeder.«

»Motiv?«, fragte ich. »Es gibt Kinder, denen es einfach Spaß macht, andere zu quälen, und nicht nur Kinder. Es gibt auch Erwachsene, die andern gern Angst machen. Und sie sogar schlagen.«

»Gibt es«, bestätigte Hirsch. »Aber erst muss man einfache Gründe prüfen.«

Ich dachte an die Diebstähle in der Schule und wie man uns vor dem Klassenausflug eingeschärft hatte, kein Bargeld mitzubringen, sondern Schecks. Ich dachte an den Einbruch in Esthers Kiosk und an meine schwarze Schatulle und schwieg.

Wenn Benji das Haus nicht verlässt, sagte Hirsch, muss man aufpassen, wer ihn besucht oder wer sich in der Gegend herumtreibt. »Observieren«, sagte Hirsch. »Auch alter Mann und Kinder können observieren.« Einmal, in England, hatte er sogar eine achtzigjährige Frau gekannt, die ihren Mann observierte, um herauszufinden, ob er die Fische, die er heimbrachte, wirklich selber fing, und was entdeckte sie am Schluss?

»Dass er sie in einem Laden gekauft hat?«, fragte Joli.

»Dass er kleinen Fisch aus Gold in ein Glas hatte«, sagte Hirsch. »Hat jedes Mal drei Karpfen gebracht ihm.«

Wieder dachte ich, dass man sich auf einen Mann, der

sich die ganze Zeit über alles lustig macht, nicht verlassen kann. Doch dann wurde er ernst und sagte, wir sollten über eine Durchsuchung von Benjis Zimmer nachdenken und über eine Methode, ihn aus dem Haus zu bekommen. Und ob jemand mit mir hingehen könne, ein Erwachsener, nicht Joli, damit er, also Hirsch, und sie sich neben dem Haus verstecken könnten.

»Ein Erwachsener?«, protestierte ich und fing an zu erklären, dass ich nicht vorhatte, Erwachsene hinzuzuziehen, weder Psychologinnen noch Schuldirektorinnen und Lehrerinnen und auch nicht Benjis Eltern. Da fragte er nach meinem großen Bruder. Ich sagte, mein Bruder sei bei der Marine und komme fast nie nach Hause. Sohar war bei der Flotte, er wäre sicher leicht mit dem Problem fertig geworden, aber sie hatten wichtigere Dinge zu tun. Da fragte Hirsch, wie ich es befürchtet hatte, was mein Vater mache und ob ich ein gutes Verhältnis zu ihm hätte.

Wäre Joli nicht dabei gewesen, hätte ich vielleicht etwas gesagt. Nicht alles, nur einen Teil. Aber Jolis Blick, der so erwartungsvoll auf mir ruhte, machte mich stumm. Es dauerte lange, bis ich irgendetwas sagte. Ich sah, dass Hirsch mich konzentriert musterte, mit vielen Wolken im Blau, und wusste nicht, was ich machen sollte. Es tat mir schon Leid, dass ich überhaupt gekommen war, wenn das Ganze nur dazu führte, dass ich jetzt über meinen Vater sprechen sollte. Seit dem Unglück lade ich fast nie Freunde zu uns ein und nur wenige Kinder aus der Nachbarschaft wissen Bescheid. Bei uns in der Gegend würde nie jemand so mit mir sprechen, auch wenn jeder jeden kannte. Noch nicht mal Uri.

Bis zu dem Unglück war mein Vater ein sehr angesehener Mann im Viertel gewesen, er wurde immer wieder zum Vorsitzenden des Bürgerausschusses gewählt. Und wenn jemand zur Stadtverwaltung gehen musste, weil es ein Problem gab, zum Beispiel Löcher in der Straße oder ein Altenclub, der geschlossen werden sollte, wurde jedes Mal mein Vater vorgeschickt. Und obwohl er älter war als die andern Väter, spürten wir es nie, weder ich noch meine Geschwister. Erst nach dem Unfall fiel uns auf, wie alt er war, als wäre er mit einem Schlag gealtert. Oder, wie es meine Mutter meiner großen Schwester gegenüber ausgedrückt hatte, als sie einen Monat vor meiner Bar-Mizwa mit ihr telefonierte: »Von einem Tag zum andern verlöscht er mehr.« Nicht dass jemand je mit mir über das Unglück spricht, das tut keiner, aber gerade ihr Schweigen beweist, wie schrecklich es ist. Sogar die Kinder aus der Nachbarschaft verstehen es und ärgern mich nicht mehr. Ich bin wie jemand, der einen Trauerfall hat, und vor lauter Hemmungen fragt ihn niemand danach.

Hirsch wartete schweigend. Joli schaute mich an. Und ich wünschte mir, ich wär woanders.

»Fisch aus Gold«, sagte Hirsch nach einer Weile, »mehr spricht als du.« Aber seine Augen waren freundlich, als er das sagte. Plötzlich stand er auf und verließ das Zimmer, wir hörten ihn herumsuchen. Kurz darauf kam er mit einer Ledertasche zurück, machte sie auf und holte ein Fernrohr heraus, ein sehr großes, wie es von Militärposten verwendet wird. Hirsch richtete das Fernrohr auf das Fenster, drehte an der Linse und hielt es mir dann hin. Ich stand vor dem Fenster und ein Schauer lief mir über den Rücken. Nichts war mehr so wie vorher. Plötzlich gab es

Blumen, die vorher nicht da gewesen waren. Ich sah nicht nur ihre Blüten, ich sah auch die Staubgefäße. Und die Biene, die über eine kleine blaue Blume flog. Sie sah riesig aus und ich sah genau das Schwarz, das Gelb und das Braun auf ihren Flügeln. So klar und deutlich sah ich sie, dass ich meinte, sie summen zu hören. Aber sie summte nicht. Sie saugte Nektar aus der Blüte.

»It's a professional instrument«, sagte Hirsch und Joli übersetzte: »Es ist ein professionelles Instrument.« Mit dem habe ihr Großvater früher gearbeitet, sagte sie. »So hat er seine Fälle gelöst. Damit und mit seinem Kopf.«

Ich finde es immer schön, wenn etwas professionell genannt wird, egal, ob es um Basketball oder um Malen oder um Detektivarbeit geht. Vielleicht hat das dieser Dichter gemeint, der sagte, für das Leben gebe es keine Anfängerklassen. Als müsste jeder von Anfang an professionell sein, von der Sekunde seiner Geburt an, und dürfe nie Fehler machen.

Hirsch packte das Fernrohr wieder ein, hielt mir das Etui hin und sagte auf Hebräisch: »Das du wirst brauchen. Und du passt drauf auf.«

Ich erschrak. »Und wenn etwas dran passiert? Wenn ich es verliere oder wenn es kaputtgeht? Ich kann doch nie im Leben …«

»Geht nicht verloren«, sagte Hirsch. »You will guard it.«

»Du wirst drauf aufpassen«, übersetzte Joli. Sie wurde langsam zu einer richtigen Dolmetscherin und sagte selbst gar nichts. Nicht dass sie nicht nachdachte. Man sah ihr an, dass sie in Gedanken versunken war. Doch davon ließ sie kein Wort heraus. Vermutlich sah ich noch immer sehr erschrocken aus, denn Hirsch sagte noch etwas auf Englisch und Joli erklärte: »Es ist versichert, du musst dir keine Sorgen machen.«

»Frage ist nur«, sagte Hirsch. »Wer geht mit dir?«

Mir war klar, dass er nicht locker ließ. Ich musste ihm etwas über meinen Vater erzählen. Er war ein professioneller Detektiv und hatte im Ausland bei der Polizei gearbeitet, vielleicht wusste er schon alles, wenn er mich nur ansah?

»Ich geben dir noch paar Sachen«, sagte er. »Aber ich kann nicht dich allein im Dunkeln hinschicken.«

Ich versuchte zu sprechen, ehrlich, ich versuchte es. Ganz am Schluss kam etwas Heiseres heraus, wie die Stimme von jemand anderem: »Mein Vater kann nicht.«

Joli und Hirsch schwiegen und warteten darauf, dass ich weitersprach. Sie saß neben mir auf dem Sofa und schaute mich an und er saß auf dem Stuhl uns gegenüber und schaute mich ebenfalls an. Und wieder brachte ich kein Wort heraus. Langsam wurde ich auch wütend. Das kommt also dabei heraus, dachte ich, wenn man Mädchen zu Hause besucht: alle möglichen Gespräche über alles.

Wäre meinem Vater nicht das Unglück passiert, als ich in der 5. Klasse war, hätte ich Jolis Großvater überhaupt nicht um Rat fragen müssen. Bis dahin waren wir nämlich sehr viel zusammen, mein Vater sprach über alles mit mir, spielte mit mir und fuhr mit mir und meiner Mutter in seinem Taxi zu meiner Schwester Carmela. Unterwegs hielten wir an vielen Orten an. Er hatte mir viel über das Land beigebracht, über die Geschichte, die Archäologie, denn er wusste viel, auch wenn er nur Taxifahrer und Touristenführer war. In Caesarea zeigte er mir das Aquädukt. Er lehrte mich schwimmen. Und bis heute kann ich, wenn ich schwimme, seine Hand unter meinem Bauch spüren, als würde er mich noch immer über den tiefsten Stellen festhalten.

Meine Mutter spricht über das, was passiert ist, nur mit meinen Geschwistern. Als das Unglück passierte, war ich fast elf, aber sogar einem zehnjährigen Jungen kann man schon was erzählen. Mir sagten sie nichts. Wegen der Stimmung im Haus traute ich mich auch nicht, etwas zu fragen. Außerdem hatte ich Angst, genau Bescheid zu wissen, und jedes Mal, wenn ich das Zimmer betrat, schwiegen meine Mutter und meine Schwester. Bis heute, wo ich schon fast vierzehn bin, hat mir niemand gesagt, was passiert ist. Ich hatte es mir nur aus allen möglichen Einzelheiten zurechtgelegt, die ich da und dort aufschnappte, nicht später, sondern noch in jener Nacht, als die Polizisten kamen. Sie klopften so laut an die Tür, dass sogar mein Bruder Sohar aufwachte. In einer Sekunde stand er auf den Beinen und im Flur hörten wir dann, dass es einen Unfall gegeben hatte und unser Vater leicht verletzt war.

Ich wollte mit meiner Mutter ins Krankenhaus gehen, aber sie ließ mich zu Hause und versprach, mich von dort anzurufen. Sogar Sohar nahm sie nicht mit. »Er ist wirklich nur leicht verletzt«, sagte sie, als habe jemand etwas anderes behauptet. Und dann versprach sie, dass er in ein, zwei Tagen wieder zu Hause wäre, aber ihre Stimme klang fremd.

In jener Nacht glaubte ich ihr kein Wort. Ich wunderte

mich, dass mein Vater wirklich nach zwei Tagen nach Hause kam und nur ein bisschen mit dem rechten Bein hinkte. Er hatte auch ein paar Rippenbrüche, aber die würden von allein heilen, hatten die Ärzte gesagt, die Zeit würde das ihre tun. Und davor, in den beiden Tagen des Wartens, hatte niemand ein Wort zu mir gesagt. Als wäre ich ein kleines Kind, nur ohne die Aufmerksamkeit, die ein kleines Kind bekommt. Meine Schwester Carmela schleppte Rechtsanwalt Friedberg an, damit er meiner Mutter half, und ich verstand nicht, warum plötzlich ein Rechtsanwalt ins Haus kam statt eines Arztes.

Und ganz allein, ohne mit meinen Geschwistern zu sprechen, noch nicht einmal mit Sohar, verstand ich, dass mein Vater in jener Nacht, als er Touristen nach einer Tour durch Galiläa zu ihrem Hotel in Zefat brachte, einen Autounfall gehabt hatte. Es war spät in der Nacht passiert. In dem Auto, mit dem er zusammenstieß, saß eine junge Frau, die sofort tot war.

Das schnappte ich auf, als meine Mutter telefonierte und nicht genug aufpasste. Bevor sie kam, hatte meine Großmutter im Wohnzimmer gesessen und Psalmen gebetet. Man verstand kein Wort von dem, was sie sagte. Ich bin nicht mal sicher, ob Gott sie verstand. Als meine Mutter ankam, hörte meine Großmutter auf zu beten und ich hörte, wie meine Mutter ihr sagte, dass die Fahrerin des anderen Autos im siebten Monat schwanger gewesen sei und dass sie das Baby nicht hatten retten können. Dann rief sie ihre Schwester Tikwa an und weinte am Telefon. Ja, sie weinte ganz unbeherrscht. Wie ein Kind weint. Das war das einzige Mal, dass ich meine Mutter weinen hörte. Obwohl ich mir die Decke über den Kopf zog und mir die

Ohren zuhielt, hörte ich sie immer noch. Als sie danach in mein Zimmer kam, um nach mir zu sehen, stellte ich mich schlafend. Ich stand erst auf, als es schon hell war, und ging zur Schule.

Danach wurde ich zu einer Art Detektiv in der eigenen Familie und sammelte langsam Einzelheiten über den Unfall, ohne dass die andern mir etwas erzählten.

Ich wusste, dass mein Vater nicht schuld an dem Unfall sein konnte, er war ein großartiger Autofahrer und sehr vorsichtig. Immer hatte er sich über die Verrückten aufgeregt, denen man Gelegenheit gab, sich auf den Straßen auszutoben. Seit dem Unfall war er fast nicht mehr Auto gefahren, auch nachdem man ihm den Führerschein zurückgegeben hatte. Er saß nur zu Hause herum und rauchte, füllte ganze Aschenbecher mit seinen Kippen. Ich wusste, dass er versucht hatte auszuweichen, um den Zusammenstoß zu verhindern, aber es war zu spät. Die Frau, die ihm entgegenkam, verlor die Kontrolle über ihr Auto. Sie fuhr ohne Licht auf der Straße, die vom oberen Galiläa herunterführt. Seither war unser Leben nicht mehr so wie früher, alles war ohne Licht.

Unser Familienleben teilte sich, wie man es in der Schule lernt, in zwei Epochen – vor dem Unfall und nach dem Unfall.

Als der Unfall passierte, lebte meine Schwester schon nicht mehr bei uns. Mein Bruder Sohar ging in die elfte Klasse und machte schreckliche Schwierigkeiten. Bis zum Unfall hatte mein Vater immer wieder auf ihn eingeredet, war zu seinen Lehrern gegangen, wenn es nötig war, und hatte ihm geholfen, aber nach dem Unfall hörte er überhaupt auf, mit uns zu reden. Und Sohar wurde auf einmal ein guter Schüler, ohne dass sich jemand um ihn kümmerte. Er machte Hausaufgaben und lernte für alle Fächer. Mein Vater war mit den Rechtsanwälten beschäftigt, mit der Rentenversicherung, und wollte nur allen beweisen, dass er keine Schuld hatte. Nicht dass er darüber sprach, aber man sah es ihm an. Nach langer Zeit, als man ihn schließlich freisprach, kam er schon nicht mehr aus seinem Loch heraus. Es ist ja nicht nur die Frau, die umgekommen ist, sondern auch ihr Baby, das ihn bedrückt, sagte meine Mutter am Telefon zu meiner Schwester, er hört nicht auf, daran zu denken. An die Frau, an das tote Baby und dessen Schwester, die zu Hause geblieben und jetzt Waise geworden war.

Hirsch fragte, wie ich Zeit haben würde für die Nachforschungen und für die Observation und ob man bei mir zu Hause von der Sache wisse.

Ich sagte, in zwei Tagen würden die Pessachferien anfangen und bis zum Basketball-Trainingslager könnte ich jeden Tag Benjis Haus beobachten. Nur wüsste ich nicht, was ich mit dem Hund machen sollte.

»Mit Hund? Mit Rottweiler?«

»Ja«, sagte Joli. »Er ist riesig, Opa. Riesig, schwarz und böse.«

»Hund kein Problem«, sagte Hirsch und schwieg. Er dachte lange nach. Ich hatte das Gefühl, man dürfe ihn nicht stören.

Plötzlich stand er auf. Er war fertig mit Nachdenken. »Nun, gehen wir«, sagte er und ich war sicher, dass er uns mit seinem schwarzen Käfer zu Benjis Haus bringen würde.

»Man braucht kein Auto«, sagte Hirsch. »Ist hier, ganz nah.«

»Was ist nah?«, fragte Joli. »Es ist in einem ganz anderen Viertel. Ein-Kerem ist weit weg von hier.«

»Gehen zu Esther«, erklärte Hirsch, als wir die Straße entlanggingen. »Ist nicht weit.«

»Welche Esther?«, fragte Joli.

»Esther, mit Kiosk.«

Joli blieb stehen und riss demonstrativ den Mund auf, als hätte sie einen Schock bekommen und wolle das zeigen.

Hirsch betrachtete sie und lächelte. »Esther und ich gute Freunde«, sagte er und lief weiter, als wäre nichts los. Für einen alten Mann ging er sehr schnell. Joli zog ihn am Ärmel seines blauen Jacketts: »Was heißt das, ihr seid gute Freunde? Und ich weiß von nichts? Wann hat das angefangen? Wie lange? Und überhaupt ...«

»Ist immer etwas, wovon man nichts weiß.« Hirsch verzog die Lippen zu einem kleinen Lächeln, wie eine Katze, die eine fette Maus im Maul trägt.

»Aber Esther ist ... der Kiosk gehört zur Schule«, sagte Joli. »Du kannst nicht irgendwas mit der Schule anfangen, ohne dass ich es weiß.«

»I promised not to talk about it.«

»Er hat versprochen, nicht drüber zu reden«, sagte Joli zu mir und Hirsch legte ihr den Arm um die Schulter, wie um sie zu versöhnen, und sagte etwas auf Jiddisch.

Joli nahm seine Hand von ihrer Schulter. »Auch wenn es nichts mit uns zu tun hat, es ist unser Revier. Du hättest es mir sagen müssen.«

Hirsch gab keine Antwort. Mit schnellen Schritten ging

er weiter, Joli blieb an seiner Seite. Ich ging hinterher und versuchte zu überlegen, was das hieß, dass er ein »guter Freund« von Esther war. Und überhaupt, wie unterhielt er sich mit ihr? Auf Jiddisch?

Er sprach Hebräisch mit ihr. Und noch nie hatte ich Esther so fröhlich gesehen wie in dem Moment, als Hirsch vor ihrem Kiosk stand. Der Polizist an der Ecke war verschwunden, es gab keinerlei Anzeichen mehr von einem Einbruch. Mich und Joli beachtete Esther überhaupt nicht, wir waren Luft für sie. Sie fing sofort an, da und dort Sachen zu ordnen, und fuchtelte mit den Händen. »Warum hast du mir nicht gesagt, dass du kommst?«, fragte sie. »Ich hätte etwas vorbereitet. Schau, es gibt gleich Kaffee, Wasser habe ich schon aufgesetzt.«

Sie bereitete ihm Kaffee in einer kleinen Tasse und er trank ihn schlürfend in einem Zug aus. »Das ist richtiger Kaffee«, sagte er. »Besser als alles in ganzer Altstadt.« Uns gab sie eine Flasche Cola und zwei Strohhalme, aber sie schaute uns nicht an dabei, sie sah nur Hirsch. Und die ganze Zeit fragte sie, wie es ihm gehe. Noch nie hatte ich Esther so gesehen. Sogar ihre Hornhautschwellung sah jetzt vergnügt aus, als würde sie hin und her hüpfen.

Wir standen eine Weile da, bis Hirsch sagte: »Noch mal gestohlen, ja? Man braucht Stühle hier draußen, und Lampe.«

»Fang nicht schon wieder damit an«, sagte Esther. »Das wird nichts nützen.«

»Warum nicht? Zwei, drei Stühle, Kaffee, Burkas. Hier, Schabi, malt sehr schön, malt Bild auf die Wand und schon ist es Café.«

»Wie in Rechawja«, sagte Esther träumerisch. »Aber da sind die Diebe.«

»Was haben sie mitgenommen?«, fragte Hirsch. »Wie beim letzten Mal?«

»Nur die Zigaretten, Gott sei Dank«, sagte Esther.

Jolis Augen huschten zwischen Hirsch und Esther hin und her, als würde sie einen Film anschauen, und ich wartete darauf, dass Hirsch sich nach Benji erkundigen würde.

Aber er sagte nur: »Also es ist nicht dieser Junge, dieser Ja'ir Malul?«

»Nein«, sagte Esther und blinzelte mit dem gesunden Auge, als würde sie sich schämen. »Wie du gesagt hast, Hirsch, er war es nicht. Die Polizei sagt jetzt, dass es der andere ist, der Hinkende.«

»Der Humpler?«

»Der Humpler ist Limping«, sagte Joli.

»Der Junkie?«, fragte Hirsch.

Joli schaute ihn erstaunt an und er machte eine Bewegung, als würde er sich eine Spritze in den Arm geben.

»Der Drogenabhängige«, sagte Esther, »der mit dem Bein und dem krummen Mund. Aber ich glaube es nicht.«

Hirsch schaute sie an und wartete. Wieder hatte ich das ungute Gefühl, dass er nicht ganz richtig tickte und dass er überhaupt vergessen hatte, warum wir hergekommen waren.

»Ich glaube«, sagte Esther und warf mir und Joli einen vorsichtigen Blick zu, »es waren Schüler.«

»Schüler?«, sagte Hirsch. »Aber nicht Malul.«

»Na ja«, sagte Esther. »Er wird verhört. Vielleicht wissen wir morgen mehr. Aber es waren Schüler, das ist sicher.«

»Wieso Schüler?«

»Ehrenwerte Schüler.« Esther lachte ihr böses Lachen. »Diebe gibt es überall, sogar in den besten Familien. Schau ihn an«, sie deutete auf mich, »hat man ihm nicht seine Farbstifte gestohlen? Hier wird gestohlen, jeden Tag wird hier gestohlen.«

Obwohl ich wusste, dass Esther Recht hatte, erschrak ich. Wenn sie über meine schwarze Schatulle informiert war, vielleicht wusste sie dann auch, wer sie geklaut hatte? Ich wollte sie fragen, aber Hirsch legte seine Hand auf meine, um mich zurückzuhalten. Ich verstand plötzlich, dass er überhaupt nicht verwirrt war, sondern eine eigene Strategie hatte, die mir nur nicht klar war.

»Auch Geld?«, fragte Hirsch.

»Nein, kein Geld. Das Geld verstecke ich sehr gut. Sie haben aber nicht nur gestohlen, sondern auch zerstört, einfach so. Zum Beispiel die Säfte ausgeschüttet.«

Sie schwieg, dann fuhr sie fort: »Aber in ein Café wie in Rechawja, da bricht man nicht so leicht ein.« Ihr Gesicht hatte einen Ausdruck, als träume sie von etwas, was sie nie im Leben haben würde.

»Klar«, sagte Hirsch. »Bei Dunkelheit es wird geben Licht, Leute, hohe Stühle, wie in Bar.«

»Sicher«, sagte Esther. Sie schüttete den Kaffeerest aus Hirschs Tasse in einen großen Blecheimer. Ihr gesundes Auge schloss sich, sie glaubte sichtlich kein Wort von dem, was er sagte.

»Es wird große Lampe oben geben«, sagte Hirsch.

»Eine Laterne«, korrigierte ihn Joli.

»Stimmt, Laterne. Dazu hohe Stühle. Und hier«, er deutete auf die Wand neben dem Kioskfenster, »hier großes Bild kommt her. Fröhliches, mit viel Farben.«

Esther zeigte auf mich. »Und er wird es malen?« Sie lachte nicht.

»Na klar«, sagte Hirsch. »Schabi ist sehr guter Maler. Professional.« (»Professionell«, flüsterte mir Joli zu.)

Ich erschrak. Wie sollte ich ein Wandbild malen? Noch dazu ohne Farben? Und wann hätte ich überhaupt Zeit für so was? Und warum sagte keiner ein Wort über Benji?

»Schade, dass seine Farbstifte sind gestohlen«, sagte Hirsch leichthin.

Esther stützte den Ellenbogen auf die Theke und legte ihr spitzes Kinn auf die Handfläche.

»Man weiß nicht, wer«, fügte Hirsch hinzu.

Esther seufzte. »Man weiß es nicht. Aber wie man so sagt: Wenn jemand den Verstand verloren hat, hilft ihm schon gar nichts mehr.«

Hirsch wiederholte die Worte »den Verstand verloren«. Joli tippte sich an den Kopf, um ihm zu zeigen, was das hieß.

Nun war ich es, der Hirsch am Ärmel zog. »Wer war es?«, fragte Hirsch.

Esther schwieg und spülte die Tasse.

»Sie nicht will sagen«, erklärte mir Hirsch, als wäre Esther gar nicht da.

Und dann fragte er: »Hast du Benji gesehen?«

»Er war nicht in der Schule«, antwortete Esther. »Er fehlt schon seit drei Tagen.«

Hirsch nickte. »Ja. Niemand weiß, warum.«

»Er ist ein armer kleiner Kerl«, sagte Esther. »Er hat Angst.«

»Vor was er hat Angst?«, fragte Hirsch.

Esther zuckte mit den Schultern und starrte in die Ferne. Wie jemand, der die Lösung eines Problems in den Wolken sucht. Schließlich sagte sie: »Ich weiß es nicht. Vielleicht hat er auch so etwas bekommen.« Sie zog aus der Schublade unter der Theke einen zusammengerollten Zettel hervor und reichte ihn Hirsch.

Er glättete den Zettel auf der Theke und betrachtete ihn. Auch Joli und ich starrten ihn an. Mit großen Druckbuchstaben stand darauf: »Egal, was du machst. In zwei Tagen wirst du sterben. Unterschrift: Der Mörder.« Darunter waren drei rote Tropfen gemalt.

»Was ist das?«, fragte Hirsch.

»Das ist vom Mörderspiel«, sagte Joli und hielt das Blatt gegen das Licht, als würde sich hinter den Buchstaben etwas verbergen. Dann reichte sie es mir.

Dieser Zettel, trotz aller Flecken, die er im Kiosk abgekriegt hatte, sah genauso aus wie der, den Benji bekommen hatte. Die gleichen Buchstaben, die gleichen Blutstropfen, das gleiche Rot mit den goldenen Streifen darin. Meine Hand fing an zu zittern.

»Was ist, Schabi?«, fragte Joli, die immer alles sieht, auch wenn man es nicht will.

»So war Benjis Zettel. Genau gleich.«

Hirsch nahm den Zettel und betrachtete ihn eine Weile.

»Was gleich?«, fragte er.

»Alles«, sagte ich. »Die Tropfen. Die aufgeklebten Buchstaben. Das Rot.«

»Das Rot?«

Ich erklärte es ihm.

»Gut«, sagte Hirsch. »Heißt, wer Schatulle mit Farbstiften gestohlen, hat auch mit Benji zu tun, ja?«

»Ja«, sagte Esther. »Genau so.« Sie schaute Joli an. »Dein Großvater ist ein kluger Mann.«

Ich fand, dass für diese Erkenntnis keine große Schlauheit nötig war, sie lag doch auf der Hand.

Hirsch steckte den Zettel ein. »Wir nehmen ihn mit«, erklärte er. »Zu Hause wir untersuchen ihn mit Geräten.«

»Auf Fingerabdrücke?«, fragte Joli.

Hirsch nickte. »Ja, auf Fingerabdrücke.«

9. Kapitel

Während dieser ganzen Zeit ging in der Schule das Mörderspiel richtig los. Wegen Benjis Zettel hatte ich es ganz vergessen, außerdem dachte ich, wir wären schon zu groß für solchen Blödsinn. In der vierten und fünften Klasse fanden wir das noch sehr aufregend, aber das war nun wirklich lange her. Damals waren wir vom ersten Moment an voll bei der Sache gewesen.

Eine ganze Schulstunde lang schrieben wir unsere Namen auf Zettel, die, gut zusammengefaltet, in einen großen Hut kamen. Dann brachte der Klassensprecher – im letzten Jahr war ich es – den Hut zur Parallelklasse und unterwegs mischte er alle Zettel noch einmal durch. In der anderen Klasse ging er von einem Schüler zum nächsten und jeder nahm sich einen Zettel heraus. Umgekehrt kam der Klassensprecher der Parallelklasse mit einem ähnlichen Hut zu uns. Das heißt, nicht der Hut, sondern die zusammengefalteten Zettel darin waren ähnlich. Jeder, der einen Zettel gezogen hatte, versteckte ihn schnell in der Faust, und um zu sehen, wer es war, öffnete man die Faust gerade weit genug, um hineinzulinsen, aber nicht so weit, dass der Nebenmann etwas sehen konnte. Auf dem Zettel stand nur ein Name. Der Name dessen, den man zu töten hatte.

Als wir klein waren, in der vierten oder fünften Klasse, regten wir uns wirklich noch sehr auf und liefen eine ganze Woche mit unserem Geheimnis herum. Ich glaube, nur die Mädchen sagten ihren besten Freundinnen, wen sie gezogen hatten, die Jungen taten es jedenfalls nicht. Aber wenn man es bedenkt, passierte nie wirklich etwas. Alle liefen herum und verdächtigten sich gegenseitig, doch ansonsten war das Spiel sehr einfach. Natürlich gab es alle möglichen Tricks. Es ist ein gutes Spiel, um andere zu erschrecken. So kann man Drohbriefe in die Schultasche des Betreffenden schmuggeln oder jemanden erschrecken, den man überhaupt nicht gezogen hat. Man kann ihn auf dem Heimweg verfolgen, bis er anfängt zu rennen. Man kann sich auch jemandem nähern, der gerade am Kiosk steht und sein Eis auswickelt. Dann flüstert man ihm ins Ohr, er sei tot, und auf diese Art hat man auch noch das Eis verdient. Denn wie kann ein Toter Eis essen? Es klappt natürlich nur, wenn Esther nichts hört.

Als ich in der vierten Klasse war, sagte meine Mutter am Elternsprechtag zu meiner Klassenlehrerin, das sei ein dummes und überflüssiges Spiel. Unsere damalige Klassenlehrerin war nicht so toll und außerdem stand sie kurz vor dem Schwangerschaftsurlaub, sie sagte, das Spiel habe ein paar nützliche Aspekte. Und dann sagte sie ein Wort, das ich nicht verstand, das meine Mutter aber einige Male wiederholte. Sublimation hieß es. Bis heute weiß ich nicht, was es bedeutet. Da sei keine Spur von Sublimation dabei, widersprach meine Mutter damals. »Im Gegenteil, das verstärkt die Gewalt noch. Wenn solche Spiele gespielt werden, ist es kein Wunder, dass unser Land so aussieht, wie es aussieht.«

Benji hatte seinen Zettel bekommen, noch bevor die Woche des Mörderspiels anfing, das heißt noch bevor überhaupt Namenszettel vorbereitet worden waren. Er war also nicht gezogen worden, sondern jemand hatte ihn einfach als Opfer ausgewählt. Speziell ihn, so wie auch Esther ihren Zettel ohne jede Verlosung bekommen hatte. Jemand hatte beschlossen, ihr Angst einzujagen. Das alles erklärte ich Hirsch, als wir schon wieder bei ihm zu Hause waren. Er hörte zu und riss die Augen auf und das Hellblau verdunkelte sich nicht. Er sagte auch nicht, dass es ein dummes Spiel sei, mit dem man unbedingt aufhören müsse. Er sagte: »How interesting« – wie interessant.

»Und noch nie hat ein Erwachsener bei diesem Spiel mitgemacht«, sagte Joli. »Nie hat ein Erwachsener einen Zettel bekommen. Das Spiel gilt nur für die Kinder unserer Schule. Wieso hat Esther einen Zettel bekommen?«

Hirsch schaute von dem Papier hoch, mit dem er sich die ganze Zeit beschäftigt hatte. Er hatte gelbes Pulver draufgestreut und es dann durch ein Vergrößerungsglas betrachtet. Jetzt sagte er: »Nun, wer hat Esther Zettel gegeben, hat auch im Kiosk gestohlen.«

»Ein Einbruch ist kein Spiel«, sagte ich. »Warum soll er sich eine Blöße geben? Das heißt doch verraten, wer er ist?«

»Menschen sind seltsam«, sagte Hirsch. »Machen etwas und machen auch Gegenteil.«

Joli verzog den Mund. Sie hatte Hirsch noch nicht verziehen, dass er ihr nichts von seiner neuen Freundschaft mit Esther erzählt hatte.

Hirsch steckte das Vergrößerungsglas in die dazugehörige Schachtel. »Hier gibt es bestimmt Finger von Esther, von Joli, von mir und von dir«, sagte er. »Aber gibt auch noch Finger von jemand anderm, wir finden heraus. Wir beobachten auch Kiosk von Esther. Wann fängst du mit Malen an?«

Ich hatte keine Ahnung, was für ein Bild ich für sie malen sollte und womit. Ich schwieg.

»Wir dich bringen mit Auto nach Hause«, sagte Hirsch. »Dort fällt dir ein, du unterwegs nachdenken und dann nimmst Farben.«

»Jetzt?« Ich erschrak. »Das braucht Zeit und …«

»Schon«, sagte Hirsch. »Später wir alle gehen hin. Auch ganzen Abend.« Er wandte sich an Joli. »Du wartest hier.«

Sie war gekränkt, das hörte man an ihrem »Wieso denn?«. Hirsch sagte etwas zu ihr, aber ich hörte schon nicht mehr zu. Die Vorstellung, dass er mich jetzt nach Hause bringen wollte, erschreckte mich sehr. Was war, wenn er mit reinkommen wollte und meinen Vater sah? Und was sollte ich zu meiner Mutter sagen? Andererseits: Wie könnte ich zu ihm sagen, er solle draußen warten? Und warum wollte er mich nach Hause fahren? Warum trafen wir uns nicht alle am Kiosk, wenn wir schon dort sein mussten?

Hirsch ging hinaus, kam wieder, öffnete Schubladen, wühlte herum und brachte lauter Pulver zum Vorschein. Schließlich wählte er zwei aus: ein gelbes und ein rotes. Eigentlich war ich neugierig, was er alles hatte, vor allem interessierte mich, ob er einen Revolver besaß, aber ich konnte nicht aufhören zu überlegen, was passieren würde, wenn er bei meinen Eltern mit ins Haus kommen wollte.

Ich schaute auf die Uhr. Es war schon nach vier. Und ich hatte Jo'el noch nicht angerufen, unseren Trainer, der mich gestern gesucht hatte. Ich fragte, ob ich telefonieren dürfe. Hirsch sagte zu Joli, sie solle mich in ihrem Zimmer telefonieren lassen, da wär ich allein.

Jo'el fragte mindestens viermal, wo ich steckte, und erzählte, dass es seinem Knie langsam besser gehe, er aber noch nicht stehen könne. Erst danach erzählte er mir von dem Spiel. »Es ist ein entscheidendes Spiel, Schabi«, sagte Jo'el. »Eigentlich hätte eine Mannschaft aus Kiriat Schmona kommen sollen, aber sie haben im letzten Moment abgesagt. Deshalb seid ihr jetzt auserwählt, gegen die Mannschaft des Gymnasiums zu spielen. Es ist der wichtigste Wettkampf des Jahres und du weißt ja, wie das ist, ein Wettkampf hat seine eigenen Gesetze. Es ist egal, ob sie im Moment führen. Der Ball ist rund, also fangt ihr in zwei Tagen im Trainingslager mit der gezielten Vorbereitung an, und zwar so, dass euch der Rauch aus den Ohren kommt. Glaub mir, er wird euch aus den Ohren kommen. Wir werden gegen das Gymnasium nicht verlieren.«

Wenn das Trainingslager vorher schon ein Problem für mich gewesen war, so war es jetzt ein noch viel größeres. Denn wie konnte ich mich auf das Spiel vorbereiten, zur gleichen Zeit Esthers Wand bemalen und den verfolgen, der Benji bedrohte? Es gibt Leute, die tausend Dinge auf einmal können, meine Mutter zum Beispiel, aber das habe ich nicht von ihr geerbt. Nur dass ich alles ernst nehme, was man mir sagt, hab ich geerbt und ihre Locken. Und bei beidem weiß ich nicht, ob ich mich drüber freuen soll oder nicht. Ich ging in das große Zimmer zurück. Hirsch stand auf und nahm die Schlüssel vom Käfer.

»Wie lange wird es dauern?«, wollte ich wissen.

»Was?«, fragte er und warf mir einen Blick von der Seite zu, genau wie meine Mutter mich manchmal anschaut, wenn sie herauskriegen will, was in meinem Kopf vorgeht.

»Wie lange werden wir am Kiosk sein?«

»Vielleicht ganze Nacht. Warum?«

Ich gab keine Antwort. Was hätte ich auch antworten sollen? Dass ich niemandem sagen konnte, was wir vorhatten? Hirsch ging wortlos in das andere Zimmer und wir hörten, wie er am Telefon mit jemandem sprach, auf Englisch und auf Jiddisch. Erst nach einer Weile kam er zu uns zurück, legte einen Rucksack aus Leinen auf den Küchentisch und begann mit den Vorbereitungen. Er packte Kerzen ein, Streichhölzer, eine große Taschenlampe, die er mehrmals ausprobierte und eine Weile anließ, um zu sehen, ob das Licht nicht schwächer wurde.

Ich fragte ihn nicht, wozu er die Sachen mitten am Tag brauchte. Man muss nicht alles fragen, es gibt Dinge, die man von allein versteht. Und wegen dem, was ich von allein verstand, ohne zu fragen, geriet ich unter Druck, denn ich wusste plötzlich, dass es sehr spät werden würde.

Ich wusste auch, dass ich mich ebenfalls vorbereiten, das heißt dafür sorgen musste, dass es keine Probleme gab. Ich verließ die Küche und ging wieder ins andere Zimmer, um meine Mutter anzurufen.

Wenn man mit jemandem diskutiert und einem die Antwort, die man hätte geben müssen, erst später einfällt, nennt man das die Klugheit des Treppenhauses. So hatte es mir meine Schwester Carmela erklärt: »Ausgerechnet dann, wenn es schon zu spät ist, fällt dir die absolut glänzende Antwort ein. Aber was kannst du tun, wenn du dann schon draußen bist, im Treppenhaus? Du kannst doch nicht wieder zurück in die Wohnung gehen und etwas anderes sagen, da machst du dich doch bloß lächerlich.«

Ich habe sehr viel Treppenhaus-Klugheit. Sehr oft fällt mir hinterher erst eine gute Antwort ein, die viel besser gepasst hätte. So fühlte ich mich auch nach den Telefongesprächen mit meiner Mutter und mit Jo'el. Vor allem, weil ich zu meiner Mutter ohne nachzudenken gesagt hatte, dass ich zum Basketballtraining ginge und bei Uri übernachten würde.

Ich hatte es gesagt, ohne dass meine Stimme zitterte, und nachdem ich all ihre Fragen beantwortet und den Hörer aufgelegt hatte, fiel mir ein, ich hätte lieber sagen sollen, dass ich mit Joli und ihrem Großvater ins Kino gehen wolle oder so was. Was würde passieren, wenn plötzlich Jo'el bei mir zu Hause anrief und mich suchte? Dann hätte sie mich wieder erwischt und diesmal bei einer wirklichen Lüge. Aber die Idee, eine Geschichte mit Joli und ihrem Großvater zu erfinden, war auch nicht so toll, denn dann hätte es ausgesehen, als wäre Hirsch an der Lüge beteiligt. Wozu sollte ich ihn in die Sache hineinziehen? Das würde ihm bestimmt nicht gefallen. Erwachsene, sogar wenn sie anders sind – etwas Besonderes, so wie Hirsch –, sind immer mit anderen Erwachsenen solidarisch, besonders wenn es darum geht, dass sie sich Sorgen wegen uns Kindern machen. Kein Elternteil, das ich je kennen gelernt habe, wäre bereit, die Eltern eines anderen Kindes anzulügen, um es zu decken.

Ich habe gar nichts dagegen, Eltern oder Lehrer zu täuschen, das ist nicht dasselbe wie lügen. Jeder versteht, dass das was anderes ist. Aber ich hatte keine Zeit zum Planen, und wenn man gleich am Anfang einen Fehler macht, wird man ihn nicht mehr los. Man muss ihn korrigieren, aber das gelingt einem nie ganz, dann muss man den Rest korrigieren und so weiter und die Sache findet kein Ende. Deshalb musste ich also noch einmal bei Jo'el anrufen. Aber wieder hatte ich nicht lange nachgedacht, als ich ihm sagte, ich hätte mir den Fuß verknackst und könne heute nicht zum normalen Training kommen. »Aber bestimmt morgen wieder«, sagte ich und das war der Fehler. Ich hatte nicht geahnt, dass er erschrecken und mir raten würde, den Fuß hochzulegen und Kompressen zu machen. Und auf keinen Fall zu trainieren. Sogar um einen Spieler der U.B.I. würde man sich nicht so sorgen. Er erschrak so sehr, dass ich Angst bekam, er könnte später zu Hause anrufen und sich erkundigen, wie es mir gehe. Ich konnte nur hoffen, dass er sich bis morgen zurückhalten würde, und dann wär ja ich wieder am Telefon.

Jetzt musste ich auch bei Uri anrufen und ihm Bescheid sagen. Wenn meine Mutter anrief, musste er ja sagen, ich wär bei ihm. Uri ist im Allgemeinen in Ordnung und fragt nicht lange, aber ausgerechnet diesmal wollte er wissen, warum. »Ich erzähl es dir später«, sagte ich, aber er blieb stur. »Was, ich soll jedes Mal für dich lügen und du sagst mir noch nicht mal, was los ist?«, sagte er. »Ich dachte, ich wär dein Freund.«

Da erzählte ich ihm schnell von Hirsch, der mit mir und Joli zum Observieren gehen wolle.

»Ich komm auch«, sagte Uri. Ich hörte einen gewissen

Unterton in seiner Stimme, als hätte er gesagt: Entweder darf ich mitmachen oder ich deck dich nicht. Und damit basta. Und auch: Entweder sind wir Freunde oder nicht. Ich sagte ihm, er solle in einer Stunde am Kiosk auf uns warten.

Wir fuhren also zu mir nach Hause. Hirsch war bereit, im Käfer zu warten, bis ich meine Farben und Arbeitskleidung geholt hätte. »Was für Farben?«, fragte ich. »Die einzigen, die ich hatte, sind mir doch geklaut worden.«

»You are professional«, sagte er. »You can solve it.« Das bedeutete, dass ich ein Profi sei und mir schon etwas einfiele.

Leicht gesagt, aber sogar Profis lässt man ein bisschen Zeit. Wie kann man jemandem eine Sache so erklären, dass er sie genauso gut versteht wie man selbst? Das heißt richtig versteht, nicht nur so ungefähr? Es ist unmöglich. Warum sollte ich es also versuchen, das führt doch zu nichts. Unterwegs hatte mir Hirsch erklärt, es wäre eine hervorragende Tarnung für die Bewachung, wenn ich die Wand bemalte. »Zwei Fliegen mit einer Klappe. Machen aus einem kleinen Kiosk ein Café und auch beobachten«, hatte er gesagt und ich hatte mich beherrscht und sein Hebräisch nicht korrigiert. »Eins versteh ich nicht«, hatte ich nur zu Hirsch gesagt. »Wenn wir dort alle am Kiosk sind, wird doch kein Einbrecher kommen. Wie können wir ihn dann fangen?« Hirsch hatte gelächelt und gesagt: »Wird in Ordnung sein.«

Ich stand in meinem Zimmer und schaute mich um. Ich betrachtete meinen Tisch, die Regale, als könnte ich plötzlich meine schwarze Schatulle entdecken. Ich suchte in der Tischschublade, im Wandschrank, sogar in der Schuhschublade, als könnten mir wunderbarerweise Ölfarben oder Gouachefarben entgegenfallen oder Fingerfarben aus meiner Kindergartenzeit. Ich fand nichts, noch nicht mal eine halbe Dose Fingerfarben. Nur etwas anderes war in der Schublade, außer Schuhen: Tuben mit Schuhcreme, in Schwarz und Braun, und ich erinnerte mich plötzlich an die Geschichten, die Sohar von der Marine erzählt hatte. Viele Kadetten flogen raus, aus allen möglichen Gründen. Aber einer flog, weil er eine Wand bemalt hatte. Mit Schuhcreme hatte er den Diensthabenden nackt an die Wand vom Klo gemalt und manche Teile besonders betont. Sohar wollte mir nicht sagen, welche, aber ich konnte es mir vorstellen. »Weißt du, was ein Diensthabender bei der Marine ist?«, hatte Sohar gesagt. »Das ist wie … wie ein Gott. Und die Schuhcreme bekommt man nicht mehr runter, mit nichts.« Ich steckte die Schuhcremetuben in eine Tüte, zusammen mit einer großen und einer kleinen Bürste. Ich nahm auch einen dicken Pinsel und einen Kohlestift fürs Skizzieren. Dann holte ich aus der Küche noch ein paar Lappen, bevor ich das Haus verließ. Wieder schaute mich Hirsch von der Seite an, als wolle er herausfinden, was in meinem Kopf vor sich ging, aber ich sagte nichts.

»Alles in Ordnung?«, fragte er.

Ich nickte.

»Sind Mutter und Vater daheim?«

»Nein, nur meine Großmutter, und die hört nichts.« Jetzt schwindelte ich auch ihn an, denn mein Vater saß im Wohnzimmer und rauchte. Er hatte noch nicht mal den Kopf gehoben, als ich gekommen war. Meine Großmut-

...er Küche, sie hatte überhaupt nicht gemerkt,
...m Haus gewesen war.

...kay«, sagte Hirsch. Aber seine Stimme klang ent-
...scht. Er ließ den Käfer an und fuhr los. »Vielleicht
später ich sagen etwas zu deinem Vater und deiner Mutter?«

»Was?«, fragte ich. »Es gibt nichts zu sagen, es ist alles
in Ordnung.« Er sollte nicht erfahren, dass ich zu Hause
erzählt hatte, ich würde bei Uri schlafen. Außerdem verstand ich auch nicht, warum er so beharrlich war. Plötzlich wurde ich sauer. Wer bin ich, ein Baby? Warum will er
seine Nase in meine Angelegenheiten stecken? Wenn er
noch ein Wort sagt, dachte ich, dann schrei ich ihn an.
Egal wie alt er ist. Es gibt doch so was wie den Schutz der
Privatsphäre, oder? Aber er sagte kein Wort mehr. Auch
wenn er etwas gesagt hätte, bin ich nicht sicher, ob ich den
Mut aufgebracht hätte.

Wir fuhren zu ihm zurück und Joli kam sofort aus dem
Haus, als hätte sie die ganze Zeit am Fenster gestanden
und gewartet. Vielleicht hatte sie gehofft, ich würde mit
ihm sprechen, wenn wir allein waren, aber ich spreche mit
niemandem über meine Privatangelegenheiten.

Esther erwartete uns. Sie hatte gerade die Wand sauber
gemacht. »Ich habe sie vorbereitet«, sagte sie. Nun schauten alle auf mich, als wüsste ich, was ich tun sollte. Am
liebsten hätte ich gehabt, dass sie weggingen, ich mag es
nicht, wenn mir jemand beim Malen zuschaut. Aber ich
genierte mich, was zu sagen. Ich stand also vor der Wand
und malte mit dem Kohlestift alle möglichen Linien.
Auch als meine Hand mit dem Stift sich schon bewegte,

wusste ich noch nicht, was ich malen würde. Ich zeichnete einen Strich in die Höhe, einen in die Breite, einen Kreis in die linke Ecke, als wüsste ich es schon genau, und dabei wusste ich gar nichts. Ich schaute die Straße entlang, aber nichts fiel mir ein. Ich betrachtete den Kiosk und er sah genauso aus wie vorher, einfach ein Kiosk, der abends nicht mal offen hat.

Hirsch nahm inzwischen Esthers Fingerabdrücke und unterhielt sich mit ihr. Joli stand abwartend neben mir und schaute mir zu, ohne ein Wort zu sagen. Ich schaute von ihr zum Kiosk und plötzlich wusste ich es. Sofort holte ich die Schuhcremetuben aus der Tüte und legte den Lappen und die Bürsten neben mich.

»Was ist das?«, fragte Esther. »Das ist doch Schuhcreme. Damit malt man?«

»Ist sehr gut«, sagte Hirsch. »Geht nie ab.«

Woher wusste er das? Aber ich gewöhnte mich schon langsam daran, dass er alle möglichen Dinge wusste.

»Wenn das so ist«, sagte Esther und verzog den Mund, als hätte sie von vornherein gewusst, dass es nicht so werden würde, wie es sich gehörte, »wenn das so ist, dann hab ich auch noch Farben. Was hast du da? Schwarz und Braun? Ich gebe dir noch Blau und Rot.« Sie bückte sich unter die Theke. Einen Moment war sie nicht zu sehen und als sie wieder auftauchte, legte sie drei Tuben auf den Tisch. Sie hatte auch Weiß. »Hier habe ich alles«, sagte sie stolz. »Was du willst, von Schuhzwirn bis zu Schnürsenkeln.«

Niemand wusste, was ich malte, aber ich wusste, dass es Menschen von hinten waren, die auf hohen Stühlen vor einer Bar saßen. Ich fing mit einem schwarzen, einem braunen und einem weißen Kreis an, dann gab ich dem weißen Kreis schwarze Haare, so wie Jolis, und zeichnete die Umrisse der Espressomaschine. Ich wusste schon, dass ich das Glänzen des Edelstahls mit Weiß machen würde. Dann malte ich mit dem Kohlestift die Umrisse von Jolis Körper, der im letzten Jahr ein bisschen gitarrenförmig geworden war.

Während ich arbeitete, erschien Uri. Er stellte sich neben Joli und ich sagte nichts. Wenn ein Passant stehen blieb und sich erkundigte, was da denn gerade geschehe, sagte Esther mit einem breiten Lächeln: »Hier verändert sich was. Und für diese Veränderung wird gemalt.« Sie lächelte so, dass keiner es wagte, weitere Fragen zu stellen. Wenn Kinder fragten, bekamen sie überhaupt keine Antwort, als wären sie Luft. So ist das.

Als es dunkel wurde, hörte ich auf zu arbeiten.

»Nun?«, fragte Hirsch. »Schön?«

»Weiß ich noch nicht«, antwortete Esther. »So etwas weiß man erst, wenn es fertig ist.«

Hirsch zog sie zur Seite und sagte ihr etwas, was wir nicht hören konnten. Sie stritt sich kurz mit ihm – wir hörten es am Ton ihrer Stimme –, schließlich gab sie ihm ein Schlüsselbund. Dann ging sie langsam, das linke Bein nachziehend, in Richtung ihrer Wohnung. Inzwischen war es schon dunkel. Wer immer in der Nacht zuvor in den Kiosk eingebrochen war, der hatte auch die einzige Straßenlaterne im Umkreis zerbrochen. Es war dunkel.

»Wer ist das?«, fragte Hirsch und deutete auf Uri.

»Das ist mein Freund Uri«, erklärte ich. »Wir machen immer alles zusammen.«

Hirsch schaute mich von der Seite an, mit dem bekannten Blick, und sagte: »Schön, sehr gut. Auch Uri. Man braucht Leute hier.«

Mein und Jolis Platz war hinter dem Kiosk, im Gebüsch. Uri war im Kiosk, unter der Theke. Endlich störte seine geringe Körpergröße mal nicht. Wo Hirsch stand, wusste ich nicht. Die Zeit verging sehr langsam. So ist es immer. Wenn man unbedingt will, dass jemand kommt, dann bleibt die Zeit stehen. Ich hatte schon das Gefühl, viele Stunden wären vergangen und bald würde die Sonne aufgehen. Am meisten ärgerte ich mich darüber, dass ich nicht mit Joli reden konnte, wir mussten uns vollkommen ruhig halten, um den, der kommen sollte, nicht in die Flucht zu jagen. Aber warum sollte er überhaupt kommen? War er denn verrückt? Eine Nacht nach der anderen? In den Zeitungen steht immer, dass ein Verbrecher an den Tatort zurückkommt, aber auf Zeitungen kann man sich nicht verlassen. Das hatte mein Vater immer gesagt, als er noch redete.

Es war sehr seltsam, so dicht neben Joli im Gebüsch zu hocken, als würden wir uns verstecken, nicht um jemanden zu erwischen, sondern um selbst nicht erwischt zu werden. Von Zeit zu Zeit schaute ich sie an, aber es war so dunkel, dass ich noch nicht mal ihre Augen leuchten sah. Auch ihre Silhouette sah ich nicht, ich fühlte nur, dass sie neben mir war. Einmal kam eine Katze vorbei, einmal wurde eine zerrissene Zeitung vorbeigeweht. Und dann hörten wir Geräusche. Nicht von einem Auto, von Schritten. Jemand kam von hinten, aus dem Gebüsch, und Joli und ich kauerten uns noch tiefer, denn Hirsch hatte uns erklärt, dass man den Einbrecher auf frischer Tat ertappen müsse. Ich konnte sein Gesicht nicht sehen, auch seine Bewegungen nicht, denn mein Kopf steckte tief im Gebüsch. Ich hörte Jolis Atmen und hatte Angst, er könne es auch hören, aber er kam nicht in unsere Richtung. Eine dunkle, gebückte Gestalt bewegte sich durch die Dunkelheit. Jetzt hing es von Uri und Hirsch ab. Alles war dunkel. Ich hörte noch nicht mal Fernsehgeräusche aus den umliegenden Häusern, was tatsächlich selten vorkam. Ich sah einen Lichtschein an der Kiosktür. Der Typ hatte eine Taschenlampe und fummelte am Schloss herum. Es dauerte eine Weile und Hirsch hätte sich auf ihn stürzen können, aber niemand stürzte sich auf niemanden, die Zeit reichte plötzlich nicht. Der Einbrecher richtete sich plötzlich auf, als habe er den Braten gerochen, und lauschte. Ich sah, dass er ziemlich groß und dünn war, aber sein Gesicht konnte ich nicht erkennen. Er hatte einen Strumpf drübergezogen. Auch ich lauschte. Im Kiosk nieste Uri so laut, dass man es in der ganzen Gegend hören konnte. Der junge Mann fing an zu rennen, mit langen Schritten, in Richtung Schule. Ich sah, dass Hirsch ihm nachrannte, obwohl er schon so alt war. Und ich fing auch an zu rennen, aber dann verlor ich zu viel Zeit am Zaun. Ich dachte, der Dieb hätte den Durchschlupf im Zaun gefunden, doch dann entdeckte ich, dass das Loch repariert worden war. Vielleicht wegen der Einbrüche.

Er war verschwunden. Er war nicht am Kiosk, nicht an der Schule, auch nicht in den Eingängen der umliegenden Häuser. Joli kam mit Hirsch zu mir, aber wir mussten mit leeren Händen zum Kiosk zurückgehen. Wir hatten ihn verloren.

10. Kapitel

Hirsch sagte: »Vor allem ihr müsst heimgehen und Eltern sagen, weil wir bleiben vielleicht sehr spät.«

Das wollte ich natürlich auf keinen Fall, aber Uri war einverstanden. Er wollte schnell heimgehen und dann wiederkommen. Hirsch fuhr ihn, er musste ihn förmlich zwingen, ins Auto zu steigen, denn Uri hörte gar nicht auf zu versichern, er wohne ganz in der Nähe. Wir fuhren alle mit, und als er ins Haus ging, um seiner Mutter Bescheid zu sagen und sich ein dunkles Sweatshirt zu holen, schaute Joli mich an, als erwarte sie eine Erklärung. »Ich hatte keine Wahl«, sagte ich. »Ich musste ihn beteiligen.« Ich hatte Angst, sie wäre wütend und Hirsch würde sich nur verstellen, aber Joli sagte nichts. Ihr Gesicht konnte ich nicht sehen, weil sie geradeaus blickte. Vielleicht dachte sie an etwas ganz anderes.

Vom Rücksitz schaute ich in den Fahrerspiegel. Auch Hirsch schaute hinein und als ich seine Augen sah, war mir klar, dass er wusste, welche Schwierigkeiten ich hatte. Das hieß, dass einerseits alle auf eine Erklärung von mir warteten, ich andererseits aber keine Lust hatte, Erklärungen zu geben. Wie ist es überhaupt möglich, jemandem etwas zu erklären? Trotzdem erschrak ich, als er plötzlich sagte: »Warum nicht?«

Hirsch lächelte in den Spiegel und sagte zwei schwere, lange Wörter auf Englisch. Da erst drehte sich Joli zu mir hin. »Er meint«, sagte sie, »dass es Leute gibt, die ›excluders‹ sind, das heißt, dass sie nie jemanden an etwas beteiligen wollen, und andere, die ›includers‹, die das gern tun.«

Joli wartete einen Moment, ob ich etwas sagte, aber ich schwieg. »Mein Großvater«, sagte sie, »gehört zu den ›includers‹, er mag es, etwas mit andern zusammen zu machen. Deshalb hat er sich gefreut, dass noch ein Junge gekommen ist, vor allem einer, auf den du dich verlässt.«

»Und du, hast du dich nicht gefreut?«, fragte ich.

»Warum sollte es mich stören?«, sagte Joli.

Das Sweatshirt, das Uri brachte, war nicht wirklich dunkel, aber vielleicht würden wir ja ohnehin in den Sonnenaufgang kommen, sagte er, als er ins Auto stieg. Seine Augen funkelten wie immer, wenn er ein Abenteuer roch.

Wir fuhren zum Haus von Jolis Großvater. Hirsch holte aus dem Kühlschrank zwei Frikadellen und roch an ihnen, bevor er sie auf den Tisch stellte. Aus seiner rechten Manteltasche holte er eine kleine, ovale Dose. Er öffnete sie vorsichtig, nahm ein paar kleine, durchsichtige Kügelchen heraus und prüfte sie vorsichtig. Zwei der Kügelchen legte er auf den Teller, neben die Frikadellen, und sagte: »Wenn du eine brauchst, nimm immer zwei. To be on the safe side.«

»Zur Sicherheit«, übersetzte Joli. Ihr war anzusehen, dass sie diesen Spruch schon öfter gehört hatte. Uri starrte Hirsch wie hypnotisiert an. Die rötlichen Flecken in seinen Augen leuchteten.

Hirsch bohrte mit dem kleinen Finger ein Loch in jede

Frikadelle, und in jedes Loch schob er eines der gelblichen Kügelchen. Die Löcher verstopfte er dann mit einem Stück Wurst, die er ebenfalls aus dem Kühlschrank holte. Er wickelte die Frikadellen in Alufolie und steckte sie in eine Rucksacktasche. Doch damit waren seine Vorbereitungen noch nicht zu Ende, er hatte noch andere Taschen zu füllen.

Es war nicht so, dass mich das nicht interessierte, im Gegenteil, alles, was er tat, interessierte mich brennend, aber ich konnte nicht aufhören, an das Durcheinander zu denken, in das ich mich selbst gebracht hatte, mit Basketball, meiner Mutter und Uri. Was wäre, wenn sie mir draufkam? Wie sollte ich es erklären?

Ich wollte Hirsch auch nach dem gelben Pulver fragen, aber ich tat es nicht. Er summte eine Melodie vor sich hin und ich verstand, dass er sich konzentrieren musste. Genau wie bei mir, dachte ich. Bevor ich mit Wasserfarben zu malen anfange, baue ich alles um mich herum auf, die Farben, die Pinsel, das Wasser. Und was zu essen, falls ich Hunger bekomme.

Er stopfte noch alles Mögliche in den Rucksack, aber der war auch dann noch immer nicht voll. Er war wie eine Tonne, dieser Rucksack, er packte achttausend Sachen rein und das Ding war immer noch nicht voll. Ein kleiner Wassertopf kam hinein, Streichhölzer, Kerzen, ein großer Kompass und eine zweite Taschenlampe. Auf dem Tisch lagen noch zwei Paar dünne, weiße Gummihandschuhe, wie Zahnärzte sie benutzen, die Tüte mit dem gelben Pulver, ein Fotoapparat, Schachteln aus Kartons und Dosen mit allen möglichen Sachen wie Nägeln, eine Tube Klebstoff, ein großer Bund Schlüssel, Feilen, Schraubenzieher und ein wunderbares Schweizermesser mit vielen Teilen.

Endlich war alles gepackt, alle Riemen geschlossen. Hirsch ging noch einmal in das andere Zimmer und als er zurückkam, drückte er mir einen gelben Block und einen Stift in die Hand. Ich solle Protokoll führen und alles aufschreiben, was wir täten oder sähen.

»Man muss aufschreiben«, sagte er. »Wenn man danach liest, kommt man zu frische Erkenntnis. Wenn mittendrin, keine Perspektive, verstehst du?«

Ich nickte.

Er fuhr durch eine schmale Seitenstraße. Es war der Weg, den ich manchmal zu Fuß ging, weil dort fast nie Autos fahren. Diesen Hügelweg kennen nur sehr wenige und wer ihn kennt, fährt ihn bestimmt nicht gern mit dem Auto, wegen der großen Schlaglöcher und weil er sehr kurvig ist. Auf dem letzten Teil des Wegs beleuchteten die Straßenlampen auch die Bankette, aber auch ohne ihr Licht konnte ich alles durch das Fernrohr erkennen. Es war ein Spezialfernrohr: Wenn man auf einen Knopf drückte, konnte man auch nachts sehen, nur beim Licht der Sterne. Ich sah das grüne Gras und die Cyclamen, die am Straßenrand wuchsen. Wenn ich Landschaften malen könnte, dachte ich, was ich noch nie versucht hatte, würde ich Blumen wie sie malen wollen, die unterwegs aus den Felsen wuchsen, denn durch das Fernglas sahen sie nicht so bescheiden und unscheinbar aus wie am Tag.

Auf der Straße mit den vielen Kurven quietschte der Käfer noch mehr. Es war beängstigend und ich war froh, als wir an der Endstation der Linie 17 ankamen. Ich deutete hinauf auf den Hügel und Hirsch kniff die Augen zusammen, betrachtete lange das Haus und sagte dann, ich solle durch das Fernrohr schauen.

Alle Rollläden waren heruntergelassen, auch der von Benjis Zimmer. Ich gab Hirsch das Fernrohr und erklärte ihm, welches Fenster zu Benjis Zimmer gehörte. Wegen der hohen Steinmauer konnte man nicht in den Garten sehen. »Es muss geben Straße zum Haus«, sagte Hirsch. »Oder wenigstens bis sehr nah.« Er wolle außen herum fahren, sagte er, damit wir uns die Gegend erst einmal anschauen könnten.

Wieder stiegen wir ins Auto. Hirsch versuchte es von rechts, dann versuchte er es von links, aber wie beim Labyrinthspiel kamen wir jedes Mal wieder an der Kreuzung vor der Quelle heraus. »Here we are again«, sagte Hirsch, und das hieß: Da sind wir wieder.

Bei einer unserer Runden trafen wir auf die schmale Straße, von der aus die Treppe zum Kloster führt. Hirsch sagte, die heiße »Besuchertreppe«, weil die Jungfrau Maria, die Mutter von Jesus, jemanden besucht habe. Wen, das hatte er vergessen. »Mein Kopf«, sagte er und klopfte sich an die Stirn, »nicht mehr ist, was er war.« Er klopfte noch einmal, aber das sah nicht besonders lustig aus. »Mein Vater weiß das bestimmt«, sagte ich plötzlich, vielleicht weil er einen seltsamen Blick in den Augen hatte. »Mein Vater kennt Ein-Kerem wie seine Hosentasche. Er könnte uns alles über das Kloster und den Eingang erzählen.« Kaum hatte ich es ausgesprochen, tat es mir schon wieder Leid. Denn Hirsch betrachtete mich durch das Fernglas und wieder hatte ich das Gefühl, er sehe noch etwas, was ich nicht wusste. Er konnte mir alles ansehen, genauso wie Joli, und sogar Uri starrte mich an.

Hirsch seufzte und sagte, es wäre wirklich schade, dass wir meinen Vater nicht mitgenommen hätten. Aber es wäre ja noch nicht zu spät. »Zu spät und zu früh«, sagte er, »das ist nur in Kopf von Menschen. Uhr hat nicht zu spät oder zu früh.« Plötzlich sah ich meinen Vater vor mir, wie er im Sessel saß, die Hand auf dem breiten Teil der Lehne, und wie er vor sich hin starrte. Etwas in mir zog sich zusammen.

Wir drehten noch eine Runde, aus einer anderen Richtung, und erreichten eine schmale Straße, die wirklich bis nah hinter das Haus führte. Hirsch hielt das Auto an. Wir stiegen leise aus und liefen zu Fuß zur Mauer. Hirsch ging von einem Stein zum nächsten und prüfte, ob es vielleicht irgendwo eine Öffnung gab. Der Hund fing an zu bellen, und wie! Hirsch gab uns ein Zeichen, zum Auto zurückzugehen.

Es war halb elf und stockdunkel. Hirsch schlug vor, ich solle zum Tor gehen und klingeln. Vielleicht würde uns Benji ja aufmachen. Die drei blieben zurück, ich stieg allein hinauf. Dann stand ich an dem schwarzen Tor und klingelte. Einmal, zweimal, dreimal. Auch im zweiten Stock, bei Benjis Mutter, waren die Rollläden herabgelassen. Es sah aus, als wäre keiner da. Aber dieses Haus sah immer so aus, da konnte man nicht sicher sein. Der Hund hörte nicht auf zu bellen und ich hörte auch, wie er immer an der Mauer hin und her raste. Ich kletterte hoch und schaute hinüber. Alles sah ganz normal aus, das Gras wurde von dem eingeschalteten Rasensprenger bewegt. Plötzlich hörte der Hund auf zu bellen und sprang an der Mauer empor. Direkt vor mir riss er das Maul auf und seine feuchte, rote Zunge sah aus wie blutiges Fleisch beim

Metzger. Bedrohlich, als würde ich auch bald so aussehen. Schnell sprang ich wieder runter und hörte, wie er mir nachbellte, bis ich zum Auto kam.

Vermutlich sah ich auch so aus wie jemand, der angebellt worden war, denn Hirsch betrachtete mich und sagte: »Schabi, du weißt, Untersuchung fängt nicht an und ist fertig in einer Minute.« Und dann erklärte er uns, um Nachforschungen anzustellen, brauche es sehr viel Geduld, denn sie könnten sehr, sehr lange dauern. Mir fielen die Frikadellen ein und ich überlegte, jetzt sei vielleicht der richtige Moment, sie zu benutzen. Und dass Hirsch draußen vor der Mauer auf uns warten könnte, mit dem Fluchtwagen.

»Aber wie kommen wir überhaupt rein?«, fragte ich plötzlich und Hirsch stimmte zu, dass das ein Problem war. Ich dachte an die Feilen und das Schlüsselbund und fragte, ob er uns das Tor öffnen könne.

»Das ist nicht Gesetz«, sagte Hirsch. Ich hatte mich an seine seltsame Redeweise inzwischen gewöhnt und übersetzte für Uri: »Hirsch meint, das ist ungesetzlich.«

Trotzdem öffnete Hirsch seinen Rucksack, nahm die Alufolie mit den Frikadellen heraus und drückte sie mir in die Hand. Dann kam er aus dem Auto und stieg mit uns den Hang hinauf. Wieder klingelte ich ein paar Mal und wieder fing der Hund an zu bellen.

»Jetzt werfen«, sagte Hirsch und Joli tröstete Uri: »Mach dir keine Sorgen, ihm wird nichts passieren. In den Frikadellen sind nur Schlaftabletten drin.«

Uri, der die Vorbereitungen nicht mitbekommen hatte, riss die Augen weit auf, aber er sagte kein Wort. Wir warteten einige Minuten. Uri war auf die Mauer geklettert, um hinüberzuspähen. »Er frisst sie, alle beide«, berichtete er.

Hirsch nickte. »Sehr gut. Ist großer Hund, aber in einer Viertelstunde er schläft. Tablette arbeitet nach Gewicht.«

Ich erklärte Uri, dass die Wirkung bei einem kleinen Hund schneller einsetzte als bei einem großen.

»Sag mal, hältst du mich für blöde?«, fragte Uri gereizt. »Das ist wie mit Aspirin, stimmt's?«

»Genau, hängt ab von Gewicht«, sagte Hirsch. Wir setzten uns unten an die Mauer und warteten.

Es war sehr seltsam, in der Nacht dazusitzen und zu warten. Beim Kiosk hatte die Dunkelheit der Straße geherrscht und jetzt herrschte die Dunkelheit des Hügels, die ganz anders war. Außer dem Hund hörten wir noch alle möglichen fernen Geräusche: das Klagen eines Nachtvogels und irgendwo in der Nähe zirpte eine Zikade.

Hirsch fragte, ob das Haus auch eine Warnanlage habe. Ich schüttelte den Kopf. »Wenn es so wäre, wüsste ich das bestimmt.«

Eine Viertelstunde später hörten wir tatsächlich nichts mehr von dem Hund. Uri kletterte auf die Mauer und verkündete: »Der Hund ist erledigt.« Er stützte sich auf und schwang sich auf die andere Seite. Gleich darauf hörten wir den Riegel quietschen und die Tür ging auf. Hirsch schaute mich und Joli an. »Okay«, sagte er. »Ich warte im Auto. Wenn Probleme, ihr kommt zum Auto.«

Es war, als würde er uns alleine in eine gefährliche Situation schicken, aber alles Schlimme war Benji außerhalb passiert, nicht im Haus.

Der Hund lag neben der Mauer wie ein harmloser Pudel. Ich sagte zu Uri und Joli, sie sollten auf mich warten, und lief um das Haus herum. Aber ich fand nichts Außergewöhnliches. Als ich zur Vorderseite zurückkam, sah ich, dass die Haustür offen war: Joli und Uri standen im Haus. »Wieso …?«, stieß ich erschrocken aus. Ich dachte, sie wären vielleicht erwischt worden, und wenn sie von sich aus hineingegangen waren, dann war das nichts anderes als ein Einbruch.

»Ich habe auf die Klinke gedrückt«, sagte Joli, »und da ist die Tür aufgegangen. Schließen sie die Tür nachts nicht zu?«

»Wenn Benji allein zu Hause ist, schließt er nicht ab«, sagte ich. »Auch wenn er nur mal kurz weggeht, schließt er nur das Tor ab.«

»Wie kann er den Riegel innen zuschieben, wenn er hinausgegangen ist?«, wollte Joli wissen.

»Der Riegel war gar nicht zu«, sagte Uri. »Es hat nur so ausgesehen.«

Mir fiel ein, dass ich nicht versucht hatte, das Tor zu öffnen, bevor Uri hinaufgeklettert war.

»Du meinst, er geht einfach weg, ohne zuzuschließen?«, fragte Joli erstaunt.

Ich dachte einen Moment nach, dann sagte ich, das sei vielleicht möglich. Er könnte es vergessen haben oder er verließ sich auf den Hund, der jeden anbellen würde. »Oder«, sagte ich dann, »er hatte Angst und war in Panik.«

»Kann es sein, dass er im Haus ist?«, fragte Joli. Sie kam heraus und wir betrachteten noch einmal alle geschlossenen Rollläden in allen Stockwerken. Tief hing eine Wolke über dem Dach und verbarg alles, als wäre sie ein zusätzlicher Rollladen.

Ich fing an zu rufen: »Benji! Benji! Benji!« Ich schrie, so laut ich konnte, aber es kam keine Antwort.

»Da ist niemand«, sagte ich. Wieder gingen wir hinein. Ich ging die Treppe hinauf zu Benjis Zimmer. Natürlich war das ungesetzlich, aber ich fand es richtig, dass ich in sein Zimmer ging, schließlich tat ich es zu seinem Besten. Auch er selbst, wenn er wüsste, dass ich ihn wirklich nicht betrogen hatte, wäre einverstanden, er würde sich sogar freuen. Schließlich waren wir Freunde gewesen, bevor die Sache angefangen hatte, oder? Natürlich waren wir es. Ich war sein bester Freund. Joli und Uri folgten mir buchstäblich auf den Fersen, ohne etwas zu sagen.

In Benjis Zimmer kannte ich jedes Detail. Auch an die Lampe neben seinem Bett erinnerte ich mich. Sie war geformt wie Pu der Bär. Ich machte sie statt des Deckenlichts an, damit wir von draußen nicht gesehen würden. Auf den ersten Blick sah alles ganz normal aus: der Fernseher, die Comics, eine Tüte Erdnussflips auf dem Bett und drum herum Krümel, auch die Kleidungsstücke, die auf dem Teppich verstreut waren. Der Computer auf dem Tisch war an. Auf dem Bildschirm war nur der virtuelle Fisch zu sehen, sein Bildschirmschoner, der gemütlich herumschwamm, als wäre nichts los. Benji nannte ihn Pered, und jedes Mal, wenn er daran dachte, sich um ihn zu kümmern, das heißt ihn zu füttern, bekam er Punkte. »Wenn du gut für ihn sorgst, schenkt er dir am Schluss vielleicht drei Wünsche«, hatte ich einmal gesagt, aber Benji glaubte schon nicht mehr an solche Dinge. Pered war wenigstens besser als ein Tamagochi. Manchmal hatte ich mit Benji Computerspiele gespielt, manchmal hatte ich ihm mit dem Computer alle möglichen komischen

Bilder gemalt. Ein Computer hat einen großen Vorteil, man wird nicht schmutzig, aber ich mag es, Farben anzufassen. Das ist kein Schmutz. Wie kann man Farben überhaupt als Schmutz bezeichnen? Benji mochte Drachen und Dinosaurier besonders gern, ich veränderte sie immer so, wie sie ihm gefielen, und er dachte sich alle möglichen lustigen Geschichten zu ihnen aus. Ein Dinosaurier zum Beispiel schwamm bis nach Amerika und trieb sich dann in Los Angeles herum und hatte amerikanische Autos. Und er hatte zwei große Brüder, die auf ihn aufpassten, ebenfalls Dinosaurier.

Auf Benjis Tisch lagen ein paar englische Comics und Süßigkeiten, außerdem alle möglichen Korken und Verschlüsse aus Benjis Sammlung, auch die beiden gläsernen, die ich ihm von meiner Schwester Carmela mitgebracht hatte.

Joli schaute unter den Tisch. Sie zog den Papierkorb vor und betrachtete den großen aufgemalten Snoopy, bevor sie ein paar zerknüllte Papiere herausnahm. Wir standen neben dem Tisch und Joli glättete die Papiere. Es waren vier und auf jedes war etwas Schreckliches gemalt. Das heißt, mich erschreckten die Bilder gar nicht, ich bin schon lange kein kleines Kind mehr, aber ich war sicher, dass sie Benji Angst eingejagt hatten: ein grüner Galgen und ein schwarzer Totenkopf, eine große Hand, von der Blut tropfte. Unter dem Galgen und unter dem tropfenden Blut stand, als wäre das nicht genug, auf Englisch und Hebräisch noch etwas. Auf einem Blatt stand: »Wenn nicht – morgen Bilder.« Auf einem andern: »Denk an mich!« Auf dem dritten: »Heute Nacht werden die Geister der Toten kommen.« Und auf dem vierten: »Vergiss den Friedhof nicht!« Auf jedem Blatt stand eine Zahl. Auf einem 478, auf dem zweiten 339, auf dem dritten 550 und auf dem vierten 677.

Ich fragte die beiden andern, ob sie eine Ahnung hätten, was die Zahlen bedeuten könnten. Aber sie wussten es auch nicht.

Joli machte den Kleiderschrank auf und schaute hinein. Sie stöberte ein wenig herum, schaute hinter die Hemden und Hosen, fand aber nichts Besonderes. Dann kniete sie sich auf den Boden und schaute unter das Bett. »Hier ist was«, sagte sie und zog eine Schuhschachtel heraus.

Wir setzten uns um die Schachtel herum auf den Teppich und plötzlich kam es mir vor, als hörte ich Geräusche von unten. Ich ging leise aus dem Zimmer, schaute nach rechts und links, aber es war nichts. Nur ein Fenster im Flur bewegte sich, als wäre Wind. Ich ging zurück und sagte, einer von uns müsse unten an der Tür Wache stehen und uns notfalls warnen.

»Wieso haben wir nicht gleich dran gedacht?«, rief Joli und wartete einen Moment. »Gut, dann geh ich runter.«

Sie wartete noch einen Moment. Ich schaute Uri an, bis er unwillig sagte: »In Ordnung, ich gehe. Ich hab den Wink verstanden.«

»Wache stehen ist ein wichtiger Auftrag«, sagte ich. »Und du bist der Schnellste von uns dreien.« Ich wollte nicht sagen, dass er der Kleinste war und man ihn deshalb am wenigsten hören oder sehen würde. Uri verließ langsam das Zimmer. Joli und ich nahmen den Deckel vom Karton und kippten den Inhalt auf den Teppich.

Es gab einen Totenschädel als Schlüsselanhänger und kleine weiße Knochen, die aussahen, als könnten sie von

182

Hühnern oder von einer Katze stammen. Es gab auch ein Paar Handschellen und eine kleine Puppe in der Form eines dicken Jungen mit kurzen Hosen und mit vielen Nadeln. Das heißt, jemand hatte Nadeln in die Puppe gesteckt, nicht nur in den Körper, sondern auch in den Kopf. »Das ist eine Voodoo-Puppe«, sagte Joli und streichelte mit dem Finger drüber. Sie traute ihren Augen nicht. »Das haben afrikanische Zauberer erfunden, eine Puppe in der Form eines Menschen, den man nicht mag. Und dann steckt man Nadeln hinein, um auch die Person zu durchbohren.« Das wusste ich bereits, aber ich hielt den Mund. Joli sagte: »Genau so eine Puppe hat Nimrod vor einem Jahr bekommen, beim Mörderspiel, wir haben nie herausgekriegt, wer ...« Sie schwieg.

Ich hörte gar nicht richtig zu, ich starrte das Geld an. Denn es war sehr, sehr viel Geld in der Schachtel. Ich zählte es. Es waren eintausendzweihundert Schekel.

»Das ist nicht der Platz von dem Geld, von dem du erzählt hast, stimmt's?«

Statt zu antworten stand ich auf, ging hinaus auf den Flur zu dem eigentlichen Versteck für das Geld und hob ein paar Bücher im Regal hoch. Da lag kein einziger Schekel mehr. Noch nicht mal eine Agura.

Ich nahm die Zettel mit den Drohungen, faltete sie zusammen und steckte sie in die Tasche. Das Geld legte ich zurück in die Schuhschachtel. Joli schob sie mit dem Fuß wieder unter das Bett.

»Stiehlt er Geld von seinen Eltern?«, fragte sie. »Hast du das gewusst?«

»Früher hat er nicht gestohlen«, protestierte ich. »Das hätte ich gemerkt.«

Ich spähte durch die Spalten im Rollladen nach draußen. Es war stockdunkel.

»Wieso passen sie nicht auf? Warum haben sie das nicht gemerkt?«

»Vielleicht hat er es erst heute genommen«, sagte ich. Aber ich war nicht sicher. In diesem Haus merkte schließlich niemand etwas. Auf Zehenspitzen gingen wir hinunter. Uri stand in der Tür und wartete. Er machte eine Handbewegung zum Zeichen, dass alles in Ordnung sei. Wir gingen durch das Tor und zogen es leise hinter uns zu. Ein paar Minuten später waren wir am Auto. Hirsch erwartete uns am Straßenrand. Als wir eingestiegen waren, machte er die Scheinwerfer an.

Wir zeigten ihm die Zettel und erzählten ihm alles andere. Von dem Geld, von den kleinen Knochen, von der Voodoo-Puppe, von dem Totenschädel.

Hirsch leuchtete die Zettel mit seiner großen Taschenlampe an, wiegte den Kopf von einer Seite zur andern, schließlich seufzte er und sagte: »Gut, wie wir haben gedacht, Geld.«

»Was meinst du mit Geld?«, fragte Joli.

Hirsch sagte, seiner Meinung nach bedeuteten die Zahlen Geldbeträge. »Für was?«, fragte Uri. Er saß neben mir auf dem Rücksitz und schaute durch den Zwischenraum zwischen den beiden Sitzen nach vorn.

»Geld, das Benji muss geben«, sagte Hirsch und glättete die Zettel mit seiner großen Hand.

»Wem?«, wollte Uri wissen.

»Wir wissen nicht«, antwortete Hirsch. »Aber wenn wir gut arbeiten, vielleicht wir wissen dann.«

Er wollte weitersprechen, aber mein Aufschrei hinderte ihn daran. Ich hatte nur zufällig den Kopf von den Zetteln gehoben, ich hatte nur beiläufig einen Blick auf die Straße geworfen und nur zufällig, weil die Scheinwerfer des Käfers ein Stück der Straße erleuchteten, hatte ich zwei Gestalten um die Ecke biegen sehen. Die große Gestalt, die in etwas Dunkles gehüllt war, konnte ich nicht erkennen, aber die zweite erkannte ich sofort. »Da ist er!«, rief ich. »Das ist Benji mit noch jemand.«

»Wo?«, fragte Joli und Hirsch ließ schon das Auto an und fuhr die Straße hinunter.

»Sie gehen in Richtung Kloster«, sagte ich und die Gangschaltung knarrte.

»Ich glaube, er hat Benji am Hals gepackt«, sagte Uri. Die Gangschaltung knarrte noch einmal.

»Vielleicht bedroht er ihn auch mit einem Messer oder er drückt ihm eine Pistole in den Rücken«, sagte Joli und Hirsch lächelte und sagte ganz ruhig, sie habe zu viele Filme im Fernsehen gesehen und er hoffe nur, dass das Auto keine Schwierigkeiten mache.

Wir waren ungefähr zehn Meter von ihnen entfernt, als der Große Benji zum Straßenrand zog, um uns vorbeizulassen. Er hatte offenbar den Automotor gehört oder das Knarren der Gangschaltung. Der Große drehte sich um und sah uns an. Aber man konnte ihn unmöglich erkennen. Sein Gesicht war vollständig bedeckt, entweder hatte er sich einen Strumpf drübergezogen oder eine Maske, wie die Verbrecher im Kino. Vielleicht begriff er, dass wir ihnen folgten, denn plötzlich fing er an, auf den Seitenweg zuzurennen. Benji zog er hinter sich her.

Ich streckte den Kopf aus dem Fenster und schrie: »Benji! Benji! Hier sind wir!«

Aber Benji blieb nicht stehen. Er wurde wie eine Puppe von dem Großen mit der Maske weitergezerrt. Hirsch hielt das Auto an, wir stiegen aus und fingen an zu laufen, Uri und ich nebeneinander auf der Straße, Hirsch und Joli folgten uns. Aber wieder standen wir schließlich mit leeren Händen da.

»Sie sind verschwunden«, sagte Uri und blieb mitten auf der Straße stehen. Auf beiden Seiten waren Felsen.

»Wir suchen«, sagte ich und deutete auf die Felsen. »Vielleicht haben sie sich dahinter versteckt.«

Joli kam zu mir. »Mein Großvater sagt, wir werden auf der rechten Seite suchen, ihr sollt die linke nehmen«, flüsterte sie und gab mir eine Taschenlampe.

Wir gingen von einem Felsen zum nächsten, fanden aber nichts. Sie waren wie vom Erdboden verschluckt. »Er meint, es gibt bestimmt eine Höhle, die wir nicht kennen«, übersetzte Joli, was Hirsch gesagt hatte.

»Ich weiß, dass es in Ein-Kerem alte Höhlen gibt«, sagte ich, ohne nachzudenken.

»Und weißt du auch, wo sie sind? Warst du schon mal drin?«, wollte Joli wissen.

»Nein«, antwortete ich. »Ich weiß nur, dass es sie gibt.«

Uri fing an zu hüpfen. »Natürlich warst du schon mal drin! Erinnerst du dich nicht, wie dein Vater uns mitgenommen hat ...«

»Das war nicht hier, das war woanders«, fuhr ich ihn an und er schwieg.

»Gehen wir zum Auto«, sagte Hirsch.

Ich dachte, er wolle mit uns nach Hause fahren, und erschrak. So einfach würden wir aufgeben? Er ließ den Käfer an und sagte erst etwas zum Schaltknüppel, dann zu

Joli, und sie übersetzte: »Wir können Benji nicht im Stich lassen. Wir werden parallel zum Weg fahren.«

Hirsch wendete das Auto und fuhr Richtung Quelle, dann drehte er noch einmal und fuhr auf der Straße parallel zu dem Weg, auf dem wir vorher gewesen waren. Nach ein paar Minuten erreichten wir eine T-Kreuzung. Nach rechts ging es zu der Treppe zum Kloster, und wenn wir nach links gefahren wären, wären wir auf der schmalen Straße rausgekommen, die bis hinter Benjis Haus führte. Hirsch bog nach rechts ein und fuhr bis zum Anfang der Treppe. Wieder stiegen wir aus und standen unterhalb des Klosters.

»Der Große schleppt nach oben Benji, zu hinterem Garten«, sagte Hirsch. Er ging die Stufen hinauf, als wäre er kein alter Mann, kein Großvater. Wir mussten ihm regelrecht nachrennen.

Wir kamen oben am Tor des Klosters an. Der Mond beleuchtete die Mauer, die Stufen und die hohen Bäume ringsum. Alles lag wie unter einer kalten Silberschicht. Der Mond hing auf der Spitze einer Zypresse wie ein Kahlkopf, ohne jedes Lächeln. Ich kletterte auf das verschlossene Tor und sah die weißen Grabsteine, die leuchteten, als wolle sich der Mond einen aussuchen. Und plötzlich fingen die Glocken an zu läuten. Einen Moment lang schien es mir, als hörte ich eine Bewegung im Garten, vielleicht sogar zwischen den Grabsteinen. Ich stieg hinunter und spürte auf einmal, wie meine Knie zitterten. Nach zwölf Schlägen herrschte wieder vollkommene Stille. Eigentlich war sie nicht vollkommen, denn danach waren Zikaden und Kröten zu hören. Wir sagten nichts, wir standen nur da und lauschten. Hirsch ging leise ein paar Stufen hinunter und beleuchtete mit seiner Taschenlampe den Weg hinter dem Kloster. Dann kam er wieder zurück und sagte, es gebe dort nur einen einfachen Zaun aus Maschendraht mit einer Öffnung. Ein dünnes Kind könne leicht hindurchkriechen. Er schwieg einen Moment, dann fügte er hinzu: »Auch ein dickes Kind schafft das. Aber kein Erwachsener.«

Wir hörten das Klirren von Schlüsseln, dann ging das Tor auf. Als hätte sie die ganze Zeit dahinter gestanden und auf uns gewartet, trat die Nonne von gestern heraus mit ihrem grauen Gewand und dem Kreuz. Sie fragte, was wir suchten. Sie machte ein Gesicht, als würde sie sich nicht an mich und Uri erinnern. Sie schaute uns noch nicht mal an, nur Hirsch.

Er sprach sie auf Englisch an und sagte, wir würden einen kleinen Jungen suchen, einen blonden, dicken Jungen, der mit jemand Hochgewachsenem zusammen wäre.

»Tut mir Leid«, sagte die Nonne, aber sie sah nicht besonders bekümmert aus. Ihre dünnen Finger berührten ihr Kreuz, das im Mondlicht aufleuchtete.

Hirsch versuchte nicht zu diskutieren, er stellte keine einzige Frage. Er bedankte sich nur höflich und bedeutete uns, die Treppen hinunterzugehen.

»Sie ist seine Komplizin«, sagte ich, als wir im Auto saßen. »Das sieht man ihr an.«

»Das ich nicht glaube«, sagte Hirsch. Er war sich ganz sicher, dass Nonnen in Ein-Kerem nichts mit der Entführung und Bedrohung von Kindern zu tun hatten. »Sie einfach nichts sieht«, sagte er, ließ das Auto an und sprach weiter: »Wir fahren zu Benjis Haus, vielleicht seine Eltern gekommen. Man muss mit Eltern sprechen.«

Einstweilen sprach der Schalthebel mit ihm. Er mochte nicht dauernd hin- und hergeschoben werden. Wenn es nach ihm ginge, wären wir schon längst schlafen gegangen. Hirsch hielt wieder an dem schmalen Weg am Fuß des Hügels. Erneut schauten wir hinauf zum Haus. Jetzt war alles erleuchtet und die Rollläden waren hochgezogen.

»He«, sagte ich. »Seine Eltern sind wirklich zu Hause.«

»Und was ist, wenn nicht sie es sind?«, fragte Joli. »Los, schauen wir nach.«

Alle zusammen standen wir vor dem verschlossenen Tor und klingelten ein paar Mal. Der Hund bellte nicht. Nach langem Klingeln wurde endlich das Tor geöffnet. Benji stand da, ganz allein, und blinzelte, um uns zu sehen, denn wir befanden uns im Schatten. Ich konnte nur sagen: »Benji, ich bin hier mit …«, da knallte er das Tor schon wieder zu. Mir direkt vor der Nase. Ich hämmerte mit den Fäusten gegen das Tor, trat sogar dagegen. »Mach auf, Benji!«, schrie ich. »Was ist mit dir? Mach schon auf. Wir sind mit Jolis Großvater hier, wir wollen dir helfen.«

Er gab keine Antwort.

Hirsch versuchte auf Englisch mit ihm zu sprechen, aber noch immer hörten wir nichts.

Gerade als ich mich fragte, wie wir ihn in diesem großen Haus allein lassen könnten, nach allem, was passiert war, sah ich ein Auto näher kommen, das aussah wie der Jeep seiner Mutter. Sie fuhr um den Hügel herum, beleuchtete ihn von der Seite und war verschwunden. Ich sagte, das sei meiner Meinung nach der Jeep von Benjis Mutter, sie habe einen Cherokee. Wir versteckten uns und warteten ein paar Minuten. Dann gab Hirsch mir ein Zeichen, ich ging zum Haus und klingelte wieder. Zweimal klingelte ich, dann noch einmal ganz lange. Schließlich ging das Tor auf und Benjis Mutter stand vor mir. Sie trug Jeans und hatte diesmal nicht ihren üblichen großen Malkittel an. Aber ihre Locken waren wirr wie immer. In der Dunkelheit erkannte sie mich nicht.

»Wer ist da?«, fragte sie.

»Schabi«, sagte ich.

»Ach, Schabi, Benjis Freund?« Sie schaute sich um, als suche sie jemanden. Ich wusste, wen sie suchte, den Rottweiler, der ein schlafender Pudel geworden war, und tatsächlich fing sie an zu rufen: »Devil, Devil!« In der Dunkelheit konnte sie ihn nicht vor der Mauer liegen sehen.

»Benji ist gerade unter die Dusche gegangen«, sagte sie. Man sah ihr an, dass sie sich noch über den Hund wunderte. »Ich glaube nicht … es ist spät … vielleicht morgen.«

Aber ich wollte überhaupt nicht hineingehen. Sie sollte nicht sehen, wie sehr er mich hasste. Benji hatte ihr sicher nichts erzählt, sie dachte immer noch, dass wir Freunde wären. Ich wollte auch nicht, dass sie die andern sah, bevor wir uns entschieden hatten, wie es weitergehen sollte. Es reichte mir zu wissen, dass er zu Hause war und nicht allein. Ich verabschiedete mich also und sie schloss das Tor. Sie schloss es wirklich und legte auch den Riegel vor. Langsam lief ich den Hang hinunter und auf dem ganzen Weg hörte ich sie noch rufen: »Devil! Devil!«

11. Kapitel

»Du musst jetzt nach Hause«, flüsterte ich Uri zu, als wir ins Auto stiegen. »Falls meine Mutter anruft, sag ihr … Ach, dir wird schon was einfallen.«

»Warum kommst du nicht mit mir? Warum schläfst du nicht bei mir, wie du es ihr gesagt hast?« Uri war ziemlich empört.

Auch ich fing an, mich zu ärgern. Früher war eines gut an Uri gewesen, abgesehen von anderen Dingen, nämlich dass er keine Fragen stellte. Bis heute hatte er alles, was ich ihm sagte, ohne Widerrede akzeptiert. Auf einmal wollte er alles genau wissen. Er war doch nicht Rachel, unsere Schuldirektorin. Aber jetzt war nicht der richtige Zeitpunkt, einen Streit mit ihm anzufangen. Ich sagte also, ich müsse mit Hirsch und Joli zurückfahren, um das Protokoll unserer heutigen Tätigkeiten zu schreiben.

»Klar«, sagte Uri. »Ich weiß genau, dass es nicht deswegen ist.« Wir saßen auf dem Rücksitz und er trommelte von innen gegen die Tür. »Aber egal.«

Ich fragte ihn nicht, was er meinte. Nicht dass ich keine Vermutung gehabt hätte, aber ich fürchtete, wenn er anfangen würde zu sprechen, auch nur zu flüstern, würden es Hirsch und Joli mitbekommen.

»Kommt ihr mit zu uns?«, fragte Hirsch.

Ich zwickte Uri und er sagte: »Ich kann nicht, ich muss nach Hause. Ich werde erwartet.«

Hirsch brachte ihn zum Felafel-Stand von Maurice an der Ecke und ich fuhr mit ihnen weiter.

Wir saßen im großen Zimmer und Hirsch sagte, wir sollten warten. Nach ein paar Minuten kam er mit einem großen Tablett, auf dem ein Kessel und drei Tassen standen, dazu eine Zuckerdose und ein Teller mit Käsebroten. Er goss uns starken, fast schwarzen Tee ein. Dann schaute er zu, wie ich aß, und hielt mir noch eine Scheibe hin. Auch als ich fertig gegessen und getrunken hatte, schaute er mich immer noch schweigend an.

»Darling«, sagte er zu Joli, die ihre große Tasse in beiden Händen hielt. Auf Englisch sagte er ihr, sie solle eine Mappe bringen, die auf irgendeinem Schrank lag. Und sie solle aufpassen, dass sie nicht von der Leiter fiele. Und uns eine Weile allein lassen. Das alles übersetzte Joli nicht, ich verstand es auch so.

Joli schaute ihn an und stellte die Tasse hin. Sie verließ das Zimmer und machte die Tür hinter sich zu. Hirsch setzte sich neben mich aufs Sofa.

»Ich sehe, du hast Problem«, sagte er.

Ich schwieg.

Er fragte, ob ich jemanden hätte, mit dem ich meine Probleme besprechen könne.

Ich machte eine vage Handbewegung.

Er fragte, ob ich nicht mit meinen Eltern sprechen könne.

Ich sagte, das würde ich tun, selbstverständlich.

»Und warum jetzt nicht?«, fragte er.

Ich sagte, es würde jetzt gerade nicht passen. Ich dachte, er würde sich einfach vor Schwierigkeiten fürchten, wie alle Erwachsenen, und wolle die Verantwortung für die Nachforschungen nicht übernehmen, ohne dass meine Eltern Bescheid wussten.

Hirsch legte den Kopf schräg. »Passt nicht für wen?«, fragte er. »Für Mutter oder für Vater?«

Ich schwieg. Er fragte, ob ich glaubte, er habe Angst, in Schwierigkeiten zu kommen.

Ich schaute ihm direkt in die Augen und sagte: »Ja.«

Eine Weile sagte er nichts. Dann lächelte er und meinte, ich sei ein kluger Junge.

Ich senkte den Kopf.

»Es stimmt«, sagte er. »Aber es ist nicht nur das.«

Ich schwieg.

»Du mir glauben?«, fragte er.

Ich schaute ihm noch einmal in die Augen, und da war etwas, ich weiß nicht genau, was, einfach die Art, wie er mich anblickte, was mich dazu brachte zu sagen: »Ja.« Ich hatte wirklich das Gefühl, ich könne ihm glauben.

»Und was ist mit Vater?«, fragte Hirsch.

Ich sagte, mein Vater sei alt und nicht gesund und dass er nicht mehr arbeite, seit er vor einigen Jahren einen Unfall gehabt habe.

»Er krank?«

»Nicht richtig krank«, sagte ich. »Aber … abgeschnitten.«

Hirsch fragte, was das Wort bedeute.

Ich wusste nicht, wie ich es ihm erklären sollte. »Nicht hier«, sagte ich. Und: »Nicht bei der Sache.« Aber was sagten die Worte schon über meinen Vater aus? Nichts.

»Aha«, sagte Hirsch, fügte ein Wort auf Englisch hinzu und machte eine Bewegung, als spanne er ein Seil zwischen den Händen und schneide es durch.

»Ja«, sagte ich und plötzlich erinnerte ich mich ganz deutlich, wie ich an meinem Vater hochgeklettert war und den Kopf auf die Stelle zwischen seiner Schulter und seinem Hals gelegt, seinen Geruch eingeatmet und gefühlt hatte, wie seine Bartstoppeln kratzten. Diese Erinnerung, die mir durch den Kopf fuhr wie ein plötzlicher Windstoß vom Fenster her, machte mich auf der Stelle traurig.

Mit einer ganz lieben Stimme fragte Hirsch, ob er immer so sei.

Ich sagte, nein, erst seit ein paar Jahren.

»Wie viel?«, fragte er.

»Zweieinhalb, ungefähr«, antwortete ich. »Zwei Jahre und acht Monate.«

»Und davor?«

»Davor? Davor war alles anders.« Ich spürte, wie mir ein Kloß in die Kehle stieg.

Er fragte, was passiert sei, wie, wann, warum.

Und da, als ich seine Augen sah, die wirklich die Farbe eines Sommerhimmels hatten, konnte ich mich auf einmal nicht mehr beherrschen. Ohne viel nachzudenken erzählte ich ihm alles, wie es vorher gewesen war, wie alles zerbrach und wie es heute war. Ich erzählte ihm alles. Alles, was ich wusste. Von dem Unfall, der schwangeren Frau, ihrer kleinen Tochter, alles.

Hirsch schaute mich an und ich wandte den Kopf zur Seite.

»Du hast lieb deinen Vater«, sagte Hirsch.

Ich nickte.

»Dir ist schade, dass ihr keine Beziehung jetzt.«

Ich sagte: »Ja, aber er will keine Beziehung. Ich interessiere ihn nicht.«

»Nein«, sagte Hirsch. »So nicht. Ich bin sicher, auf ganze Welt ihn interessiert nichts so wie du. Nichts er liebt wie dich. Nur er sich selbst nicht liebt. Und das ist schwer. Du kannst ihm helfen.«

Ich erinnerte mich an das, was meine Mutter vor zwei Tagen gesagt hatte, nämlich dass man Menschen nicht ändern könne und es auch nicht dürfe. Ich erzählte es Hirsch und fragte, was er darüber denke.

»Ja«, sagte er nachdenklich. »Ist richtig. Aber das hier ist nicht so, wie sie sagt.«

»Warum?«, fragte ich.

Mit ruhiger Stimme und in seinem seltsamen Hebräisch, das mir schon gar nicht mehr fremd klang, sagte er, hier gehe es nicht darum, einen Menschen zu ändern, sondern darum, einen Weg zu finden, um ihn wieder zu dem zu führen, was er vorher war. Es reiche schon, mich anzuschauen, sagte Hirsch, da wisse man gleich, dass mein Vater mich sehr geliebt habe und mich jetzt auch liebe, aber dass irgendetwas die Kommunikation gestört habe. Das alles sagte er in einem Mischmasch aus Hebräisch und Englisch, und ich weiß nicht, wie, aber ich verstand alles. Dass Menschen manchmal zerbrechen, und gerade wenn es gute Menschen sind, die sich zu Herzen nehmen, was andere einfach wegstecken, zerbrechen sie noch mehr. Er legte seine Hand aufs Herz und sagte, er sei ganz sicher, dass es meinen Vater zu einem glücklichen Menschen machen würde, wenn ich ihn in das einbezöge, was mit mir los sei.

»Ein Kind braucht Vater«, sagte Hirsch. »Du kannst ihm helfen. Manchmal ein Kind muss helfen Vater.«

Und ich, der ich als einer bekannt bin, der niemals weint, fing an zu weinen. Ja, ich heulte wie ein kleines Kind.

Hirsch umarmte mich und wartete, bis ich mich beruhigt hatte. Erst dann sprach er weiter. »You see«, sagte er. »Jeder hat Geheimnis, was er nicht will sagen. Auch wenn du glauben, du kennst jemand ganz, bis zum Ende, du nie weißt alles über ihn. Jeder hat etwas, das er versteckt, so wie du. Manchmal wegen Angst und oft wegen Schämen.«

Ich senkte den Kopf und schwieg. Er sagte noch einiges, von dem ich nicht alles verstand, aber den Schluss bekam ich wieder mit: »Ich möchte treffen deinen Vater«, sagte er und ich fing an zu zittern. Ich wollte ihm sagen, dass das nicht ginge, dass es unmöglich war, wieso denn, es wär meine Familie, nicht seine, aber genau in dem Augenblick kam Joli zurück, mit einer großen Schachtel, und Hirsch machte ihr ein Zeichen, sie solle sich ruhig hinsetzen. Eine ganze Weile saßen wir drei da, ohne zu sprechen, bis er ihr auf Englisch sagte, er müsse mich nach Hause bringen und mit meinen Eltern sprechen.

Mittwoch ist der Tag, an dem meine Mutter bei den kleinen Töchtern meiner Schwester babysittet. Das fuhr mir durch den Kopf, als wir in den Käfer stiegen. Sie würde nicht zu Hause sein, vielleicht sogar bis morgen früh nicht, falls sie dort übernachtete. Auf der Fahrt wechselten wir kein Wort, außer »rechts« oder »links« oder »geradeaus«.

Außer in jener Nacht, der Nacht vom Unfall, hatte ich

mich noch nie so gefürchtet wie in diesen Minuten, als wir vor unserem Haus in dem schwarzen Käfer saßen und Hirsch geduldig darauf wartete, dass ich ausstieg.

»Nicht am Telefon«, hatte er vorhin gesagt, als ich ihn gebeten hatte, mit meinem Vater telefonisch ein Treffen zu vereinbaren. »Es gibt Dinge nicht für Telefon. Nur direkt. Mensch gegenüber Mensch.« Das hatte mich zum Schweigen gebracht. Ich hatte Angst davor, dass Hirsch mit meinem Vater sprach, diesem Vater, mit dem außer der Sozialarbeiterin und dem Rechtsanwalt niemand sprach und den nichts auf der Welt interessierte. Ich hatte solche Angst, dass ich sogar nicht wusste, vor was ich mich mehr fürchtete: davor, dass mein Vater weiter in seinem Sessel saß und mich ignorierte, wie er es in den Tagen nach dem Unfall getan hatte, bis ich überhaupt aufgehört hatte, mit ihm zu sprechen, oder davor, dass er plötzlich aus seinem Sessel aufstehen und mit Hirsch über mich sprechen würde. Oder dass er vielleicht platzen und ihn anschreien und hinauswerfen würde. Oder dass er nicht schreien würde, sondern nichts sagen. Ich wartete und wartete, ich wagte nicht, ins Haus zu gehen. Ich dachte, dass ich meinen Vater nicht mehr kannte, er war mir fremd geworden. Aber ich wusste, dass ich nicht zu Hirsch zurückkommen könnte, ohne es wenigstens versucht zu haben, auch wenn ich das Gefühl hatte, vor Angst zu ersticken.

Mir war kalt und heiß zugleich. Kalt auf der Stirn und heiß an den Zähnen. Kalt an den Händen und heiß in den Beinen. Und am allerkältesten war es mir im Bauch. Meine Beine zitterten, waren aber zugleich ganz leicht, als würden meine Füße kaum den Boden berühren.

Ich stand vor unserer Wohnungstür im ersten Stock, wie jemand, der vor einer fremden Tür steht. Mein Herz klopfte so heftig, dass ich kaum atmen konnte.

Dann, ich weiß nicht mehr, wie, stand ich plötzlich im Zimmer. Der Fernseher lief ohne Ton. Meine Großmutter schlief schon, mein Vater saß in seinem Sessel. Ich weiß nicht, wie, aber ich ging zu ihm und sagte ihm, draußen wäre jemand, der Großvater von jemand, der Großvater von Joli aus meiner Klasse, und er würde auf ihn warten, weil er mit ihm sprechen wolle. Ich fragte, ob er einverstanden wär, dass dieser Jemand in die Wohnung käme.

Ich dachte, er hätte gar nicht verstanden, was ich gesagt hatte, denn es dauerte lange, bis er antwortete. Doch schließlich tat er es und seine Stimme war auf einmal ganz anders, nicht wie die, mit der er mit dem Angestellten der Rentenversicherung sprach oder mit Rechtsanwalt Friedberg. Plötzlich war seine Stimme ruhig und nicht mehr weinerlich. Er fragte nicht, warum und was, er sagte nur: »Er soll reinkommen.«

Ich schaute zum Fernseher.

»Wir werden in der Küche sitzen, er soll reinkommen.«

Ich ging hinaus, um Hirsch zu rufen.

Er kam herein, ging zu meinem Vater und streckte ihm die Hand hin. Mein Vater schaute ihn einen Moment an, dann stand er auf und drückte seine Hand. Ich verstand nicht, wie es passierte, aber ich bin sicher, dass mein Vater lächelte, er lächelte, als er Hirsch anschaute. Es war kein breites Lächeln, das nicht, aber trotzdem eine Art Lächeln. Und Hirsch, wie ein Zauberer, schaffte es, dass mein Vater mit ihm in die Küche ging. Hirsch machte die Tür zu und ich hörte nichts mehr.

Sie saßen vielleicht eine Stunde in der Küche, ich weiß wirklich nicht, wie lange. Die Tür war verschlossen. Und so, wie ich war, mit Kleidern und Turnschuhen, legte ich mich ins Bett und zog mir die Decke über den Kopf. Ich wusste, dass dort, in unserer Küche, gerade jetzt etwas passierte, was alles ändern könnte, aber ich wollte sie nicht belauschen. Plötzlich verstand ich, wie schlimm es war, Detektiv im eigenen Haus zu spielen.

12. Kapitel

So kam es, dass mein Vater uns zeigte, von wo aus man Benjis Hof beobachten konnte. Wir saßen alle im Käfer. Hirsch fuhr, mein Vater saß neben ihm und Joli und ich waren hinten. Nur kurz kam mir der Gedanke, dass wir Uri rufen müssten, aber ich konnte mir einfach nicht vorstellen, wie er im Auto sitzen würde, ohne wegen meinem Vater einen Schock zu erleiden. Für alle war er, obwohl hier, die ganze Zeit doch wie jemand, der sich mindestens in Neuseeland befand.

Den ganzen Tag war ich wie ein Schlafwandler herumgelaufen. In der Schule hatte ich nicht gehört, was man zu mir sagte, sogar wenn Joli mich ansprach. Auch unser Streit in der großen Pause kümmerte mich nicht, als sie mich fragte, ob sie Nimrod mitbringen könne, und ich sagte: »Auf gar keinen Fall.«

»Ich weiß, dass du ihn nicht magst«, sagte Joli. »Aber er ist wirklich nett.«

»Klar«, sagte ich, »das wissen alle. Nimrod ist der King.«

Sie wurde rot und ich konnte mich nicht beherrschen und sagte: »Der King auf der Straße zum Erfolg.«

Jolis Stimme klang erstickt. »Du hast mir versprochen, nichts zu verraten.«

»Das hab ich auch nicht getan«, antwortete ich. »Und du hast mir auch was versprochen.«

»Ich habe es auch nicht verraten«, sagte sie. »Ich bitte dich einfach nur um Erlaubnis.«

»Und ich bin einfach nicht einverstanden.« Ich wusste, dass es grausam war, aber es war mir egal. Ihr Freund trug den Kopf hoch und hielt sich für etwas Besseres und sie sagte noch von ihm, er sei »nett«. Aber ich nahm mir das Ganze nicht zu Herzen. Ich konnte mir gar nichts zu Herzen nehmen nach dem, was geschehen war.

Den ganzen Tag, auch während des Unterrichts, erlebte ich im Kopf noch einmal, was gestern geschehen war. Ich glaubte es und glaubte es nicht. Ich wollte nach Hause, um zu sehen, ob es stimmte. Denn ich hatte vor allem Angst. Was, wenn die Veränderung nur vorübergehend gewesen war und genauso schnell verging? Und als der Englischlehrer an meinem Tisch stand und mit mir sprach, war es mir ganz egal, dass alle über mich lachten, weil ich träumte, denn ich dachte: Wie kann man so leicht zu dem zurückkehren, was man früher gewesen ist?

»Zurückkehren« war das Wort, das mir die ganze Zeit durch den Kopf ging. Denn bis dahin hatte ich immer an meinen Vater gedacht als an jemanden, der weggegangen war. Nicht verschwunden, sondern weggegangen. Nicht nach Neuseeland gefahren, sondern überhaupt weggegangen. Aus Neuseeland kann man zurückkommen, aber er hatte nicht ausgesehen wie jemand, der irgendwann mal zurückkommen würde. Erst als Herr Sefardi schon direkt neben mir stand, merkte ich, wo ich war, und fing wieder an, mir um Benji Sorgen zu machen.

Morgens, als der Wecker klingelte, war ich völlig verwirrt. Ich tastete über meine Kleider und die Turnschuhe, die ich nicht ausgezogen hatte, dann fiel mir ein, was in der Nacht zuvor passiert war. Aber ich war nicht ganz sicher, ob es sich nicht doch um einen Traum gehandelt hatte oder einfach jemand anderem passiert war. Die Kleidung war eine Art Beweis, die Kleidung und der leere Sessel im Wohnzimmer. Dort saß niemand. Aus der Küche hörte ich Geräusche. Aber es war nicht meine Großmutter, sie war noch nicht vom Markt zurückgekommen, sondern es war mein Vater, der mir das Frühstück machte.

Ich saß am Tisch, als würde ich jeden Tag so frühstücken, als wäre es ganz normal, dass mein Vater mir Rührei machte und sich zu mir setzte und mit mir sprach. Meine Mutter verlässt normalerweise das Haus um halb sieben, ich trinke was und renne los.

Er sagte nicht viel, er sagte: »Schabi, ich habe das Unglück nur noch viel schlimmer gemacht, aber damit werde ich aufhören.«

Mir war nach Weinen zu Mute. Ich hätte am liebsten gesagt, wenn er so schnell damit aufhören könne, von einem Tag auf den andern, warum hat es dann so lange gedauert? Aber ich sagte es nicht. Ich konnte auch nicht hinunterschlucken, was ich im Mund hatte. Ich schob den Teller weg.

»Du bist wütend«, sagte mein Vater. »Weil du denkst, dass es so einfach ist. Aber du musst wissen, ich war wie … Ich war krank.«

Ich wollte ihn fragen, ob er jetzt wieder gesund war, für immer. Aber das wagte ich nicht.

In der Schule konnte ich nicht aufhören, an das zu denken, was er gesagt hatte, auch an seine Stimme, die so vollkommen anders geworden war, an seinen Gang, der von einem Tag auf den andern leichter geworden war, an seine Schultern, die sich plötzlich gestreckt hatten.

Auch als wir im Käfer saßen, konnte ich an nichts anderes denken. Sogar die Gangschaltung ging leichter als gestern. Hirsch fuhr zu Esthers Kiosk, um meinem Vater mein angefangenes Bild zu zeigen, und er erzählte ihm von dem Plan, aus dem Kiosk ein Café zu machen. Esther betrachtete meinen Vater von ihrem Platz hinter der Theke aus, sagte aber kein Wort. Als würde sie ihn jeden Tag hier sehen. Sie fing an, von der Crêpe-Pfanne zu reden, die sie herbringen würde, wenn alles fertig sei. Und am Schluss sagte sie einen seltsamen Satz: »Falls die Reichen und die Schönen nicht alles kaputtmachen.«

Hirsch schaute sie an und zog die Augenbrauen hoch.

»Egal«, sagte Esther. »Frag das Mädchen, sie wird es dir schon sagen. Es gibt welche, denen reicht es nicht, schön zu sein, sie brauchen Geld, um noch schöner zu werden. Dafür sind sie bereit, alles zu tun, wirklich alles. Frag das Mädchen, wenn du mir nicht glaubst.«

Hirsch schaute zu Joli, die außergewöhnlich rot wurde, noch röter als sonst. Sie war rot wie eine Tomate und man sah ihr an, dass sie nichts sagen konnte. Kein Wort.

»Die Reichen und die Schönen«, sagte Esther noch einmal, und ich dachte plötzlich an das Mörderspiel und die Voodoo-Puppe, die wir in Benjis Zimmer gefunden hatten. Und dass Joli gesagt hatte, genau so eine Puppe habe Nimrod im letzten Jahr bekommen. Das bedeutete, wenn wir herausbekamen, wer Nimrod diese Puppe geschickt

203

hatte, würden wir auch wissen, wer Benji quälte. Aber sie hatte ja gesagt, sie hätten es nie erfahren.

Ein kleines Mädchen kam und verlangte ein Eis. Dann kam ein Mädchen und wollte ein Magnum-Eis. Danach fing mein Vater an, mit Esther über die Stühle zu sprechen, wie sie aussehen sollten und wo man sie am besten kaufte, ob man eine Erlaubnis benötigte, um die Stühle aufzustellen, für ein Wandbild und für eine Espressomaschine. Er redete wie früher, wie einer, der weiß, wovon er spricht. Und Esther hörte ihm zu wie früher, wie einem, der bekannt dafür ist, dass er weiß, wovon er spricht. Und dann fuhren wir weg.

Sie bereiteten alles vor, mein Vater und Hirsch. Sie beachteten uns kaum, bis wir auf dem Hügel ankamen. Bevor wir losgefahren waren, hatte Hirsch mich noch gebeten, Benji anzurufen, der wieder nicht in die Schule gekommen war. Aber wie üblich nahm niemand ab.

»Wir wissen wenigstens, wo wir sind«, sagte Hirsch auf Englisch, diesmal übersetzte es mein Vater. Er sprach Englisch von seiner Arbeit mit den Touristen her. Er hatte sie ja nicht nur herumgefahren, er hatte ihnen auch alles erklärt, und jetzt saß er mit mir, Joli und Hirsch zusammen auf dem Hügel, von dem aus man Benjis Haus sehen konnte. Wir saßen im Schatten eines Baums und er bediente uns mit Kaffee aus der Thermoskanne, die Hirsch vorbereitet hatte.

Es dämmerte schon. Der Himmel färbte sich blauviolett und irgendwo krächzte ein Rabe laut und anhaltend, als wäre er der letzte. Als wäre es Zeit, das letzte Wort zu sagen. Aber kurz darauf fingen die Glocken an zu läuten und ich gab Joli das Fernrohr und streckte mich auf der

Erde aus. Ich wollte genau den Augenblick sehen, wenn der Himmel dunkel wird. Als ich noch klein war und mein Vater mich auf lange Fahrten mitnahm, hatte ich mit ihm die untergehende Sonne beobachtet und versucht, genau diesen Moment zu erwischen, vor allem, wenn wir am Meer waren. Nicht dass man nicht sieht, wie die Sonne untergeht, das sieht man ganz genau, aber wann genau fängt die Dunkelheit an? Das hatte ich noch nie gesehen.

»Da ist er«, schrie Joli und ich fuhr hoch. Sie gab mir das Fernrohr und ich sah Benji. Er trat durch das Tor, schaute nach rechts und links. Ich erwartete, dass er den Hang hinunterlaufen würde, aber er ging wieder zurück. Joli streckte die Hand nach dem Fernrohr aus, doch ich gab es ihr nicht. Ich sah, wie Benji sich vor dem Haus hinkauerte und anfing, in der Erde zu wühlen. Aus dem Loch holte er ein paar Gegenstände hervor. Was es war, konnte ich nicht genau erkennen, weil es dunkel wurde und weil er mit seinem Rücken das Loch verdeckte. Ich sah nur, dass er alles in einen Rucksack stopfte.

Ich berichtete laut, was ich sah, wie ein Reporter, der von einem Basketballspiel berichtet. Aber Joli wollte unbedingt wissen, was er aus dem Loch herausholte. Ich gab ihr das Fernrohr. Sie schaute ein paar Sekunden durch, dann sagte sie vorwurfsvoll: »Man sieht nichts, es ist dunkel.« Als wäre das meine Schuld.

»Er kommt noch einmal aus dem Tor«, sagte sie plötzlich aufgeregt. »Er macht das Tor zu und geht den Hang hinunter.«

Ich nahm ihr das Fernrohr ab und mit halbem Ohr hörte ich, wie Hirsch zu meinem Vater sagte: »Ich kam vom

Schiff in Haifa und dachte, neues Land, wo? Ich sah, alles wie immer … Juden. Geschrei. Juden können nicht …«

»Was können sie nicht?«, fragte mein Vater.

»Nicht ruhig leben«, sagte Hirsch und warf mir einen Blick zu.

»Er ist schon unten«, sagte ich und stand auf.

»Kein Grund zur Eile«, sagte mein Vater, nachdem ich ihm das Fernrohr gegeben hatte. »Wir warten, bis er an der Straße ist.«

Wir waren nicht sicher gewesen, ob Benji von sich aus das Haus verlassen würde oder ob ihn der Große mit der Maske herauszerren würde, deshalb hatten wir das Auto unten stehen lassen. Auch das war eine Idee meines Vaters gewesen. Hirsch hatte sie sofort akzeptiert. Sie waren sich in allem einig: Auch wenn wir Benji an diesem Abend nicht finden würden, müssten wir mit seinen Eltern sprechen. »Eine Sache von Verantwortung«, sagte Hirsch und mein Vater stimmte sofort zu.

Ich widersprach nicht. Mir war auf einmal klar, dass alles, was ab jetzt passierte, nur gut sein konnte. Seltsam, aber so dachte ich. Nein, ich dachte es nicht, ich war sicher. Ich konnte mich sogar über den Geruch der Luft freuen. Ich hörte, wie mein Vater Hirsch erzählte, dass es zwei Friedhöfe in Ein-Kerem gab. Einer war der muslimische Friedhof, er lag neben der Hauptstraße. Viele Grabsteine waren schon halb zerfallen und die Stadtverwaltung hatte seit Jahren versprochen, ihn wieder herzurichten, aber dazu war es noch nicht gekommen. Der zweite war der von der Kirche der Heimsuchung, auf dem Weg zur Quelle. Ich hörte genau zu, als er von dieser Kirche erzählte, die von Franziskanermönchen gegründet worden war. Genau an der Stelle soll, nach christlicher Überlieferung, das Sommerhaus von Elisabeth und Zacharias gewesen sein, den Eltern von Johannes dem Täufer. Joli fragte, wer das war, Johannes der Täufer. Mein Vater erklärte ihr, dass er einer der wichtigsten Heiligen der Christen ist. Als Maria, die Mutter von Jesus, Elisabeth besuchte, erzählte mein Vater, war sie schon schwanger. Und in ihrem Bauch hörte Jesus, wie Elisabeth ihre Schwester segnete, und er tanzte vor Vergnügen. »Weißt du«, sagte mein Vater zu mir, »du hast auch so gern im Bauch getanzt.«

»Ich nicht«, sagte Joli. »Meine Mutter hat gesagt, ich war so ruhig während der ganzen Schwangerschaft und auch nachher, dass ich vielleicht deshalb jetzt eine Trompete brauche.«

Mein Vater sagte, die Geschichte von Elisabeth und Zacharias stünde im Neuen Testament, er gab sogar die Stelle an, und ich sah, dass Hirsch ihm einen anerkennenden Blick zuwarf.

Jetzt war es Zeit, dass wir uns auf den Weg machten. Es war dunkel, auf beiden Seiten der Straße brannten die Laternen. Ich erinnerte mich nicht mehr, sie gestern gesehen zu haben.

Wir liefen in einer Reihe, schnell und ohne zu reden. Mein Vater führte die Gruppe an, ich und Joli folgten, Hirsch ging als Letzter. Ich passte meine Schritte denen meines Vaters an. Manchmal hätte ich am liebsten seine Hand genommen, um mich zu versichern, dass er noch da war. Und zwei- oder dreimal fuhr mir ein Gedanke wie ein Stich durch den Körper: Wenn es so leicht war, wieder wie früher zu sein, warum hat er uns dann bis heute gequält? Ich schob den Gedanken jedes Mal schnell beiseite, ich wollte nicht mehr böse auf ihn sein, noch nicht mal ein bisschen.

Mein Vater drehte sich um und legte die Hand auf den Mund. Aber es sagte ohnehin keiner was. Doch nun sahen wir Benji. Er ging vor uns, die Straße entlang, die hinunter zur Quelle führt. Wir achteten sorgfältig darauf, Abstand zu ihm zu halten, sodass immer eine Biegung zwischen ihm und uns lag und er uns nicht entdecken konnte, auch wenn er sich umdrehte. Das Problem fing bei den Treppen an. Es waren sehr viele Treppen, und zu weit hinter ihm zurückbleiben wollte ich nicht, aus Angst, wir könnten ihn wieder verlieren, wie bei den beiden letzten Malen. Das war mir zu gefährlich.

Als wir die Treppen erreicht hatten, trat mein Vater zur Seite und bedeutete mir, vorzugehen. Ich lief los, achtete aber darauf, den Abstand zu Benji zu wahren. Ich sah seinen Rücken, gebeugt unter dem Rucksack, und seine kurzen Beine, die eine Stufe nach der andern nahmen. Rund und dick kamen sie aus seiner weiten Turnhose heraus. Bedauernswert sahen sie aus, diese Beine, weiß und teigig, ohne Muskeln. Ein Symbol für den gequälten Benji. Hinter mir hörte ich die schweren Atemzüge meines Vaters. Und plötzlich hätte ich am liebsten laut geschrien, aus Mitleid mit Benji und aus Freude über mich.

Fast hätte ich Benji verloren, er war plötzlich verschwunden, als hätten ihn Außerirdische entführt. Ich drehte mich um und wollte etwas sagen, aber mein Vater gab mir das Zeichen zum Weitergehen. Wir kamen am Tor vorbei und gingen weiter, um das Kloster herum. Hirsch richtete die Taschenlampe auf den Zaun und fand die Öffnung. All das passierte in absoluter Stille. Sogar die Zikaden ließen sich nicht von uns stören und zirpten weiter wie vorher. Wir achteten auch auf unseren Atem, denn uns war klar, dass Benji, wenn er uns entdeckte, einfach verschwinden würde wie bei den letzten Malen.

Wir warteten eine ganze Weile, bis Hirsch uns ein Zeichen gab. Joli hielt für mich den Zaun hoch und ich kroch auf allen vieren hindurch, dann hielt ich von innen für Joli den Zaun. Mein Vater und Hirsch blieben mit dem Fernrohr draußen. Ich hatte die Taschenlampe in der Hand, knipste sie aber nicht an. Joli wischte sich schnell die Hose sauber, sie ist trotz allem ein Mädchen. Doch sie hörte sofort wieder auf, um kein unnötiges Geräusch zu machen.

Wir wussten, was wir suchten, mein Vater hatte uns vorbereitet. Er hatte gesagt, es gäbe auf dem Friedhof einen großen Grabstein, hinter dem wir uns leicht verstecken könnten, den Grabstein von Schwester Rosaria, einer Nonne, die für ihre guten Werke berühmt war und Anfang des Jahrhunderts an Malaria gestorben war. Nicht nur, dass ihr Standbild Flügel hatte, die einen verbargen, das Grab war in einer entfernten Ecke des Friedhofs. Dort hatte die Nonne begraben werden wollen, in einer Mauerecke, aber die Nonnen hatten ihr später doch einen besonderen Grabstein errichtet.

Wir krochen zwischen den weißen Grabsteinen hindurch zu dieser Ecke. Ein bisschen unheimlich war es schon, aber auch irgendwie komisch. Wir krochen wie Babys, aber über Gräber, bis zu dem Grabstein in Form eines Engels. Von dort sahen wir ihn, Benji. Er kniete in der Ecke und grub in der Erde neben einem Grab mit einem ganz normalen Stein. Plötzlich hob er den Kopf und schaute sich um, leuchtete auch mit seiner kleinen Taschenlampe um sich. Die Taschenlampe hatte ich ihm selbst geschenkt, als er die beste Mathematiknote seiner Klasse bekam.

Ich hatte Angst, er würde in unsere Richtung leuchten und uns entdecken, aber der Engel verdeckte uns. Benji leuchtete wieder auf das Loch, das er grub. Eigentlich grub er nicht wirklich, er hob nur die Erde aus einem Loch, das vorher schon da gewesen sein musste, jedenfalls brauchte er sich nicht anzustrengen. Aus dem Loch hob er ein Päckchen heraus, nicht groß, in Papier eingewickelt. Vielleicht in Zeitungspapier, das war nicht zu erkennen. Er wickelte das Papier ab, aber wir konnten nicht erkennen, was darin war. Wir sahen nur, dass er sich plötzlich den Bauch hielt, als wäre er von plötzlichen Schmerzen gepackt. Er krümmte sich auf der Erde zusammen und bewegte sich nicht mehr. Joli wollte schon aufstehen und zu ihm laufen, ich hielt sie im letzten Moment zurück. Ich griff nach ihrer Hand. Nicht mit Gewalt, sondern ganz zart. Und sogar in diesem Moment, auf einem Friedhof, spürte ich, wie weich ihre Haut war, und konnte ihren Duft riechen. Es war mir ganz egal, dass ich nachts auf einem Friedhof war: Joli war neben mir und mein Vater wartete draußen auf mich. Hinter der Mauer war schon der Rand des Mondes zu sehen und die Zypresse von gestern bekam allmählich schärfere Konturen.

Benji blieb eine ganze Weile auf dem Boden liegen, erst als der Mond bereits deutlicher zu sehen war, stand er auf. Aus seinem kleinen Rucksack holte er ein Päckchen, in Plastiktüte gewickelt, und legte es in das Loch. Er schaute es eine Weile an, dann machte er die Taschenlampe aus. Er hatte die Beine an den Bauch gezogen und wiegte sich hin und her. Dabei murmelte er etwas vor sich hin, was wir jedoch nicht verstehen konnten. Dann seufzte er und schwieg. Nun war schon der ganze Mond über der Mauer zu sehen, wie ein riesiges Gesicht sah er aus. Benji saß noch immer so da wie vorher. Noch ein paar Minuten vergingen, dann stand er langsam auf, seufzte wieder, schaute sich um und ging zögernd auf die Öffnung im Zaun zu.

Wären wir dort geblieben, hätte er uns spätestens jetzt entdeckt, aber der Engel verbarg uns. Benji kroch durch den Zaun, ohne uns gesehen zu haben. Auch wenn er auf der Treppe zufällig auf meinen Vater und Hirsch stoßen würde, würde er sie sicher nicht erkennen. Hirsch hatte er noch nie gesehen und meinen Vater ... Auch als Benji uns besucht hatte, war er nicht zu sehen gewesen.

Wir standen hinter dem Engel und warteten. Ich hörte Joli atmen. Wir hätten nun schon reden können, aber wir taten es nicht. Wir krochen durch das Loch im Zaun und schauten uns um. Erst als wir sicher waren, dass Benji gegangen war, liefen wir zu dem Loch, das Benji gegraben hatte. Zunächst holten wir das Päckchen heraus, das tatsächlich in Zeitungspapier gewickelt war. Es enthielt zwei Puppen. Eine sah Benji ähnlich, so wie die, die wir in seinem Zimmer entdeckt hatten, war aber größer, und ihr ganzer Bauch steckte voller Nadeln. Die zweite Puppe war noch größer. Sie hatte schwarze Locken und in ihren Augen, direkt in den Pupillen, steckten zwei Nadeln.

»Schabi«, flüsterte Joli, ihre Lippen berührten mein Ohr. »Das ist eine neue Puppe ... das bist du, diese Puppe, das bist du.« Das glaubte sie wegen der Locken, aber mir war es egal, solche Puppen beeindruckten mich nicht. Doch ich verstand natürlich, was diese beiden Puppen zusammen bedeuteten: dass der, der sie gemacht hatte, mich kannte. Ich sah Joli an, dass auch sie es kapiert hatte.

Ich hielt das zweite Päckchen in der Hand und starrte hinunter in das Loch. Erst holte ich einen kleinen Schädel heraus, vielleicht von einer Katze, dann eine kleine braune Flasche, wie von Hustensaft. Und dann einen Haufen zerbrochener Holzteile. Sie waren alle schwarz. Einen Moment hatte ich das Gefühl, als hätte mir jemand in den Bauch getreten. Der Lack war zerkratzt, aber auf einigen Stücken sah man noch Reste der roten Blumen, die meine Schatulle geschmückt hatten. Die Schatulle war kaputt. Joli schaute die hölzernen Reste an, dann mich. Ich sagte kein Wort, ich konnte nicht. Joli griff in das Loch und holte noch ein paar Splitter heraus, zerbrochene Pastellstifte und einen roten Stift, der noch heil war.

Joli legte ihre von der Erde schmutzige Hand auf meine, die ebenfalls schmutzig war. »Nicht wichtig«, flüsterte ich. Aber es war wichtig. Es war wichtig für mich und auch wichtig, um das Rätsel zu lösen.

Ich öffnete das zweite Päckchen, das von Benji. Es war in eine weiße Plastikmülltüte gewickelt. Geldscheine waren darin. Das ganze Päckchen bestand aus Geldscheinen. Ich zählte nicht, aber ich ahnte, wie viel es war: tausendzweihundert Schekel, das ganze Geld aus Benjis Schuhschachtel.

Wir verließen den Friedhof. Mein Vater erwartete uns. Flüsternd teilte er uns mit, dass Hirsch hinter Benji hergegangen sei. Er selber war hier geblieben, um mit uns auf den zu warten, der kommen würde.

Ich zeigte ihm das Geld und erzählte ihm leise, was wir sonst noch in dem Loch gefunden hatten. Er packte das Geld wieder in die Mülltüte, faltete sie zusammen und sagte mir, ich solle es in das Loch zurücklegen und mich mit Joli hinter dem Engel von Schwester Rosaria verstecken. »Ihr wartet drinnen auf ihn, ich draußen«, sagte er. »Macht euch keine Sorgen, niemand wird mich sehen, ich habe meine Methoden.« Er lächelte und sagte, er würde einen Kuckuck nachmachen, sobald jemand auftauchte. Ich fragte ihn, ob er sicher sei, dass jemand käme.

»Und ob«, sagte mein Vater. »Er braucht das Geld und das Geld ist hier.«

Ich schaute auf die Uhr und stellte fest, dass wir überhaupt nicht lange gewartet hatten, nur zwanzig Minuten. Aber jede dieser Minuten hatte sich ewig hingezogen. Sogar der Engel Rosarias sah aus, als würde er vor lauter Nervosität gleich mit den Flügeln schlagen und davonfliegen. Als wir einen Kuckucksruf hörten, drückte Joli mit aller Kraft meine Hand. An dem Druck ihrer Finger, die sie notdürftig an ihrer Hose gereinigt hatte, merkte ich, dass sie Angst hatte und dass sie angespannt war.

Wir hielten uns zurück, genau wie Hirsch es uns gesagt hatte, obwohl Joli ihn am liebsten schon auf dem Friedhof geschnappt hätte. Wir sahen zu, wie er das Geld herausnahm und es in einen dunkelblauen Rucksack steckte, den er mitgebracht hatte. Dann leuchtete er mit einer Taschenlampe in das Loch und legte ein neues Päckchen hinein. Wir konnten ihn nicht erkennen, auch seinen Körper kaum, weil er einen dunklen Trainingsanzug trug und vor dem Gesicht hatte er eine Maske wie gestern. Er ging auf das Loch im Zaun zu. Dort dauerte es eine Weile, bis er seinen langen Körper durch die Öffnung geschoben hatte. Wir warteten einen Moment, dann folgten wir ihm. Er machte lange Schritte, aber er beeilte sich nicht sonderlich. Seine Gummisohlen machten keinerlei Geräusch. Auf halber Höhe der Treppe sprang mein Vater ihn an.

Ich habe keine Ahnung, wo er sich versteckt hatte, er ist immerhin ein ausgewachsener Mann. Es sah aus, als wäre er aus dem Felsen neben der Treppe herausgebrochen. Der Große war vollkommen überrascht und stürzte zu Boden, gab aber keinen Ton von sich. Er hob den Kopf und wollte aufstehen. Mein Vater riss ihm mit einer raschen Bewegung die Maske vom Gesicht. Die Haare, die plötzlich frei herunterfielen, glänzten im Mondlicht.

Joli schrie nur ein Wort: »Nimrod!«

13. Kapitel

Wir saßen auf den hohen Stühlen von Esthers Kiosk. Es sah vielleicht nicht ganz so aus wie ein Café in Rechawja, aber Esther hatte uns Schokoladen-Crêpes gemacht, die warm und süß schmeckten. Und niemand ging vorbei, ohne stehen zu bleiben und etwas zu dem Bild zu sagen, das ich an die Wand gemalt hatte. Mein Vater hatte es sogar fotografiert, für den Fall, dass es jemand kaputtmachen würde. Man weiß ja nie.

Ich betrachtete das Bild: ein Café, wie ich es einmal im Kino gesehen hatte, mit hohen Stühlen und kleinen Tischen und einer Musikbox. Das alles hatte ich auf die Wand gemalt. Und Esther. Nun ja, nicht ganz genau, eine jüngere, schönere Esther, ohne die Hornhautschwellung und ohne das lahme Bein, aber Esther findet die Darstellung sehr gelungen, und das ist die Hauptsache.

In den ganzen letzten Tagen hatte Esther nicht aufgehört, über Nimrod zu reden, nicht nur morgens, wenn wir in der Pause zu ihr kamen, sondern auch abends. Wie ein solcher Junge aus gutem Elternhaus, wie man so sagt, sich das Leben derart zerstören kann, und wofür? Für Geld. Zum tausendsten Mal sagte sie jedem, der es ohnehin schon wusste, dass ihm die Schönheit in den Kopf gestiegen war und dass er wegen dieser Schönheit auch das

Geld gebraucht hatte. »Hat der Mensch nicht genug mit dem, was Gott ihm gegeben hat? Braucht er noch das Fernsehen und dass alle ihn sehen? Du lieber Himmel.« Und zu Hirsch sagte sie immer wieder: »Wozu ist sein Vater Professor? Um die Augen zuzumachen?« Und als hätte er es nicht schon eine Million Mal gehört: »Wenn Nimrods Eltern ihn nicht so vernachlässigt hätten, wenn sie aufgepasst hätten, hätte er sich auch nicht diese Arbeit als Model gesucht. Ist das eine Arbeit für einen Mann? Das ist doch was für Mädchen. Ein Mann braucht nicht schön zu sein, er muss nur ein Mann sein.« Hirsch hatte gelacht.

»Hoffentlich habe ich Glück«, sagte Esther, zog ihr Amulett aus dem Kleid und küsste es. Sie schaute sich um und betrachtete die Wand, die Stühle und die Espressomaschine, die Hirsch ihr geschenkt hatte. Sie hätte bis morgen so schauen können, wenn nicht jemand gekommen wäre, um etwas zu kaufen. Ein Mann blieb stehen und verlangte Zigaretten. Sie steckte ihr Amulett in den Ausschnitt zurück. Wir wussten, dass Nimrod nicht mehr hierher kommen würde.

»Nichts kann vollkommen sein«, sagte Hirsch im Umkleideraum des Basketballplatzes vom Gymnasium. Er schaute mich mit seinen blauen Augen an. Dann wandte er sich an meinen Vater und schlug ihm auf die Schulter.

»Nicht schlimm, Schabi«, redete er schließlich weiter. »Bedeutet gar nichts, dass ihr habt verloren. Hätte man Verlängerung gegeben, ihr hättet bestimmt gewonnen.«

Jo'el, der Trainer, kam auf seinen Krücken angehumpelt.

»Zwei Punkte«, sagte er. »Es gibt keinen Gott, sage ich

euch. Aber alle Achtung, Schabi, wie du gespielt hast mit
deinem Knöchel ...«

Mein Vater schaute mich fragend an.

Ich kann nicht richtig zwinkern, immer gehen bei mir
beide Augen auf einmal zu, aber mein Vater verstand das
Zeichen, das ich machte. Sein Lächeln wurde breiter.

»Malst du mir was auf die Krücken?«, fragte Jo'el. Aber
er meinte es nicht ernst, er war mit dem Kopf noch bei
dem Spiel. »So einen Wettkampf gibt es nur alle hundert
Jahre«, sagte er. »Das könnt ihr mir glauben.«

Nicht dass ich mich gefreut hätte, als wir Nimrods wahres
Gesicht entdeckten, ich habe mich wirklich nicht gefreut.
Ich freute mich auch nicht, dass er aus der Schule entfernt
wurde. Ich weiß nicht, was mit ihm passieren wird, er ist
ja noch minderjährig. Ich freute mich nicht, als ich seine
Mutter so weinen hörte, dass ihr der Polizist ein Glas
Wasser brachte. Wie ein kleines Kind weinte sie. Ich freute mich auch nicht, als ich Joli sah, die von dem Moment
an, als mein Vater Nimrod die Maske abgerissen hatte,
kein Wort mehr sprach. Unaufhörlich liefen ihr Tränen
aus den Augen, aber sie gab keinen Ton von sich.

Jetzt stand sie mit Benji in der Tür des Umkleideraums.
Sie war noch blasser als sonst und unter den roten Augen
hatte sie blauschwarze Ringe. Ich überlegte mir, ob ich ihr
vorschlagen sollte, mit mir ins Kino zu gehen, aber dann
traute ich mich nicht. Was wäre, wenn sie Nein gesagt hätte? Ich beschloss, es vielleicht später zu versuchen. Vielleicht.

Sie schob Benji vorwärts und er sagte mit leiser Stimme:
»Du warst toll, Schabi, das hat auch mein Vater gesagt.«

»Dein Vater hat sich das Spiel angeschaut?«, fragte ich verwundert.

»Ja.« Benji nickte und drehte sich um. »Und meine Mutter auch. Sie haben Hirsch gefragt, wie sie sich bedanken können, und er sagte, sie sollten zum Spiel kommen und eure Mannschaft unterstützen.« Man sah ihm an, wie schwer es ihm fiel, das alles zu sagen.

Während des ganzen Gesprächs, das Hirsch mit seinen Eltern geführt hatte, hatte er geweint. Er hatte sich bei mir entschuldigt, aber ich sah, dass er sich noch immer schlecht fühlte. Wenn man so etwas erlebt hat wie er, erholt man sich nicht so schnell. Er hörte auch nicht auf, sich zu erkundigen, ob Nimrod wirklich nicht zurückkommen würde, um sich an ihm zu rächen.

Er hatte in allen Einzelheiten erzählt, wie es gewesen war: Nimrod hatte ihn auf dem Weg zur Bushaltestelle abgefangen und gesagt: »Was hast du geglaubt? Dass Schabi auf dich aufpasst? Schabi hat andere Sachen im Kopf, nicht kleine Babys wie dich.« Er sagte so viele schlimme Sachen, dass Benji ihm anfangs nicht glaubte. Erst nachdem Nimrod anfing, ihn zu schlagen, war er überzeugt, dass es alles stimmte, nämlich dass ich nicht auf ihn aufpasste, dass niemand auf ihn aufpasste.

Hirsch hatte gemeint, es wird lange dauern, bis Benji darüber hinwegkommt. Nur wenn seine Eltern ihm helfen und wenn sie verstehen, wie einsam er in diesem Haus war, und wenn sie ein bisschen mehr Zeit für ihn aufbringen, erst dann wird er sich beruhigen und es schaffen, mit den anderen Kindern zurechtzukommen. Das alles sagte er zu Benjis Eltern, als wir am selben Abend noch zu ihnen gingen.

Benji stand im Umkleideraum und gab seltsame Töne von sich, als sei er heiser oder müsse gleich husten. »Was ist?«, fragte ich. »Ich kenn dich doch, du hast noch was auf dem Herzen, oder?«

»Die Schatulle ... die er kaputtgemacht hat ...«, sagte Benji.

Ich wusste ja, dass Nimrod ihm die zerbrochene Schatulle gezeigt hatte, als Beweis dafür, wie wenig ich mir aus ihm und seinen Geschenken angeblich machte. »Es war nicht nur, um mir zu zeigen, dass du ein ›traitor‹ bist. Auch um dir wehzutun. Er hat mich wegen dir gehasst. Weil er alles hasst, was du gern hast. Weißt du, warum?«

Ich nickte halbherzig, ich war mir nicht sicher.

»Wegen Joli«, sagte Benji. Er schaute hin und her, um sicherzugehen, dass sie nicht zuhörte, und ich schaute mich auch um.

»Aber Joli war doch seine Freundin«, sagte ich. »Er hatte sie doch schon.«

»Na und?«, sagte Benji. »Man kann nie sicher sein. Und die Schatulle ...«

»Was ist damit?«, fragte ich. Wir sprachen leise miteinander.

»Ich hab meinen Bruder gebeten, dass er noch eine mitbringt, wenn er zu Besuch kommt. Vielleicht im Sommer.« Zur Sicherheit bewegte Benji die Zunge im Mund. Ich wusste, dass er Spucke für Blasen sammelte.

Ich lächelte ihm zu. Dann warf ich einen Blick auf Joli, die irgendeinen Fleck anstarrte, mit diesem traurigen Blick, den sie seit Nimrods Enttarnung hatte. Sie sah auf einmal ein Jahr älter aus, zugleich aber kleiner und sehr verletzlich. Ich ging zu ihr und fragte sie, ob sie mit mir kommen wolle, um sich die Statue im Museum anzuschauen. Plötzlich war ich ganz heiser. Absichtlich hatte ich es vermieden, den Namen zu sagen, aber sie wusste genau, welche Statue ich meinte. Und mir war es auf einmal auch egal, dass er nackt war und man alles an ihm sehen konnte. Dann sah man es eben. Sie fragte, ob wir ihren Großvater und Benji mitnehmen würden.

»Nein«, sagte ich und verstand selbst nicht, warum ich mich nicht genierte. »Nein, nur wir zwei, du und ich.«

Wir hörten, wie Uri draußen mit dem Ball herumhüpfte und versuchte, den Korb zu treffen.

»Gut«, sagte sie. »Musst du deiner Mutter Bescheid sagen?«

»Nein«, antwortete ich.

Wir hörten Uri fluchen, weil er nicht getroffen hatte.

»Meine Mutter hat zur Zeit was anderes im Kopf. Sie hat angefangen, für Pessach zu putzen.«

Der *Einbruch* des *Unheimlichen* in *eine normale Welt*

296 Seiten. Gebunden
www.hanser.de

Es ist ein Sommer wie viele in der kleinen Stadt am Meer. Lena kellnert, die Touristen kommen, wenigstens ist ein sympathischer Junge dabei, Felix. Doch plötzlich geschieht das Unheimliche: Das Meer geht mitten in der Flut und kehrt nicht zurück. In der trockenen Bucht liegt die »Windsbraut«, ein alter Ozeansegler, auf dem vor 200 Jahren ein Vorfahr von Lena gefahren ist. Was hat das alles zu bedeuten? Lena und Felix beschließen, das gespenstische Rätsel zu lösen. Lena – das wird ihr klar – hat auch gar keine andere Wahl …

NOBLE LADIES OF CRIME

Sie wissen alles über die dunklen Labyrinthe der menschlichen Seele...

44425

43552

42597

44091

GOLDMANN

RUTH RENDELL

»Ruth Rendell ist für mich die Beste.
Ihre Krimis sind vom ersten Satz an großartig.«
Donna Leon

44664

42454

44566

43812

GOLDMANN

*Das Gesamtverzeichnis aller lieferbaren Titel erhalten Sie
im Buchhandel oder direkt beim Verlag.
Nähere Informationen über unser Programm erhalten Sie auch im Internet unter*
www.goldmann-verlag.de

★

Taschenbuch-Bestseller zu Taschenbuchpreisen
– Monat für Monat interessante und fesselnde Titel –

★

Literatur deutschsprachiger und internationaler Autoren

★

Unterhaltung, Kriminalromane, Thriller
und Historische Romane

★

Aktuelle Sachbücher, Ratgeber, Handbücher und
Nachschlagewerke

★

Bücher zu Politik, Gesellschaft, Naturwissenschaft und Umwelt

★

Das Neueste aus den Bereichen
Esoterik, Persönliches Wachstum und Ganzheitliches Heilen

★

Klassiker mit Anmerkungen, Anthologien und Lesebücher

★

Kalender und Popbiographien

★

Die ganze Welt des Taschenbuchs

★

Goldmann Verlag • Neumarkter Str. 18 • 81673 München

Bitte senden Sie mir das neue kostenlose Gesamtverzeichnis

Name: _____

Straße: _____

PLZ / Ort: _____